JN068140

恋は双子で割り切れない

KOI WA FUTAGO DE WARIKIRENAI

2

高村資本
SHIHON TAKAMURA

[イラスト]
あるみっく

いやいや。冷静になろう。落ち着きたまえ。よく考えろ。あのタイムアタックの日々があったからこそ、解答速度が――思考速度が上がったんだ。進歩とは、効率化なのだ。無駄《むだ》なんかじゃない。これは努力の賜物《たまもの》なんだ。賽《さい》の河原《かわら》の石積みなどでは決してない。

「先生、どうだった？　今回の先生はどれも点数が異常だったし、一位も――」

部長が私の手元を覗《のぞ》き込《こ》む。「おっ！　おっ！　遂《つい》にやりましたなっ！　凄《すご》い凄《すご》いっ！」

「でしょー。一位だよっ！　褒《ほ》めて褒《ほ》めて」

そう、私は凄《すご》いんだ。私だったら、やれる。

「いやぁ、素直《すなお》に凄《すご》いっ！　満点も幾《いく》つかあったもんね。悔《くや》しいけど、この順位を見せられたら納得《なっとく》だよ。今回は私の奢《おご》りかぁ。私のお金が強欲《ごうよく》な負けヒロインに獲《と》られちゃう……」

私の順位を漏《も》れ聞《き》いたクラスメイトが「神宮寺《じんぐうじ》さん一位なの？」「すごっ」「神宮寺《じんぐうじ》さん頭いいもんなぁ」「これで白崎《しろさき》の天下も終わったな」と代わる代わる喧喧囂囂《けんけんごうごう》に称《たた》えてくる。

そうだそうだっ。もっと褒《ほ》めろ。褒《ほ》め称《たた》えるのだっ！

私は君たちより早くペンを置いてこの順位なのだっ！

もっと称揚《しょうよう》してっ。私には正解を見抜《みぬ》く力――燃犀《ねんさい》の明《めい》があるのだっ！

ところで「強欲《ごうよく》な負けヒロイン」の部分、みんなに聞こえてないよね？　そこだけ心配。

「やめてよ～。もう恥《は》ずかしいってー」手を大袈裟《おおげさ》にぶんぶん振《ふ》ってみたりして。

冷ややかな視線を送るデレク＆ザ・ドミノス――浅野《あさの》麗良《れいら》と目が合った。

その「またやってる」みたいな面様《おもよう》は何？　なんか文句でもあるの？　何しようが私の自由でしょ？　別にいいでしょ？　迷惑《めいわく》掛けてないでしょ？　憐憫《れんびん》混《ま》じりの目はやめて。計算とかじゃないから。円滑《えんかつ》なコミュニケーションの為《ため》に、己《おのれ》を犠牲《ぎせい》にしているだけだから。これは私の血を伴《ともな》った痛みなのっ！　あっち向いててよっ！

麗良《れいら》は無視。「みんながそんなに言うなら、純《じゅん》君に見《み》せて来《こ》ようかな……」首は傾《かし》げ気味《ぎみ》。上目遣《うわめづか》い。飽《あ》くまでも囃《はや》し立《た》てられたから、という建て前。ここ重要。

方々《ほうぼう》から「おー、行ったれっ！」「悔《くや》しがる白崎《しろさき》君の姿を見たい」「これで我が六組が五組に完全勝利した」という声を受けながら、私は純《じゅん》君のクラスに足を向ける。

渡《わた》り廊下《ろうか》を通って、いざ五組。

控《ひか》えめに教室のドアを開けると、まだ生徒がちらほらと残って居た。席替《せきが》えがあったのか、純《じゅん》君は窓際《まどぎわ》かつ一番後ろの席で頬杖《ほおづえ》をついて、考え事でもしている風《ふう》の雰囲気《ふんいき》を醸《かも》している。

琉実《るみ》の席はどこだろうと思って見ると、真ん中の列の中程《なかほど》で、机の上にスポルディングのリュックを置いたままスマホを弄《いじ》っていた。琉実《るみ》に用はないから、特に触《ふ》れない。

そんなことより、捉《とら》えるべきはあの男。あの物憂《ものう》げな顔から察するに、さてはショックに打ちひしがれているのだね。そうだろう、そうだろう。分かる。分かるよ。でもね、悲しむ必要はないんだ。私の方がほんの少しだけ、ちょびっとだけ優秀《ゆうしゅう》だったということなんだ。

ほら、いざとなったら優秀《ゆうしゅう》な私が養ってあげるから。気にしない、気にしない。

……やっぱ無理。私に労働は不可能。ごめん。前言撤回《ぜんげんてっかい》、養って。

「やあやあ白崎《しろさき》君。定期考査の順位はどうだった？　成績票が返ってきたでしょ？」

純《じゅん》君がめんどくさそうに顔を上げる。うんうん、悔《くや》しさが滲《にじ》み出《で》ているよ。

「ん？　順位？　今回も一位だったぞ」


は？


「ちょ、ちょ、ちょっと待って。一位なの？　え？　成績票見せてっ！」

机の中から取り出された成績票を引《ひ》っ手繰《たく》ると、そこには総合順位一位と書かれていた。

同点一位？　何それ。意味不明なんだけど。

「那織《なおり》はどうだったの？」琉実《るみ》が横から口を挟《はさ》んできた。

もうなんだよ。うるさいなぁ。いちいち首を突《つ》っ込《こ》まないでよ。来なくていいから。今はそれどころじゃないのっ！　いちいち説明するのも億劫《おっくう》で、無言で成績票を琉実《るみ》に手渡《てわた》して黙《だま》らせる。琉実《るみ》の相手をしている気分じゃない。こんなの許さない。こんな展開はあり得ない。

どうして私が一番じゃないのっ！

琉実《るみ》が横で「うわ、一位。わたしなんて二十九位なのに……」と呟《つぶや》いた。

知らないっ！　二十九位の相手なんてしていられないっ！

「ちょっとっ！　さっきの物憂《ものう》げな表情はなんなのっ！　あれは確実に一位の表情じゃなかったよっ！　さては騙《だま》したなっ！　この私を……この私を騙《だま》したんだっ！」

大根に騙《だま》されるとは。不覚。一生の不覚。こしゃくな真似《まね》をっ！　ダチュラだっ。

「何だよそれ。完全な言《い》い掛《が》かりだぞ。僕はただ、弓道部《きゅうどうぶ》の先輩《せんぱい》に今からでも良《い》いから入らないかって言われて、どうしたものかと考えてたんだよ」

身体《からだ》をこちらに向けて純《じゅん》君が続ける。「それより那織《なおり》も一位なのか。おめでとう。やっぱり本気を出した那織《なおり》には——」

「私の心と身体《からだ》を散々弄《もてあそ》んでおいて許されると思うなっ！　訴《うった》えてやるっ！」

私は琉実《るみ》の手から成績票を抜《ぬ》き取《と》り、教室を飛び出した。

今回は負けない自信あったのにな。絶対勝ったと思ってた。はぁ。あ——、もうっ。

「待てよ」

純《じゅん》君の声がした。私はそれを無視する。そういう気分じゃないっ。

那織《なおり》、と言われ——後ろから手首を摑《つか》まれた。

「どうしたんだよ」

振《ふ》りほどこうと腕《うで》を振《ふ》ってもがくと、更《さら》に力がこめられた。

なんだよなんだよ。ほっといてくれよっ。「痛い。放して」

「なんでそんなに怒《おこ》ってるんだ？」

「だって、私は一位を獲《と》って……——それなのにこれじゃ何もできない」

振《ふ》り返《かえ》って純《じゅん》君の目を捉《とら》える。そんな目で見ないでっ。惨《みじ》めになるっ。

「私に告白されるのが嫌《いや》だから——迷惑《めいわく》だから……そうならないように必死に勉強したんでしょ？　ざまあみろって思ってるんでしょっ！　早く放してっ」

なんて支離滅裂《しりめつれつ》なことを言っているんだろうと思った。口に出す積もりの無かった言葉が、勢いに任せて口から出てくる。こんなのただの八つ当たりだ。思い通りにならなくてフラストレーションをぶつけているだけだ。こんなのやだ。蕪雑《ぶざつ》すぎて私らしく無い。お願いだから今は放《ほう》っておいて欲《ほ》しい。これ以上余計なこと言いたくない。

「なんでそうなるんだよ。那織《なおり》が本気出すって言ったから、僕もいつも以上に本気で臨《のぞ》んだんだ。今までだって、そうやってきたじゃないか」

純《じゅん》君が頭を掻《か》きながら眉《まゆ》を下げ、私の手を解放する。

「それに手を抜《ぬ》いたら、それはそれで怒《おこ》るだろ？」

「……まぁ、そうだけど……でも——」

「前も言ったようにさ、今それを言われても僕は応えられない。だからと言って琉実《るみ》とどうこうするつもりもない。それじゃダメか？」

純《じゅん》君が応えてくれないのは分かってる。

それでもいいから、宙ぶらりんでもいいから——もっと私に興味を持《も》って欲《ほ》しい。

純《じゅん》君の告白は正当じゃなかった。だから、すべてリセットした。リセットしたこの関係の中で、私は最初に行動したかった。私だけが何も出来なかった以前の関係じゃないんだ。

「ほんとに？　私の見てないところで抜《ぬ》け駆《が》けしない？」

「しないよ」

「信じられない。口だけじゃ何とでも言える。信《しん》じて欲《ほ》しかったら、ここで抱《だ》き締《し》めて」

「い、いきなり何を言い出すんだよ。こんなとこで――」

外野が居るのは知ってる。さっきから通り過ぎる生徒が私達を横目で見ているのも知っている。だって、ここは吹《ふ》き抜《ぬ》けに浮《う》かぶ渡《わた》り廊下《ろうか》のど真ん中だから。

だからだよ。

「じゃあいい。私は戻《もど》――」言い終わる前に、私は抱《だ》き締《し》められた。

んっ。本当に抱《だ》き締《し》めてくれるなんて。そうなるように誘導《ゆうどう》したけどっ――嬉《うれ》しい。超嬉《ちょううれ》しい。驚《おどろ》きと喜びで緩《ゆる》んだ顔を見られない様《よう》に純《じゅん》君の肩口《かたぐち》に顔をうずめる。前にしてくれた時より力は籠《こ》っていなかったけど、形だけでも私を抱《だ》き締《し》めてくれた。みんな、見てっ！

男の子の服の匂《にお》いを、肺一杯《はいいっぱい》にため込む。子供の頃《ころ》から知っている馥郁《ふくいく》とした香り。

好きだな、この匂《にお》い。

近くを歩く生徒が何か言っている。「ねぇ、今の見た？」女子の声が聞こえる。

「あれって白崎《しろさき》だよな？」「相手は……神宮寺《じんぐうじ》か？」男子の声が聞こえる。

「これでいいか？」私から離《はな》れた純《じゅん》君が、顔を背《そむ》けながら言った。

ねぇ、耳が赤くなってるよ。もしかして照れてる？　ああっもうっ、可愛《かわい》いなぁ。

もうちょっとだけ——ううん、贅沢《ぜいたく》は言わない。今はこれでいい。満足感やばい。

視界の端《はし》に、ちょうど教室から出て来たショートの女子が一人。

狙《ねら》ったみたいなタイミング。ちょっとばかし狙《ねら》ってたけど。うん、これもわざと。

「もう終わり？　短くない？　早い男は嫌《きら》われるよ？　あ、でも早くても回数さえ——」

「いい加減にしろっ」純《じゅん》君が私の頭を軽くはたいた。「噂《うわさ》になったらどうすんだよ」

叩《たた》かなくたっていいだろー。女の子の可憐《かれん》で可愛《かわい》い冗談《じょうだん》くらい受け止めてよ。器《うつわ》がちっちゃいなぁ。でも、こういう言い回しに反応してくれると、ちょっと安心する。やめらんない。

それにしてもだよ、純《じゅん》君や教授は女子の頭を何だと思っているんだっ！　みんなまとめてダチュラだっと言いたいところだけど、鈍感《どんかん》君にしてはなかなか察しがよろしいではないか。

「って言うか、それ狙《ねら》い……かも。てへっ」

「……てへっじゃねぇっ！　可愛《かわい》く言えば許されると思うなよっ」

「あ、可愛《かわい》いって思ってくれたんだ。てへっやるな。今後は積極的に採用してあげよう」

「もう好きにしてくれ」頭を片手で押さえながら、諦念《ていねんま》混じりの嘆息《たんそく》を純《じゅん》君が零《こぼ》した。

仕方ない。解放してやるか。今日のところはこの辺にしといてあげる。感謝してよね？

満足。これ以上無いくらい満足。他の生徒《モブ》が往来する中で、ほんのひととき、私だけが独《ひと》り占《じ》めした。それも琉実の前で。悪くない。とっても悪くない。素晴《すば》らしき戦果。

「うんそうする。そう言えばさっきの話だけど——」

「なんだよ。どの話のこと言ってんだ？」

「部活がどうのってやつ。入ったらダメだかんね」

放課後は私の相手をしてくれないと許さない。変な部活の拘束《こうそく》なんて冗談《じょうだん》じゃない。弓道《きゅうどう》部《ぶ》の先輩《せんぱい》って、女でしょ？　余計に無理。ほんとだったら、今日だってこの後は——ま、いいや。今日のところは勘弁《かんべん》してあげるって決めたばっかだし。部長で遊ぶことにしよ。

「もう満足したから教室に戻《もど》って良《い》いよ。しっしっ。あっちいけ」

「おまっ……本当に自由だな」

ひとりで余韻《よいん》を味わいたいのっ。まったく、無粋《ぶすい》なんだから。

「衆人環視《しゆうじんかんし》の中でのハグは良《よ》き物《もの》だったよ！　元気になった！　ありがとうっ！」

満面の笑《え》みで素直《すなお》にお礼を告げ、私は教室に戻《もど》った。さよならの言い方が分からないのは警察だけでいい。純《じゆん》君はこういうとこあっさりしているから有《あ》り難《がた》い。好き。

ほくほくした気持ちで教室のドアを開けると、クラスメイト達から「白崎《しろさき》はどんな顔してた？」「神宮寺《じんぐうじ》さん、白崎《しろさき》君は悔《くや》しがってた？」等と矢継《やつ》ぎ早《ばや》に質問《しつもん》攻めをしてきた。特進クラスが二つもあるとライバル意識が芽生えるらしい。超面倒臭《ちようめんどうくさ》い。魔法《まほう》学校の寮《りよう》みたい。

帰属意識なんて皆無《かいむ》だが言わせて。すまぬ、クラスメイトよ。

「あっちも一位だったぁ。同点一位。せっかく応援《おうえん》してくれたのに、ごめんね」

努めて可愛《かわい》く。声色《トーン》上げ気味で。秘密警察《ゲシュタポ》に狙《ねら》われてると思って対応。尻尾《しっぽ》は見せない。

皆《みんな》が「今回は勝てると思ったのに」「でもあの牙城《がじょう》が崩《くず》れる夢を見させてもらえただけでも」

「だね。とりあえず坂口《さかぐち》には勝ったでしょ？」なんて零《こぼ》すのを「次こそ頑張《がんば》るね」と宥《なだ》めながら、自分の席に座る。見よ、これぞ完璧《かんぺき》な立《た》ち居振《いふ》る舞《ま》い。

「意気揚々《いきようよう》と向かったのに残念。先生はいつまで経《た》っても完全勝利できないね。負けヒロインらしくていいけど、切ないねぇ。お祓《はら》いする？　お焚《た》き上《あ》げでもする？　そうだよ、今度、神社に行こっ。私、護摩焚《ごまた》きって一度やってみたかったんだよねー」

部長が私の隣《となり》の席に座りながら愉《たの》しそうに言ったかと思うと、小声で「臨《りん》・兵《びょう》・闘《とう》・者《しゃ》・皆《かい》・陣《じん》・烈《れつ》・在《ざい》・前《ぜん》」と付け加えた。九字《くじ》を切るんじゃないっ！　憑《つ》いてないからっ！

うるさいうるさいっ！

「護摩焚《ごまた》きなんてしないからっ。そして九字《くじ》を切るな。負けヒロイン言うな」

クラスに響《ひび》かないように、小声で目一杯詰《めいっぱいな》じる。この小童《こわっぱ》めがっ。

「へ？　負けヒロインでしょ？　頭大丈夫《だいじょうぶ》？　変になっちゃった？」

部長が私の頭を撫《な》でながら「それは元からだったね。ごめんね」と安定の毒を吐《は》く。

「やめいっ。私のことを何だと思ってるのっ！　最近、扱《あつか》いが酷《ひど》いんじゃない？」

「愛ゆえに、だよー。ほら、私は気持ちをストレートに言えない奥手《おくて》なタイプじゃん。だから、先生の気を引きたくて、いじわるなこと言っちゃうんだよ」

「気持ちをストレートに言えない奥手《おくて》なタイプ……？　散々、人の肯綮《こうけい》ばかりを執拗《しつよう》に突《つ》き刺《さ》そうとしてきた癖《くせ》に、どの口がそういうことを言う訳？」

「肯綮《こうけい》ばかり……？　つまり、痛い所を突《つ》かれてる自覚があったってこと？　それは負けヒロインを自認《じにん》しているってこと？　先生、ごめんね。今の今まで、先生にはその自覚が無いものかとばかり——自覚しているんだとしたら、話は変わっちゃう」

「そうやって人のことを負けヒロインだの、一番可愛《かわい》いキャラに限って選ばれないだの、失恋《しつれん》して泣いてる姿がきゅんきゅんするだの好き勝手言うけど、この世の非情さを教えてあげようじゃないか。いい？　可愛《かわい》さは全てに於《お》いて優先されるんだよっ。現実では可愛《かわい》い子が最後に勝つのっ！　部長の思い通りになんてならないんだから。今日の私は一味違《ひとあじちが》うのだっ！」

私は部長の手を払《はら》い、耳もとで「（さっき渡《わた》り廊下《ろうか》で衆人監視《しゅうじんかんし》のもと、ハグされたもんねー。これは噂《うわさ》になっちゃうなー。困ったなー。どーしよーっかなー）」と戦果を報告する。

観測されない事実は存在しないも同然だ。

だからこそ、より多くの人間に認識《にんしき》させることで、それは厳然《げんぜん》とした事実になるのだ。

ひとりぼっちで地動説を唱えたって広まらないでしょ？　裁判するから広まるんだよ。

「おお、さすが色仕《いろじ》掛《か》けも辞さない負けヒロインっ！　それでこそ肉布《にくぶ》団《とん》先生だっ！」

「肉布《にくぶ》団《とん》先生言うなっ。私が言いたいのは——」

「先手は打ったってことでしょ。でも、その程度で満足するのは先生らしくないよ」

「甘いよ、部長。私が無策に動く訳ないじゃん。こういうのって、積み重ねてこそでしょ。私達の場合、単純接触《せっしょく》効果で今さらどーのこーのなんてなんないし、刺激《しげき》や感情も慣れには勝てないわけだし、ただ徒《いたずら》に衝撃《しょうげき》を与《あた》えればいいってものじゃないの。そこはほら、手練手管《てれんてくだ》を駆使《くし》して、より高度な戦術が必要に――」

「語れば語るほど、負けヒロイン感が増す気がするのは私だけかなぁ～。そうやってあれこれ策を弄《ろう》するキャラって、報《むく》われないのが基本だと思うんだけどなぁ。結局、ラブコメって純粋《じゅんすい》な子が選ばれるじゃん。メインヒロインとして格があるって言うか。そう言えば、追《お》い詰《つ》められた敵キャラってべらべらと自分の考えを喋《しゃべ》りがちだよねぇ」

部長が窓の方を向く。窓際《まどぎわ》に居る女子と目が合ったらしく、部長が小さく手を振《ふ》った。手を振《ふ》られたクラスメイトが部長に手を振《ふ》り返《かえ》し、私にも笑《え》みを向けた。仕方なく応じる。

はぁ。この小娘《こむすめ》風情《ふぜい》がっ。毎度毎度っ！　人のことを負けヒロイン呼ばわりしてっ！

「で、何の話だったっけ？」

部長が眼鏡を外して、タオル地のハンカチでレンズを拭《ぬぐ》う。

何、その依頼《いらい》を受けた探偵《たんてい》とか聴取中《ちょうしゅちゅう》の刑事《けいじ》みたいな仕草。

「もういいです」部長なんて知らないっ。

「あれ、おこ？　おこなの？　ほれほれ」そう言いながら、部長が頬《ほお》を突《つつ》いてくる。

「ちょっと、やめてよっ。んもう、軽々しく触《ふ》れないで」

「先生のほっぺ、ぷゆんぷゆんしてて気持ちいいでありますっ！」

「ぷゆんぷゆん言うな。今日は部活行くの禁止だかんね。罰《ばつ》として私の相手をすることっ」

※　※　※

（白崎純《しろさきじゅん》）


うちの学校はテストの成績を貼《は》り出《だ》したりはしない。やれ個人情報がどうのと騒《さわ》がしい時流に加え、うちは私立だ。保護者の意見は強い。だから精々テストを返す時に、教員がこのクラスのトップは誰《だれ》それ的なことをわざとらしく口走るだけ。

だが、僕の成績は知《し》れ渡《わた》っている。白崎純《しろさきじゅん》という名前と人間が、知《し》れ渡《わた》っている。

そして、あの双子《ふたご》も同学年の奴等《やつら》には広く認知《にんち》されているわけで。

そんな僕等が、放課後の渡《わた》り廊下《ろうか》であんなことをしていたら——完全にやっちまった。

あれはまずい。一体、どれくらいの生徒に見られたか分からない。

妙《みょう》な噂《うわさ》が立ったらどうすれば……臍《ほぞ》を噬《か》むとはまさにこの事。付き合ってる同士ならまだしも、僕と那織《なおり》は付き合っているわけじゃない。あらぬ噂《うわさ》とそれに纏《まつ》わる詮索《せんさく》がいつ始まるか分かったもんじゃない。

あー、絶対にめんどくせぇ。明日は休みたい。那織《なおり》も那織《なおり》だ。勝手に勘違《かんちが》いして、勝手に怒《おこ》って。大体、騙《だま》したって何だよ……いや、騙《だま》したと言えば、騙《だま》した部分はある。あの時、咄嗟《とっさ》に弓道部《きゅうどうぶ》の先輩《せんぱい》がどうのと言ったけど、本当は二人のことを考えていた。

今月は、あいつらの誕生日だ。

それについて——何を渡《わた》そうか考えてたなんて言えるわけない。

手摺《てすり》に背を預けると、身体中《からだじゅう》の空気が抜《ぬ》けそうなほど大きな溜《た》め息《いき》が出た。

那織《なおり》にはやられた。あんな顔で言われたら、ああするしかない。浅はかだったのは重々承知しているが、他に選択肢《せんたくし》は無かった。何だかんだ言っても、僕はあの二人の願いは極力叶《かな》えてあげたいし、力になりたいと思っている。

同時には応えられない願いがあるからこそ、出来る限りのことはしたい——が、何が「って言うか、それ狙《ねら》い……かも。てへっ」だよ。

あんな子供みたいな笑顔《えがお》で言われたら、本気で怒《おこ》れるわけがない。

琉実《るみ》と那織《なおり》、か。どちらかを選ぶなんて、出来っこない。どっちも大切で、どっちも可愛《かわい》くて、家族同然で、確かに琉実《るみ》と付き合ったりしたけど、今とは状況《じょうきょう》が違《ちが》いすぎる。

顔を上げると、こっちを見ている生徒数名と目が合った。今更《いまさら》ジタバタしたって遅《おそ》い。どう考えても手遅《ておく》れだ。そう開き直ったのも束《つか》の間《ま》——他クラスの男子から肩《かた》を叩《たた》かれ、「ついに白崎《しろさき》も腹括《くく》ったか？」と一言。連れの男子生徒からは、「俺、妹推《お》しだったたんだけどなー」とか「妹かよ。ふざけんな！　おまえの所為《せい》で学食一週間分の赤字だぞ」等と言われる始末。顔見知りなのがせめてもの救い——人のこと、賭《か》けの対象にしやがって。

連中にはあとで上手《うま》い事《こと》言っておかないと。この手の冗談《じょうだん》は初めて言われたわけじゃないから何とか……今回は易々《やすやす》と言《い》い逃《のが》れ出来る空気じゃないよな。

はぁ、こういう目立ち方は嫌《いや》なんだ。いや、好きなヤツなんか居ないか……。

今となっては全て後の祭り。こんな所で油を売っていても仕方がない。観念してさっさと教室に戻《もど》るか——勢いを付けて手摺《てすり》から身体《からだ》を離《はな》すと、殺気を感じた。ある生徒から睨《にら》まれていた。鬼《おに》の形相という言葉があるけれど、あの顔はそんな形容じゃ生温《なまぬる》い。

あれは——殺意に満ちた顔だ。

服を着た殺意の塊《かたまり》がずんずんと歩み寄ってくる。

——ガシッ。

殺意に腕《うで》を摑《つか》まれた。ひんやりとした感触《かんしょく》が、体中に広がっていく。

「さっきのアレ、何?」

白を切れる状況《じょうきょう》じゃないことくらい僕にも分かる。

「あれは那織《なおり》が——」

琉実《るみ》は僕の言葉を遮《さえぎ》って一言、「来て」と告げて、手を引いて歩き出す。

近くに居た女子生徒達が、「妹ちゃんを選んだってこと?」「琉実《るみ》の反応見る限り、違《ちが》くない？」「琉実《るみ》ちゃん可哀想《かわいそう》」「優柔不断《ゆうじゅうふだん》もあそこまでいくと才能だわ」「頭よくてもあれはないよね。私は無理」と口々に侮蔑《ぶべつ》の籠《こも》った言葉と視線を投げかけてくる。

つーか、何なんだよっ！　めっちゃ噂《うわさ》になってんじゃねぇかっ！

さっきの男子みたいな反応だったら冗談《じょうだん》っぽくあしらうことも出来るが、今の言い方はマジだった。女子からも、双子《ふたご》との関係をあれこれ揶揄《やゆ》されたことは何度かあるが、それは男子みたいなノリで――こんなに真剣《しんけん》なトーンじゃなかった。

僕は聴覚《ちょうかく》をシャットアウトした。聞こえない。そんな言葉、聞こえない。

頼《たの》むからさっき見たことは忘れてくれ。せめて、口に出さないでくれ――琉実《るみ》は廊下《ろうか》を抜《ぬ》け、階段に向かって行く。そして、階段を昇《のぼ》り……屋上に続く例の場所で立ち止まった。

僕より一段高い所に立つ琉実《るみ》が振《ふ》り返《かえ》り、低い声を出した。

「さっきのアレ、何？　どういうつもり？」

「……あれは那織《なおり》がここで抱《だ》き締《し》めろって……仕方なく」

「はぁ？　仕方なくってなに？」

そのマジトーン、ガチで怖《こわ》い。

確かにあれは軽率《けいそつ》だった。後悔《こうかい》している。反省を促《うなが》されるまでも――

「ちょっと那織《なおり》に対して甘くない？　そうやっていっつも那織《なおり》ばっかり……」

しぼんでいくように弱々しくそう言って、手の力が抜《ぬ》けていく。

「わたしは？」

「は？」

「は？　じゃないっ！　……その……わたしにもっ！」

目を逸《そ》らして、頬《ほお》を赤らめながら怒鳴《どな》るなよ。

「どういう理屈《りくつ》でそうなるんだよ……」

「もう細かいことはいいでしょ……ねぇ、早く……して。部活に遅《おく》れちゃう」

ああもうっ！　そんな顔すんな！　そんな目で見るな！

「ここなら誰《だれ》にも見られないでしょ？　だから……ね？　応援《おうえん》だと思って」

仕方なく琉実《るみ》の腰《こし》に手を回して、抱《だ》き寄《よ》せる。階段一段分の差が、僕と琉実《るみ》の頭を近くする。

耳元に引き寄せられた琉実《るみ》の口から洩《も》れる吐息《といき》が、耳輪を撫《な》でる。琉実《るみ》の手が僕の脇腹《わきばら》に触《ふ》れる。肋骨《ろっこつ》に沿う指先がちょっとくすぐったい。

頬《ほお》と頬《ほお》が触《ふ》れ、琉実《るみ》が「今度、総体なんだ」とぽつり呟《つぶや》いた。

「知ってる。琉実《るみ》ならやれるよ。レギュラー復帰したんだろ？」

「レギュラーってか、スタメンになった」

「スタメンってレギュラーとイコールじゃないのか？」

「うちの部だと、スタメン含《ふく》め必ず試合に出るメンバーがレギュラー。レギュラーにスタメンが含《ふく》まれるって感じ。残りがベンチ。中等部の頃《ころ》はあんまりそういう言い方しなかったから、うちの部だけの言い方かもしんないけど。てか、前にも話したじゃん」

「ごめん。聞いたかも知れない」

「下らないことは覚えてる癖《くせ》に」

「いずれにしても、琉実《るみ》の実力が認められたってことだろ。おめでとう」

「ありがと」

「大丈夫《だいじょうぶ》、琉実《るみ》ならやれるよ。本番に強いのが売りだろ？」

「うん」

「日曜は応援《おうえん》に行くから。初戦で負けるなよ」

「うん。……ねぇ」

琉実《るみ》がねだるような目で見詰《みつ》めてくる。

僕はそれに気付かない振《ふ》りをした。

「ん？」

「……やっぱいい」

「何だよ」

「ううん。何でもない」

僕は琉実《るみ》の頭を抱《かか》えて、「練習頑張《がんば》れよ」と言ってから、離《はな》れた。

琉実《るみ》が何を言《い》い掛《か》けたのか、それが分からないほど付き合いは浅くない。ただそれは、今の僕らには不適当だと思った。懸想立《けそうだ》つのは今じゃない。

だからこれは……友人としてのエールだ。

「そうだ、部活行く前にちょっと」

「なんだ？」

「あんさぁ、雨宮慈衣菜《あまみやしえな》って居るでしょ？」

雨宮慈衣菜《あまみやしえな》？　ああ、あのギャルっぽいヤツか。派手な目立つ系。話したことはないが、モデルをやっててどーのという話を聞いたことがある。その程度のことしか知らない。

「あの派手なヤツだろ？　それがどーした？」

「んーと、ちょっと話があるんだよね――」

※　※　※

（神宮寺琉実《じんぐうじるみ》）

那織《なおり》とのアレを見た時はちょっとイラっとしたけど、今は気分がいい。めっちゃ調子いい。純《じゅん》は筋肉質ってわけじゃないけど、やっぱ男子の身体《からだ》は硬《かた》いっていうか、骨がしっかりしてるっていうか、とにかくあの感じは久しぶり。ちょっとハグしたってかされただけなんだけど、それだけで元気になる。単純すぎて自分でも笑っちゃうけど、マジで精神安定剤《せいしんあんていざい》。てか、学校でハグしちゃった。付き合ってるわけでもないのに。

　これくらいなら……うん、セーフ。先に仕掛《しか》けたのは那織《なおり》だし。

　それはいいとして、慈衣菜《しえな》の話はちょっと急すぎたかな。でも、どうせ断る話だろうし、細かいことはあとで話せばいっか。面倒ごとを純《じゅん》が引き受けるとは思えない。

　全体練習が終わって、一年で固まってそれぞれのメニューをこなしていると、バンッとボールがぶつかる大きな音がした。床《ゆか》にバウンドする音じゃない。慌《あわ》てて振《ふ》り返《かえ》ると、麗良《れいら》とペアで練習していた櫻田可南子《さくらだかなこ》が顔を押さえてうずくまっていた。

「可南子《かなこ》！　大丈夫《だいじょうぶ》？」麗良《れいら》の声。

　駆《か》け寄《よ》る麗良《れいら》に続いて、わたしも可南子《かなこ》の所に走る。

「どうしたのっ？」

「私のパスを取りそこなって――」

　申し訳なさそうに言った麗良《れいら》の言葉を可南子《かなこ》が継《つ》いだ。

「……麗良《れいら》は悪くない。うちがボーっとして――」

　床《ゆか》に、血が落ちた。一滴《てき》。二滴《てき》。

　可南子《かなこ》の指の隙間《すきま》から、血が滴《したた》っている。

「可南子《かなこ》、鼻血出てる。下向いてて」上を向こうとする可南子《かなこ》の頭を支えながら、喉《のど》に血が回らないよう下を向かせる。とりあえず、保健室。あとタオル。「麗良《れいら》、タオルっ！」

「わかった」

騒《さわ》ぎを聞きつけた先輩《せんぱい》や他のメンバーが集まってくる。「可南子《かなこ》、大丈夫《だいじょうぶ》？」「誰《だれ》か拭《ふ》くものっ！」口々に心配する皆《みんな》に向かって「保健室行ってきますっ！」と大きめの声で言って、麗《れい》良《ら》から受け取ったタオルを可南子《かなこ》に渡《わた》す。白いタオルがみるみる赤く染まっていく。

「琉実《るみ》、任せた。こっちはやっておく」

キャプテンの飯田《いいだ》先輩《せんぱい》がそう言って、他のメンバーに床《ゆか》を拭《ふ》くよう指示を出す。

「お願いします。ほら、可南子《かなこ》行こっ」

「ごめん。自分で行くから、琉実《るみ》は練習に――」

「バカっ。何言ってんのっ？」

「琉実《るみ》、私も行く」麗良《れいら》が可南子《かなこ》の肩《かた》を抱《だ》く。「可南子《かなこ》、ホントごめん」

「……っ……麗良《れいら》の所為《せい》じゃない……」可南子《かなこ》は泣いていた。

保健室に向かう途中《とちゅう》、可南子《かなこ》はずっと「ごめん」と「うちの所為《せい》だから」をしきりに繰《く》り返《かえ》した。最近、可南子《かなこ》はぼんやりしていることがあった。わたしはその度《たび》に「ボーっとしてるとケガするよ。ほら、しっかりして」と注意していた。それなのに――悔《くや》しい。

保健室に着いて、先生が濡《ぬ》れたタオルで血を拭《ぬぐ》いながら、軽く可南子《かなこ》の鼻を触《さわ》る。

「痛っ」

「痛かった？　ごめん。軟骨《なんこつ》だけ確認《かくにん》させて」

先生がそう言って、もう一度可南子《かなこ》の鼻にそっと触《さわ》った。

「とりあえず骨は大丈夫《だいじょうぶ》そう。顔が切れてるとかも無いから安心して。このまま鼻を押さえてればおさまると思うから、もうちょっとの辛抱《しんぼう》。可愛《かわい》い顔が無事で良かった」

二人のやりとりを見て、思わず麗良《れいら》と顔を見合わせて長く息を吐《は》き出《だ》した。麗良《れいら》も自分の所為《せい》だと思って気が気じゃなかったはず。可南子《かなこ》の顔に傷がなくて本当に良かった。

「二人とも、ごめん」

鼻声の可南子《かなこ》がまた謝った。

「こっちこそ、ごめん」

わたしは麗良《れいら》の肩《かた》をそっと叩《たた》いてから、可南子《かなこ》の足元にしゃがんだ。

「ね、可南子《かなこ》。最近、どうしたの？」

責めてる感じを出さないように。あくまでも優《やさ》しく。

「……琉実《るみ》……ごめん」折角泣《せっかくな》き止《や》んだのに、また可南子《かなこ》の頬《ほお》に涙《なみだ》が流れた。

そっか、まだ気にしてたんだ。

「もうその話は大丈夫《だいじょうぶ》って言ったじゃん。気にしないで」

「気にしないって……そんなの無理。前の大会、うちのせいで琉実《るみ》は試合に出られなかったんだよ？　責任感じるに決まってんじゃん……」

可南子《かなこ》の頭にそっと手を乗せながら、「可南子《かなこ》のせいじゃないって。わたし、可南子《かなこ》に足かけられたなんて思ってないし、周りが見えてなかった自覚あるもん。それより、可南子《かなこ》に怪我《けが》させなくて良かったって思ってる」と優《やさ》しく言った。

この前、わたしが手首を怪我《けが》したのは練習試合の最中だった。わたしは相手チームの可南子《かなこ》にずっとマークされていた。中等部時代に副部長を務めていた可南子《かなこ》は、わたしのプレイスタイルを熟知している。関東まで一緒《いっしょ》に行った大切な仲間。小柄《こがら》で泣き虫だけど、気が強くて速攻《そっこう》には欠かせない頼《たよ》りになるフォワード。

麗良《れいら》と可南子《かなこ》が相手チームにいたから、熱くなっていた。負けたくなかった。

パスが回ってきた時——わたしと可南子《かなこ》はもつれて転んでしまった。

「そんなこと言うなっ！　うちなんかより琉実《るみ》の方がチームにとって——」

「そんなことないっ！　可南子《かなこ》だって一緒《いっしょ》にやってきた仲間じゃん」

「けど、琉実《るみ》は一年で試合に出させてもらえそうだったんだよ？　一緒《いっしょ》にやってきた仲間だからこそ、同じ一年として——足を引っ張ったみたいで悔《くや》しいんだよ。怪我《けが》したあとだって、ちゃんと練習に来て、ずっと基礎練《きそれん》してたの知ってる。そんな琉実《るみ》の姿を見てると……うちは何やってるんだろうって」

「基礎練《きそれん》すんのなんて当たり前。怪我《けが》したから休みますなんてわたしが言うわけない。そんなの可南子《かなこ》が一番わかってるでしょ？」

「そうだけどっ！　わかってるけどっ！　……やっぱ、琉実《るみ》は強いよ」

「何言ってんの？　わたしじゃなくて、うちらは最強でしょ？」

「そうだよ可南子《かなこ》。琉実《るみ》なんてバスケバカなんだから、怪我《けが》してようがバスケするに決まってるじゃん。強いとか弱いとかじゃない。可南子《かなこ》だって弱くない」

ちょっと。バスケバカって何？　どさくさに紛《まぎ》れて麗良《れいら》のヤツ……あんたも大概《たいがい》でしょ。

「取《と》り損《そこ》なって顔面にボールが当たるって、超《ちょう》ダサいからね？　何年バスケやってんの？」

麗良《れいら》が笑いながら可南子《かなこ》の頭をくしゃくしゃっと撫《な》でた。

「言えてる」ようやく可南子《かなこ》が笑った。「けど麗良《れいら》、あんたのコントロールが悪いからこうなったんだよ。いくらうちがボーっとしてたからって、ちゃんと手元に投げてよ」

「よく言うよ。さっき、あんなに私のせいじゃないって言ってたじゃん」

「いーや、麗良《れいら》が悪い。そうだ、麗良《れいら》のコントロールが悪いっ！　下手くそ」

「琉実《るみ》、可南子《かなこ》がうざい」

麗良《れいら》が可南子《かなこ》を指さしながらわたしに助けを求めてくる。

「何言ってんの。これぞいつもの可南子《かなこ》じゃん」

わたしがそう言うと、麗良《れいら》がお腹《なか》を抱《かか》えて笑い出した。つられて、わたしも思わず笑う。

「二人とも何笑ってんのっ！」

昔から、わたしは可南子《かなこ》に助けられている。

中等部の頃《ころ》、チームをまとめる為《ため》に人一倍頑張《がんば》ってくれたのは、他でもない可南子《かなこ》だ。チームの意見が割れた時は率先《そっせん》して調整役を買ってくれたし、こっちからお願いしなくても、進んで試合に出ない子や後輩《こうはい》のフォローをしてくれた。可南子《かなこ》はとにかく面倒見《めんどうみ》がいい。ちょっとお節介《せっかい》すぎるところもあるけど、それも含《ふく》めて本当にお母さんって感じだった。

だから、可南子《かなこ》は元気がありすぎるくらいでちょうどいい。こうじゃなきゃ困る。

「可南子《かなこ》の泣くとこ久《ひさ》し振《ぶ》りに見た。関東以来？」麗良《れいら》が目尻《めじり》の涙《なみだ》を拭《ぬぐ》いながら言った。

「もっと泣いてるでしょ？　可南子《かなこ》は泣き虫だし」

「琉実《るみ》っ！　泣き虫って言うなっ！　はぁ、悩《なや》んで損した。どーしてくれんの？」

麗良《れいら》が横から「ほら、興奮すると鼻血の勢い増すよ」となだめるけど、止まらない。

「あんたたち二人には手を焼くわ。うちがこんなに悩《なや》んでたっていうのにっ」

「お母さん、心配かけてごめんね」麗良《れいら》が可南子《かなこ》の頭をぽんぽんした。

「頼《たよ》りにしてるよ、我らが女バスのお母さん」麗良《れいら》に続いてわたしも。

「もうっ、やめてよっ。あんたたちがふざけてお母さんとか言うから、先輩《せんぱい》までうちのことお母さんとか言うんだよ？　高校生の娘《むすめ》を産んだ覚えなんてないっつーの」

「みんな可南子《かなこ》のことが好きなんだよ」

今度は真面目なトーンで。みんなが可南子《かなこ》のこと好きなのは本当だから。

「こういう時ばっか調子のいいこと言って。大体、琉実《るみ》が――」

「ひとりで突《つ》っ走《ぱし》るから？」麗良《れいら》が可南子《かなこ》のパスを受けた。

何？　今度はわたしっ？　可南子《かなこ》の話じゃなかったのっ⁉

「そうっ！　だからうちがセーブしないといけなくなるんじゃん。それに付き合わされる方の身にもなってほしいよねー。みんながみんな琉実《るみ》みたいにバスケバカじゃない――ってか、もうサルだよね。ボール持つと嬉《うれ》しくなってずっと離《はな》さないおサルさん」

言ってくれるじゃん。

収拾がつかなくなった時はいつだって決まってる。

「可南子《かなこ》、あとで1on1ね。10ポイントマッチ。負けた方が明日の学食奢《おご》り。あと、明日限定であだ名はサル。どっちがサルか決めようじゃん」

これがわたしたちのやり方。

一瞬《いっしゅん》きょとんとした顔になった可南子《かなこ》が「そういう発想がバスケバカなんだって」とぼやきながらも、「デザート付きね」と返して笑った。

2
KOI WA FUTAGO DE WARIKIRENAI
れない

高村資本
SHIHON TAKAMURA
[イラスト]
あるみっく
恋は双子で割

第一章

TITLE

どうかな、白崎君。悪くない提案だと思わないかな？

（白崎《しろさき》 純《じゅん》）

KOI WA FUTAGO DE WARIKIRENAI

「しーろーざーきーっ‼」

昼休み、教授達とお昼を食べようとしていた時だった。聞きなれない声が教室に響《ひび》いた。

余りの大声に注意をひかれたものの、それが自分の名前を呼んでいるものだとは露《つゆ》ほども思わず、教授から「おい、雨宮《あまみや》が呼んでるぞ。てか、あいつと知り合いなのか？」と言われて、ようやくそれが自分を呼んでいるのだと分かった。

心当たりはある。昨日の放課後、琉実《るみ》が階段で言っていた話だ。

琉実《るみ》は言《い》い辛《づら》そうに、更《さら》に言えば上目遣《うわめづか》いで僕の顔色を窺《うかが》いながら「慈衣菜《しえな》がね、昨日ちょっと通話したんだけど——純《じゅん》に勉強教えてほしいんだって」と口にした。

どう好意的に受け止めても厄介事《やっかいごと》にしか思えないその申し出を、熟慮《じゅくりょ》することなく断ろうとしたのだが、ちらっとスマホを見た琉実《るみ》は、「やばっ、部活に遅刻《ちこく》しちゃう。詳《くわ》しくはまたあとで」と言って走り去ってしまった。その日の夜、琉実《るみ》に連絡《れんらく》しようかと思ったのだが、どうせ断る話だし、わざわざこっちから訊《き》いて興味があるみたいに思われるのも癪《しゃく》なので、何もしなかった。今になって昨日の自分を反省しても遅《おそ》い。琉実《るみ》から持ってきた話なんだから、向こうから連絡《れんらく》くらい——なんてそれこそ今更《いまさら》。言っても仕方がない。

訝《いぶか》しがる教授に「いや、知らねぇ」と言いながら、仕方なく立ち上がった時——再び大声で「しろざき居ないのーっ⁉」と叫《さけ》ぶ声が響《ひび》いた。

雨宮《あまみや》の近くに居た女子がおずおずと僕を指した。何事かというクラスの視線が集中する。

昨日といい、いったい何なんだ。こっちは何処《どこ》で何を言われているのか、びくびくしながら過ごしてんだぞ。これ以上、余計な注目は浴びたくない。お昼くらい平和に食べさせてくれ。

クラスの好奇心《こうきしん》に晒《さら》され、居心地《いごこち》の悪さを味わいながら雨宮《あまみや》のもとへ行く。

「……そんなに大声出すなよ」

あちこちで聞き耳が立っているので、声が小さくなる。

「ちょっとー、いるならさっさと返事してくんない？」

雨宮《あまみや》はそんな僕の様子など意に介《かい》していないようで、ボリュームを絞《しぼ》ることはなく、長い金《きん》髪《ぱつ》を手繰《たぐ》るように撫《な》でながら不満を言ったかと思うと、くるっと向きを変え、さきほど僕を指差した女子に「そう思うっしょ？」と同意を促《うなが》した。

突然《とつぜん》話を振《ふ》られた女子は「う、うん。そうだよね」と曖昧《あいまい》な返事をして、去っていった。

彼女が委縮するのも無理はない。雨宮《あまみや》はうちの学校では異質だ。制服のスカートは短く、首元のボタンは開いたまま。耳には透明《とうめい》なプラスチックのピアスみたいな物が覗《のぞ》いている。何より特徴的《とくちょうてき》なのは、金髪碧眼《きんぱつへきがん》の見た目。外国と日本のダブルらしいが、着崩《きくず》した制服と相俟《あいま》って、近寄《ちかよ》り難《がた》さに拍車《はくしゃ》をかけている。派手目な顔も、素顔《すがお》なのか化粧《けしょう》なのか分からない。

いずれにしても、僕とは交わらないタイプ。

「あと、しろさき、な。〝ざき〟じゃない。濁《にご》んないから」

ごめんごめん。てか、濁《にご》るってナニ？」

濁《にご》るって普通《ふつう》に使うだろ。

「濁点《だくてん》が……何でもない。気にすんな。それより、いったい何の——」

「ちょっとこっち来てっ」

いきなり手を摑《つか》まれ、廊下《ろうか》に引《ひ》き摺《ず》りだされた。雨宮《あまみや》からは、まるで雑貨屋にでも迷い込んだかのような南国風《なんごくふう》の甘ったるい匂《にお》いが漂《ただよ》っている。空気がピンクに染まった感すらある。

「……いきなりなんだよ」

廊下《ろうか》で立ち止まった雨宮《あまみや》がこっちを向いて——僕の耳にぐっと顔を近付けた。

「ね、るみちーから聞いてると思うケド、勉強教えてくんない？」

「その件なんだが……僕以外に頼《たの》んで——」

「とりあえず、先にお願いだけしに来たっ！　詳《くわ》しい話はまた放課後っ！　じゃ！」

人の言葉を遮《さえぎ》った挙句《あげく》、雨宮《あまみや》はそう言い残して足早に去っていった。

てめっ、人の話は最後まで聞け——放課後？　放課後ってなんだよ。

雨宮《あまみや》と会話した時間、凡《おおよ》そ二十秒。いや、あれは会話じゃない。一方的にあれこれ言われた

だけだ。僕の言葉なんか聞いちゃいない。と言うか、あれが人に物を頼《たの》む態度なのか？

釈然《しやくぜん》としないまま教室に戻《もど》ると、案の定と言うべきか──教授がとんでもなく不機嫌《ふきげん》そうな顔でこっちを睨《にら》んでいた。椅子《いす》を引いて座ろうとすると、舌打ちが聞こえた。

「なんだよ、その顔。あからさまに舌打ちすんな」

「舌打ちする教授の気持ちも察してやれよ」

教授の横に座る坂口瑞真《さかぐちみずま》（僕や教授は安吾《あんご》と呼んでいる）が口を出してきた。

「うるせぇな。ほっといてくれ。大体、なんで安吾《あんご》が教室で昼飯食ってんだ。学食行けよ」

「たまにはお前らと交流を深めるのもいいだろと思ってな」

「今さら何言ってんだ。交流もへったくれも──」

安吾《あんご》が急に僕の肩《かた》に手を回し、小声で「なぁ、白崎《しろさき》って妹に決めたのか？」と言い放った。

安吾《あんご》の耳にまで届いてたか……まぁ、時間の問題だったのは間違《まちが》いない。

「どういう話を聞いてるのか知らんが、違《ちが》う。そういう意図はない」

「ふーん。なるほどね。ま、いいわ」

僕を解放した安吾《あんご》が、コンビニ弁当のフィルムを剝《は》がし出《だ》した。

まさか、その話をする為《ため》に、教室に来たのか──って、そんなわけないか。安吾《あんご》は僕のそういう話にはさして興味がない。

安吾《あんご》とは中等部の頃《ころ》、同じクラスになったことがある。しかし、それが切《き》っ掛《か》けで仲良くなったかと言われると、ちょっと違《ちが》う。安吾《あんご》の成績は常に上位——中等部の頃《ころ》、最高で二位。つまり、僕を敵視《ライバルし》している。安吾《あんご》が興味あるのは、僕の成績だけだ。

かつて生徒会長を務めたこの男は、そういう理由で事《こと》ある毎《ごと》に絡《から》んでくる。本人曰《いわ》く、僕と安吾《あんご》は竜攘虎搏《りゅうじょうこはく》とのことらしいが、どうせ恰好《かっこう》付けたがりの安吾《あんご》のことだ、それっぽい四字熟語を見付けたから使いたくなっただけだろう……って、あんまり人のことは言えないか。

それはそれとして、どこかの不貞野郎《ふていやろう》とは違い、男女問わず安吾《あんご》の評価は高い。教員もその例に漏《も》れない。イベント事《ごと》にも積極的《せっきょくてき》だしな、僕と違って。

当然、前期のクラス委員は安吾《あんご》である。ちなみに女子は琉実《るみ》。余談。

「おい。おまえら、隠《かく》れて何話してんだよ？」

「教授は気にすんな。こっちの話だ。それより、おまえらと昼飯食うの久々だな。俺が居なくて寂《さび》しかっただろ？」

「よく言うぜ。どーせ、バスケ部の連中と喧嘩《けんか》でもしてハブられたんだろ？」

安吾《あんご》が教授を煽《あお》り、教授が安吾《あんご》を煽《あお》る。いつも通りのやり取り。

「おまえと一緒《いっしょ》にすんな。誰《だれ》かさんと違《ちが》って人望があんだよ、こっちには」

「は？　俺はハブられてなんかねぇからな。今だってサッカー部連中とは仲良《なかい》いぞ。つーか、俺だって靭帯《じんたい》やらなきゃサッカー続けてたわっ」

人望がどうのという舌戦《ぜっせん》、何度聞かされたことか。ただ、安吾《あんご》から怪我《けが》の件に触《ふ》れることはない。僕らは当時の教授を知っている。こうして自ら話題にするのは、教授なりに折り合いをつけているからなのだろう。人から話柄《わへい》にされるのと、自分から言うのは大きく違う。

なんて、今は教授の過去を思い出している場合じゃない。お昼を食べたらとにかく琉実《るみ》を呼び出そう。こんなことなら、僕から振《ふ》ってでも昨日のうちに話をしておくべきだった。そればかりが心底悔《く》やまれる。琉実伝手《るみづて》でもいいから、はっきりと断りを入れておくべきだった。雨宮《あまみや》のあの感じからして、おそらく僕が断ることを想定していない。

冗談《じょうだん》じゃない。そんな面倒事《めんどうごと》は引き受けたくない。琉実《るみ》に勉強を教えるのなら、幾《いく》らでも引き受ける。だが、よく知りもしない雨宮《あまみや》の願いを叶《かな》えるほどお人好《ひとよ》しじゃない。

さっきだってそうだ。わざわざ特進に来て僕を呼び出さなくたって良かった筈《はず》だ。それこそ放課後だっていい。あの騒《さわ》ぎの所為《せい》で、今でもクラスメイトが僕らの会話に聞き耳を立てているような気がして、落ち着かない。考えすぎかも知れないけど。

二人を放置しつつ、琉実《るみ》に《飯のあと、時間あるか？》とＬＩＮＥを入れる。

そもそもの話だが、どうして僕なんだ？　単純に成績が良《い》いからだとしても、面識があるわけじゃないし、本来なら女子に頼《たの》むのが筋だろう。

「で、どうしておまえが呼び出されたんだ？　話はそっからだろ。奴《やっ》さんの要件ってのは、一体何だったんだよ？」

安吾《あんご》とのディスり合いに満足したのか、おにぎりのフィルムを剝《む》きながら教授が言う。

奴《やっこ》さんっていつの時代だよ。リアルで言うヤツ、なかなか居ないぞ。

「勉強を教えてくれだとさ」

一瞬《いっしゅん》、教授の動きが止まる。「は？　なんだよそれ。マジで絡《から》み無いんだよな？」

「ねーよ。僕にも何がなんだかわからん。こっちが聞きたい」

「ま、白崎《しろさき》みてぇなヤツと絡《から》みは……無いよなぁ。でも、良かったじゃんか。こんなチャンス滅多《めった》にねぇぞ？　相手はあの雨宮《あまみや》だろ？　うちの部員が聞いたら泣いて羨《うらや》ましがるわ」

安吾《あんご》がそう言うと、教授が「俺も泣きてぇよ。なんでこいつばかり」と独《ひと》り言《ご》ちた。

「雨宮《あまみや》と同じクラスになったこともないし、何かの委員会とかで一緒《いっしょ》になったこともない。そういう関わりがあったとしても、仲良くなれるタイプじゃない。こんなチャンス滅多《めった》にないと言われようが、僕にしてみればチャンスでも何でもない。だから、教授。泣くな」

共通の話題だって無いだろうし。勉強を教える義理も無い。

「おい、白崎《しろさき》。階段歩く時とホームに立つ時は、背中に気を付けろ」

スマホがポケットの中で震《ふる》えた。ロックを解除すると、《なんで？》とだけあった。

単刀直入に用件を伝えようと入力欄《にゅうりょくらん》をタップすると、立て続けにメッセージが連投された。

《なんかあったの？》

《学食だから、すぐはムリ》

しゅぱしゅぱっとメッセージが増えていく。どうして一度にまとめて書かないんだよと毎度思うが、口にしたことは無い。どこぞの妹に比べれば、琉実《るみ》なんて可愛《かわい》い方だ。

長文を連投して人に疑問を投《な》げ掛《か》けてきたかと思うと、急に自分で答えを出して《解決したからもういい》なんて送ってくる始末。那織《なおり》は間違《まちが》いなく、僕のトーク欄《らん》をメモ帳か思考のアウトプット場所として使っている。その癖《くせ》、たまに反応しなかったりすると拗《す》ねるんだよな。

〈雨宮《あまみや》が勉強教えろって教室まで来た。〉

こう返せば、琉実《るみ》もちょっとは事態を理解してくれるだろう。

「で、どーすんだよ？　相手は爆乳《ばくにゅう》だぞ？」と教授が気に食わない雰囲気《ふんいき》を声に滲《にじ》ませ、安吾《あんご》が「確かにあれは半端《はんぱ》ねぇ」と首肯《しゅこう》する。

「どーもしねぇよ。そんな面倒《めんどう》なこと引き受けられるかよ。胸が大きかろうと関係ない」

「かぁー、やっぱ余裕《よゆう》が違《ちが》うよなぁ。俺なんか、雨宮《あまみや》に頼《たの》まれたらすぐ引き受けるわ。そういう機会でもないと、絶対に仲良くなれねぇ。軽そうに見えて、ガード硬《かて》ぇんだよな」

「だったら、是非《ぜひ》とも僕の代わりに教えてやってくれ」

「ガード硬《かた》いって、雨宮《あまみや》にも例の如《ごと》く告白しようとしたのか？」横から安吾《あんご》が割って入る。

「しようとした——と言うか、早々に諦《あきら》めた。話しかければ普通《ふつう》に返してくれるんだが、もう全身から『何の用？』ってオーラが凄《すげ》ぇんだ。モデルをやってたりすると、そういうヤツが寄って来るんだろうな。完全にあしらわれたって感じだったわ」

教授が急に遠くを見詰《みつ》めたかと思うと、今度は自分の手をまじまじと見て、「あの乳を堪能《たんのう》したかった」と往生際《おうじょうぎわ》に現世への未練を吐露《とろ》するみたいなトーンで悲嘆《ひたん》に暮れた。

大袈裟《おおげさ》すぎんだろ。そういうことするから芝居臭《しばいくさ》いとか言われるんだよ。

「あしらわれたのか。ダセぇ。ま、教授が相手じゃしょうがねぇか。警戒《けいかい》して当然だ。てか、雨宮《あまみや》ってそんな感じなんだな。俺は普通《ふつう》に話してたしなぁ。よくわからん」

「そーいうのいいから。聞いてねぇし。黙《だま》ってバスケやってろ。こっち来んな」

「しかし、教授は相変わらず手広くやってんのな。その行動力には関心するわ」

まさか教授が雨宮《あまみや》にまで近付こうとしていたとは。失敗した告白という名の桜の木の下には、まだまだ僕の知らない死体が沢山《たくさん》埋まっているらしい。

「つーか、教えたいんだが！」教授が急に大声を出した。「俺を推《お》せっ！　俺だってこれでも特進なんだ。学校でも成績は上位勢なんだ。女子に教える権利くらいあるはずだっ！」

「教授が特進だってこと、今の今まで忘れてたわ」

安吾《あんご》が僕に乗っかって「教授って俺らと同じクラスだったっけ？」と煽《あお》る。

「おまえらっ！　クラスメイトだろうがっ！　白崎《しろさき》、マジで言えよな？　な？」

教授を推《お》したら人間性疑われそうだな……雨宮《あまみや》にそう思われたところで痛《いた》くも痒《かゆ》くもないんだが、シンプルに教授が人に勉強を教えるところが想像出来ない。本人には言えないけど。

※　※　※

（神宮寺那織《じんぐうじなおり》）

「ご飯食べられそう？」

部長がサンドウィッチを食《は》みながら、スマホを置いたままスクロールしている。

「微妙《びみょう》。食欲無い。お弁当食べる気しない」

お弁当箱を開けた瞬間《しゅんかん》、食べ物の混ざった匂《にお》いがしてもうダメ。食欲は家出しました。

「それはそれは……あ、痛み止めあるよ。確か、鞄《かばん》の中に持ち合わせが――」

「さっき飲んだから大丈夫《だいじょうぶ》。ありがと。多分、その内効いてくると思う」

ほんと、絶不調。ただただ身体《からだ》が重い。頭も超痛《ちょういた》い。動きたくない。はぁ。だる。具合悪過ぎて腹立たしい。早退したい。帰りたい。せめて保健室で寝《ね》たい。

「じゃあテンションあがる話でもしよっか。ほら、えーと……テンションあがる話って何？」

「何それ。自分で言ったんでしょ」

蓋《ふた》が閉じられたお弁当箱に目を落とす。やっぱ、ダメ。気分じゃない。デカフェの紅茶を一口飲んで、罪悪感と一緒《いっしょ》にお弁当を仕舞《しま》う。お母さん、ごめん。今日は無理。

「うーん、じゃあ、先生の欲《ほ》しい物は？」

「ん？」机に突《つ》っ伏《ぶ》して、部長の顔を見上げる。

「欲《ほ》しい物の話でもして妄想《もうそう》すれば、ちょっとは気が紛《まぎ》れたりしない？」

「あー、そういうこと。欲《ほ》しい物ねぇ。特にないなぁ」

「はいそこっ、それじゃ気分転換《てんかん》にならないでしょっ」

「待って。考えるからちょっと待って。んー……シンプルにお金」

とりあえず服買って、デパコス揃《そろ》えて、あとはちょっと高めのアクセとか——そんなちっこい夢じゃだめだっ。うん。もっとでっかくいこう。どんよりとした靉靆《あいたい》な気分を消し飛ばすには、ちまちました夢じゃ全く以《もっ》て足りないっ。んーと、でっかい夢って何？　あー、えーと、そだっ！　デパートとかショップで、棚《たな》の端《はし》から端《はし》まで買ってみたい。デパートだったら外商の人についてもらって、「ここからここまで頂戴《ちょうだい》」みたいな……そんなこと、我が家の財政状況《じょうきょう》じゃとても叶《かな》わない。娘《むすめ》二人私立じゃ余計に無理。そもそも無理だけど。

うん。やっぱり、私が欲《ほ》しい物は——お金。それ以外無い。お金は全てを解決する。

お札があれば足元だって明るくなるよっ！

「うん、お金だ。お金だったら幾《いく》らまでいい？　今、ざっと見積もっても百万以上は——」

「ちょっと待って。この短い時間の中で、どんな妄想《もうそう》が繰《く》り広《ひろ》げられてたの？」

「デパートとかで、ここからここまで頂戴《ちょうだい》をやってみたい」

「あー、そういうことね。わからなくはないけど、私はそういうの無いんだよねー。こぢんまりと、自分の好きなものを買ってほくほく出来ればそれで幸せだなぁ。先生みたいに拝金主義の権化《ごんげ》みたいな欲求は無いなぁ。蟹工船《かにこうせん》でひと稼《かせ》ぎしてみたら？　いざ、ベーリング海」

「蟹漁《かにりょう》は稼《かせ》げるかもしれないけど、明らかに私向きじゃないでしょっ！　すぐ海に落ちて凍死《とうし》する自信あるからねっ。そして、蟹工船《かにこうせん》って言い方っ！　多喜二感《たきじかん》が溢《あふ》れ出《で》てるよっ！　いい？　私は賃金労働者《プロレタリアート》になりたいんじゃないのっ！　資本家《ブルジョワジー》になりたいのっ！　てかさぁ、軽くディスられた気がするのは気の所為《せい》？　勘違《かんちが》い？　相対的に自分の好感度上げに来てるよね？　私はそういうキラキラしたものは要《い》りませ～ん、みたいな。何それ。高い服着てみたいじゃんっ。高いアクセ纏《まと》いたいじゃんっ。どんな手触《てざわ》りなのかなぁとかあるじゃんっ。気になるでしょ？　着てみたいでしょ？　着たいって言って」

部長が渋々《しぶしぶ》と云《い》った顔をして、「……はい。着てみたいです」そう苦々しく言った。

「ほらぁ。ね？　そうでしょ？　本音はそうでしょ？」

「お母さん、私は友人から圧を受けて屈伏致《くつぷくいた》しました。自分の意見を曲げてしまいました。私は弱い子です。亀嵩家《かめだけけ》に泥《どろ》を塗《ぬ》ってしまいました。ごめんなさい。でも、後悔《こうかい》はしていません。これは友人の身体《からだ》を気遣《きづか》って見掛《みか》け上《じょう》同調しただけなのです。私には、とても大切な友達なのです。ここで賛同してあげないと、友達が機嫌《きげん》を損《そこ》ねてしまう恐《おそ》れがあったのです」

「心の声、だだ漏《も》れ過《す》ぎるでしょ」

「あ、漏《も》れてた？　ごめんごめん。無意識だった。先生の悪口、言ってなかったよね？」

「直接的に言ってはないけど……それより、よく恥《は》ずかし気《げ》もなくそう云《い》うこと言えるよね」

「へへへ。弱った先生を喜ばせよう作戦」部長が子供っぽく笑った。

「喜ばせるなら、前半の部分がとんでもなく余計だったかなー」

どうせなら、大切な友達ってフレーズだけにして欲《ほ》しかった。そうだったら完璧《かんぺき》。部長の性格上そこまでデレてくれないけど、そこがまた部長の可愛《かわい》い所。私的には。

「そこは照《て》れ隠《かく》しゾーンだから言及《げんきゅう》しないで。そうそう、さっきの話だけど、冗談《じょうだん》は抜《ぬ》きにして、私はリアルにほどほどで良《い》いんだよ。ちなみに、現実的なとこで言うと？」

「現実的って何？　どのライン？」

「うーん、五千円とか一万円貰《もら》ったとしたら、何買う？　これならどう？」

なかなかリアルな金額。えー何だろ。「服かコスメ」

「まぁ、そんなとこだよねー。私だったら、そうだなぁ。ポーチかなぁ」

「どこの？　狙《ねら》ってるのとかあるの？」

部長がスマホの画面をこっちに向ける。「うーんと、これ可愛《かわい》くない？」

さっきからスマホで何を見てるのかと思ったら、こういうことね。

「ああ、わかる。これは可愛《かわい》い。大人っぽいけど、絶妙《ぜつみょう》な可愛《かわい》さがある」

「ねー。このジェリスタのポーチ、イイよね。ちょうどネットショップのセール通知が来たからと思ったけど……簡単には手が出まてん」

部長からスマホを受け取ってみると——うん、確かに手が出まてんな。凄《すご》く高いってわけじゃないけど、高校生には手が出《だ》し辛《づら》い絶妙《ぜつみょう》なお値段。おねだり系。

「大学生が彼氏《かれし》のバイト代を当てにするにはいい価格帯ですな」

「だよねぇ。あ、このポーチなら……」

部長が言《い》い掛《か》けて、ちらっと私の顔を見る。「どう、ちょっとは気、紛《まぎ》れてきた？」

「だいぶ良くなった。薬が効いてきたかも。ありがと」

「少しは力になれたようで安心した」部長が再び画面に目を戻《もど》す。

「ね、そのサイト、私にも送って」

私も見たい。セール大好き。最高。サイトをスクロールしているだけでも幸せ。もちろん買えればもっと……けど先月調子に乗って使っちゃったし、なんなら追加融資《ゆうし》して貰《もら》ったし、今月はセーブしないと——あっ！　待って、今月って私の誕生日じゃん。

どんよりとした暗澹《あんたん》たる心象の中に、セントエルモの火が灯《とも》る。

この世をばわが世とぞ思ふ望月《もちづき》の欠けたることもなしと思へば。

この世は大げさにしても、今月は私の月だ。私こそが主役なんだっ。まさに、道長《みちなが》気分。

風待月《かぜまちづき》？　冗談《じょうだん》じゃない。風は吹《ふ》いているっ。風立ちぬ、いざ生きめやもだよっ。

もしかして私の欲《ほ》しい物云々《うんぬん》って、そういうこと？　ちょっと部長。露骨《ろこつ》だよぉ。もう、下手なんだから。バレバレだよっ。うし、さっきの暴言も聞かなかったことにしてあげる。

なんなら部長とお誕生日会でも——それればかりは私から言えない。察して。部長なら察してくれるよね。俄然《がぜん》テンションがあがってきた。

心なしか、気分も良くなってきた気がする……気がするだけなんだけど、それでも十分。

「今、送ったよ。そう言えば、先生ってそろそろ誕生日だよね？」

部長っ！　やっぱりっ！　好き。超好《ちょうす》き。期待しちゃうよ？

祝ってくれてもいいんだよ？　部長が誘《さそ》ってくれるなら即決《そっけつ》だよ？

「やっぱ最後は部長だよねー。ありがと。結婚《けっこん》しよ？」

「それはごめん。ちょっと無理かな。先生に搾取《さくしゅ》される未来しか思《おも》い描《えが》けない」

「酷《ひど》くない？　搾取《さくしゅ》って何？　私、かなり献身的《けんしんてき》に尽《つ》くすよ？　料理だって洗濯《せんたく》だって掃除《そうじ》だって何でもやるよ？　それでもダメなの？　それでもこの私が嫌《いや》だと言うの？」

「先生、悪いけど言葉のひとつにひとつに真実味が感じられないよ。だって先生の部屋、いつも散らかってるじゃん。人を部屋に呼ぶ時の『汚《きたな》いところだけど』みたいな枕詞《まくらことば》のあとって、『そんな謙遜《けんそん》しないでよ。超綺麗《ちょうきれい》じゃん。あ、このクッション可愛《かわい》い』みたいな会話がセットなんだよ？　先生の場合、服とか本を隅《すみ》に追いやって、はい出来上がりって感じじゃん。あれじゃ綺麗《きれい》だなんて言えないよ。口が裂《さ》けても言えないよ？」

「言わせてもらいますけど、ちゃんと綺麗《きれい》な時だってあるんだからね。部長がいつも突然《とつぜん》来るから、たまたま掃除《そうじ》してない時に当たるだけなんだって。けどさー、究極的に言っちゃうと、あの部屋は親から管理権を委譲《いじょう》されてるんだから、私がどうしようが勝手でしょ？　散らかしたって良くない？　そもそも、部屋っていうものは勝手に散らかるんだよ。エントロピーが増大するんだよっ。これは自然の摂理《せつり》なんだよっ。それに逆らうっていうのは、エネルギーを大量に消費するんだからね。琉実《るみ》と同じ部屋だった頃《ころ》は、私だってちゃんと自発的にエネルギーを使って、部屋の秩序《ちつじょ》を維持《いじ》してたもん」

ええ。やりましたとも。琉実《るみ》が小姑《こじゅうと》みたいにガミガミうるさいからね。いちいち細かいんだよね。病的なくらい。ロアルド・ダールのフォスター夫人みたい。

「うわっ、でた。すぐそういうこと言う。エントロピーとか知らないから。それに、秩序《ちつじょ》を維持《い》してたなんて偉《えら》そうに言うけど、それ絶対に嘘《うそ》でしょ。先生が自発的に掃除《そうじ》するなんてあり得ないよ。大方、琉実《るみ》ちゃんが『ちゃんと片付けてよっ』みたいに怒《おこ》って、先生があれこれ文句を言いながら仕方なく片付けてる光景がありありと目に浮《う》かぶよ。下手したら琉実《るみ》ちゃんに反抗《はんこう》して喧嘩《けんか》してそう。どうせ、『部屋の境界線を越《こ》えなきゃ問題無いでしょ？　琉実《るみ》こそ勝手に境界線越《こ》えないでっ』みたいなこと言ってたでしょ？」

くそっ。エスパーか？　エスパーなのかっ？　何、人の過去を見てきたの？　認めないけどねっ！　エリコの壁《かべ》がどーのなんて言ってません。

「は？　そんなこと言ってないし。邪推《じゃすい》すんのやめてくれる？」

「……言ってたんだね。うん、そんなことだろうと思ってたから大丈夫《だいじょうぶ》だよ。そなたの天性のなかでむなしくついえてしまった善のために、わたしはそなたをあわれむ！」

「なにそれ」

「ホーソーン『緋文字《ひもんじ》』。読んでない？」

「読んでない。名前だけ知ってる。てか、善は費《つい》えてないからね」

「うん。少しは残ってるよね。知ってる。悪者《ヴィラン》にだって付け入る隙《すき》は必要だもんね。負けた時の悲しみを引き出せないもんね。私はいつだって先生の味方だよ」

「……ねぇ、部長。しれっと人のこと悪者《ヴィラン》呼ばわりしたでしょ」

「ちゃんと私は先生の味方だって言ったじゃん」

「じゃあ、私と結婚出来《けっこんでき》る？　結婚《けっこん》して面倒《めんどう》見てくれる？　多分、料理も掃除《そうじ》も洗濯《せんたく》もお願いすることになると思うけど、いい？　ね？　私、ひとりじゃ生きていけないの」

「甘い声出してもダメだよ。絶対に嫌《いや》。そういうのは白崎《しろさき》君に言いなさいっ！」

「純《じゅん》君なら受け入れてくれるかな？　受け入れてくれるよね？」

「私に訊《き》かないでよ。と言うか、もうノリが介護《かいご》だよね。白崎《しろさき》君、可哀想《かわいそう》。どうか神様、白崎《しろさき》君が琉実《るみ》ちゃんを選びますように。先生と一緒《いっしょ》になったら全て吸い取られてしまいます」

「ちょっとっ！！！　失礼すぎるでしょっ！！！　人のことを何だと思ってるのっ⁉」

許さぬ。この小娘《こむすめ》、絶対に許さぬ。ダチュラだ。玄孫《やしゃご》の代まで呪《のろ》ってやる。

「軽い冗談《じょうだん》でしょ～。本気にしないでよ～」

「……ちょっとは本音混じってたでしょ？」

「ちょっとは、ね。ホント、ちょっとだよ」

「どれくらい？」

「う〜ん……ざっくり言うと八割くらい？」

「ほぼほぼ本音だよっ！　冗談《じょうだん》二割しか無いじゃんっ！」

「ふふっ。二八蕎麦《にはちそば》みたいだね。本音は八割、つなぎの冗談二割でごじゃい」

「とか言って、どうせ本音が十割蕎麦《そば》なんでしょ？　はぁ、もうマジで部長嫌《きら》い。最悪」

部長が急に私の手を握《にぎ》る——「じゃ、今度、お誕生日会しようね」

「ねぇっ！！！　機嫌《きげん》の取り方っ！！！　雑すぎない？　そんなんで『ありがとうっ！　超《ちょう》楽《たの》しみっ！』みたいになるとでも思ってるわけ？　どこぞのチョロインでもそんなんじゃ機嫌《きげん》とれないよっ！　私、これでもめんどくさい自覚あるからね？」

「……先生」部長が祈《いの》るように手を合わせて目をきらつかせる。

「なに？」

「面倒《めんどう》くさい性格の自覚……あったんだね。良かった。本当に良かった」

「うっざ。超《ちょう》うざい」

頭痛が増してきた。頭痛が痛い状態。薬全然効かないじゃん。部長の所為《せい》だ。

「先生が元気になってくれて良かったよ。そうじゃないと、張り合いがなくて寂《さび》しいもん」

「どうも、おかげ様でねっ！」

元気になっては無いけどねっ！　気は紛《まぎ》れたけど、絶賛怠《だる》いからね。午後の授業、出るのやめよっかな。やっぱ保健室で寝《ね》たい。原因に心当たりが無さ過ぎる。まだ違《ちが》うし。

何なの？　私が何かした？　昨夜は食べ過ぎたような気もちょっとはするけど、中々寝付《ねつ》けなくて気付いたら三時だったりしたけど――それとこれとは関係無いよね？　明け方に肌寒《はださむ》くて起きたけど、関係無いよね？　うん、絶対に無い。私は悪くないっ！

私はどうやら未知の病に犯《おか》され……侵《おか》されちゃった。

「無理させちゃったね。ごめんね。もう煽《あお》らないから、ゆっくりお休み」

よしよしと言いながら、私の頭を部長が撫《な》でる。

保健室で寝《ね》る前にこれだけは訊《き》いておかねば。

「――で、ほんとに誕生日会してくれるの？」

※　※　※

（神宮寺琉実《じんぐうじるみ》）


「なんでいきなり行ったの？　一緒《いっしょ》にお願いに行ってって言ったの慈衣菜《しえな》じゃん」

学食で麗良《れいら》や可南子《かなこ》と別れ、ひとまず落ち着いて考えようと中庭に向かったところで、ちょうど慈衣菜《しえな》を見付けたわたしは、一緒《いっしょ》に居たグループの子たちに「ごめんっ、ちょっと借りるね」と断って、慈衣菜《しえな》を確保した。その中には中等部の頃《ころ》に同《おな》クラだった子も居て、「お、委員長の呼び出し久々じゃん？　エナ、なんかやらかした？」なんて笑っていた。

中等部の時の慈衣菜《しえな》は、本当に問題児だった。服装やら遅刻《ちこく》やらで注意されるのは日常茶飯事《にちじょうさはんじ》で、授業中はしょっちゅう寝《ね》てるし、それどころか授業に出てないこともあったりして、呆《あき》れかえった先生から「神宮寺《じんぐうじ》からも言ってくれ」って何度も頼《たの》まれたりした。

ホント、中等部の頃《ころ》は手を焼いた——って今はそんなことどうでもよくて。

「とりま挨拶《あいさつ》しとこっかなーって。ダメだった？」

「あいつはめんどくさいから、こういうのは段階踏《ふ》まないとダメなんだって」

「妹ちゃんよりは大丈夫《だいじょうぶ》って言ったのはるみちーじゃん」

「そうだけど……」

純《じゅん》と那織《なおり》を比較《ひかく》したら、そりゃ誰《だれ》だって純《じゅん》の方がまともだって言うでしょ。どちらかと言えば純《じゅん》も面倒《めんどう》な部類だけど、偏屈《へんくつ》の塊《かたまり》みたいな超絶厄介人間《ちょうぜつやっかいにんげん》の那織《なおり》に比べればよっぽど真人間。

あの子だって余所《よそ》行《い》きモードなら上辺だけでなんとなく流すことはできるだろうけど、そもそも勉強を教えてほしいみたいな話だと取り付く島なんて見付かりそうにない。

すべての発端《ほったん》は、《赤点とっちゃった》という慈衣菜《しえな》のメッセージ。それだけならなんてことない雑談だったんだけど、《ママが怒《おこ》ってて鬼《おに》ヤバイ》だの《仕事《モデル》やめさせられそー》みたいな話になってきて、最終的に通話であれこれ相談を聞いているうちに、『妹ちゃんに勉強教えてもらえないかな？　頭めっちゃイイっしょ？』と慈衣菜《しえな》から言われた。

無理。ぜぇっったいに無理。

うん、心の中じゃ即答《そくとう》だったよね。けど、そこは姉として「那織《なおり》はちょっと難しいかなー。ほら、あの子って気難しいトコあるし、あんまり人に教えるのは得意じゃないっていうか、うーん、どうだろーなぁ」って遠回しにオブラートに包みました。

那織《なおり》に頼《たの》むくらいなら代わりにわたしが――とも思ったけど、総体を控《ひか》えた今、放課後の時間は超貴重《ちょうきちょう》。家に帰ったあとだって、できる限り自主練したい。わたし自身のリベンジもかかってるし、それ以上にうちの部としてのリベンジもかかってる。

ようは勉強ができて、教え方が上手《うま》くて、放課後に時間があって、わたしと知り合いで、頼《たの》みごとをしやすくて――条件に合致《がっち》する人はすぐに思《おも》い浮《う》かんだ。思《おも》い浮《う》かんだけれど、さすがに慈衣菜《しえな》に純《じゅん》を紹介《しょうかい》するつもりはなかった。

ただ、わたしはストレッチをしながらスピーカーで話をしていて、ふと、本当にぽろっと、よく考えもせずに「どっちかと言えば純《じゅん》……」と呟《つぶや》いてしまった。完っ壁《ぺき》に油断してた。

それを聞いた慈衣菜《しえな》が『なる。確かに頭イイし、るみちー仲いいよねっ？』と乗り気になってしまった。亀《かめ》ちゃんとか他の人の名前を出してみたんだけど、『どーせ教えてもらうなら、学年トップが間違《まちが》いなくない？　最強じゃね？』と押し切られてしまった。

そりゃそうだけど……男女の組み合わせってどうなの？　色々まずくない？　急にいい雰囲《ふんい》気《き》になったりとかしちゃって――って心配しすぎ？　だよね。慈衣菜《しえな》に限ってそれはない。

慈衣菜《しえな》が純《じゅん》に興味ないのはいいとしても、仮に純《じゅん》が——ないか。あいつは慈衣菜《しえな》みたいなタイプの女子は苦手だろうし、なんなら奥手《おくて》だし。だよね。そうだよね。

なんてたって奥手《おくて》ですからねっ！！！

よく知っておりますともっ！！！

ま、勉強を教えるだけだし、それも追試までの間だし、大丈夫《だいじょうぶ》か。

問題は——純《じゅん》が引き受けてくれるのか、だよね。十中八九断ると思うけど。

だからわたしは、「ひとまず軽く訊《き》いてみるけど、難しいと思うよ。あいつはあいつで面倒《めんどう》なとこあるから。期待しないでね」と慈衣菜《しえな》に告げて、その日は通話を終えた。

放課後、まずはわたしから純《じゅん》に説明して、慈衣菜《しえな》からお願いするのはそのあとって話だったじゃん！　なんでいきなり純《じゅん》のとこに行ってるの？

「純《じゅん》になんて言ったの？」

「ふつーに勉強教えてって。そんだけー」

アイラインで縁《ふち》どられた大きな目が、なんか問題ある？　とでも言いたげにわたしをじっと見詰《みつ》めてきた。大きくて青い目が余りにもキレイで、言《い》い掛《か》けた言葉をうっかり飲み込んでしまった。慈衣菜《しえな》が瞬《まばた》きをすると、くるんとカールした長いまつ毛が上下して、瞼《まぶた》が重そうだなんて場違《ばちが》いなことを考えるくらい見蕩《みと》れてしまった。

てか、まつ毛長っ。こっそりメイクとかそういうレベルじゃない。

気を取り直して——「純《じゅん》はどんな反応だった?」

「よくわかんない。エナ急いでたし、言うだけ言ってすぐ別んトコ行ったから」

そりゃ純《じゅん》がわたしに連絡《れんらく》してくるわけだ。あいつからしたら、マジでわけわかんないよね。

純《じゅん》が引き受けるかは別として、話だけでもしなきゃ。

「なる。慈衣菜《しえな》って、今日は補習?」

「だねー。マジだるい」

「補習のあとは? なんか予定ある?」

「何、一緒《いっしょ》にお願い行ってくれるん?」

「それしかないでしょ。純《じゅん》も混乱してるだろうし」

「さすがるみちー、話早い。じゃ、そーしよっ!」

慈衣菜《しえな》との話を早めに切り上げて教室に戻《もど》ったのに、純《じゅん》の姿はなかった。森脇《もりわき》も居ない。

ちょうど教室に入ってきた坂口瑞真《さかぐちみずま》を捕《つか》まえて「純《じゅん》見なかった?」と尋《たず》ねる。

「白崎《しろさき》なら、さっきまで一緒《いっしょ》にメシ食ってたぞ。教室に居ないとすりゃ、トイレじゃね? それより、この前、男《お》バ《れ》ス《ら》と練習したいって言ってたけど、いつにする?」

瑞真《みずま》は中等部の時に男バスの部長を務めていた。わたしと同じ。だから、コートの融通《ゆうずう》とか合同練習の日取りなんかでしょっちゅう絡《から》んでいて、今でも男バス関連のことはとりあえず瑞《みず》真《ま》に言う習慣が抜《ぬ》けない。いきなり男バスの先輩《せんぱい》に話するよりは気が楽だし。

「あー、明日はどう？　メニュー的にいける？」

明日だったら、一年《うちら》は自主練の日だし、内容はわたしに任されてるしでちょうどいい。

「おう、いいぞ。じゃ、基礎《きそ》練《れん》終わったあとな。先輩《せんぱい》たちには、今日もっかい言っとく」

「お願い。わたしもみんなに言っとく」

「おまえら結構ガチでくるから、気合入れて練習しないとな」

「ガチでやんなきゃ練習になんないじゃん」

――ってこんな話してる場合じゃないんだって。

五限まであと十分。

「ごめ、わたしちょっと純《じゅん》を探してるからっ」

瑞真《みずま》に断って、ひとまず廊下《ろうか》へ。角を曲がって、トイレの方――いたっ。

森脇《もりわき》と喋《しゃべ》りながら純《じゅん》がトイレから出てきた。

「純《じゅん》っ」そう言って近寄ると、わたしに気付いた純《じゅん》が、めんどくさそうな顔をした。

「そんなデカイ声出さなくても聞こえる。つーか、返信待ってたんだぞ」

「えっと、なんて送ろうか考えてたんだけど、会った方が早いかなって」

ふざけたやり取りとかならいいけど、何かを説明するんだったら、話したい。会えないなら、せめて通話が良《い》い。文章はまどろっこしくて苦手。なんて書けばいいかわかんなくなってくる。

森脇《もりわき》が「おい、姉様よ。男子トイレの前で話すんのはやめようぜ」と階段前の談話スペースを親指で示してから、「俺は退散した方がいい話か？」と訊《き》いてきた。

正直言えば先に教室戻《もど》って欲《ほ》しいんだけど、ストレートに言うのはちょっと——。

森脇《もりわき》と同じクラスになって一番意外だったのは、こうして空気を読んでくれること。純《じゅん》の友達だし、丸っきり話したことないわけじゃないけど……森脇《もりわき》って女子の間じゃ評判は良くないし、純《じゅん》もそういう目で見られないだろうかなんて心配になったこともある。

けど、同じクラスになって、今まで以上に喋《しゃべ》るようになって、案外いいヤツかもって思えてきた。純《じゅん》の友達だから、悪いヤツだとは思ってなかったけど。

「あー、早く居なくなれって顔だな、それ。わーったよ」

そうそう、まさにこういう感じ。ちょっとは純《じゅん》にも見習ってほしいくらい。

「ごめん。そうしてくれると助かる。ほんとごめんね」

「いいっていいって。慣れてっから。じゃ白崎《しろさき》、先戻《もど》ってんぞー」

「おう」森脇《もりわき》の背中を見送って、純《じゅん》が向き直る。

「さて、雨宮《あまみや》の件だけど、どこまで話が進んでるんだ？」

「えっと、話が進んでるっていうか、話は全然進んでなくて——ほら、昨日ちょっと話したじゃん？　階段のとこで、さ」

純《じゅん》が軽くうなずくのを見て、わたしは続ける。「最初は、那織《なおり》に勉強を教えてもらいたいって話だったのね。成績だけは良《い》いから。けど、どー考えてもそれは無理じゃん？」

「無理だな。那織《なおり》はあの手のタイプを異様に毛嫌《けぎら》いしてるからな――そういうことか。それで僕に白羽の矢が立ったってことか。那織《なおり》が無理だから」

「うん、そういうこと。話が早くて助かる」

「だとしてもだぞ、他にも適任者はいるだろ？」

「わたしだって亀《かめ》ちゃんはどう？　って言ってみたし、他にも何人か挙げたんだけど、純《じゅん》は学年トップだし、最強だから間違《まち》いないって――基本そんな感じで、とりあえず聞いてみてよって押し切られた。純《じゅん》なら引き受けてくれるみたいなこと、わたしは言ってないからね」

「そこは疑ってないけど……押し切られるなよ。僕がその手の面倒事《めんどうごと》を軽々しく引き受けるタイプじゃないって、よく知ってるだろ？」

今日イチのめんどくさそうな顔。そして溜《た》め息《いき》。

「わかってる。慈衣菜《しえな》にもそう言ったよ。難しいんじゃないって。だから断っても――」

言い終わるかどうかってところで、予鈴《よれい》が鳴った。ああっ。タイミング悪いっ。

「やばっ。うちらも早く行かなきゃ」

「次は数学か。遅《おく》れると厄介《やっかい》だな」

数学かぁ。テンション下がる。藤田《ふじた》先生、めっちゃ当ててくるし、間違《まちが》ってると正解を答えられるまでずっと——やばっ！

「今日ってわたしの列が当てられる日じゃん。ああっもうっ。ほらっ、急いでっ」

走り出したわたしに純《じゅん》が続く。けど、遅《おそ》いっ。やっぱり、相も変わらずもやしだ。

知ーらないっ。置いてっちゃえ。

※　※　※

（白崎《しろさき》　純《じゅん》）

数学のあと、琉実《るみ》がやってきて僕のノートを確認《かくにん》する振《ふ》りをしながら、「今日、部活終わったら慈衣菜《しえな》と三人で話そう。連絡《れんらく》するから校内で待ってて」と小声で言ってきた。

「今日、か？」

「うん。早いほうが良くない？　もやもやしてるの、気持ち悪いでしょ？」

「確かに。一理ある」

「あと、那織《なおり》にはバレないように、ね」

「言うとマズいのか？」

「だって、絶対に面倒《めんどう》じゃん。着いてくるとか言い出したら厄介《やっかい》だよ？」

あいつは人見知りだから、表立って悪態をつくことは無いかも知れない。だが、苦虫を嚙《か》みつぶしたような顔を張り付けて、聞こえるか聞こえないか分からないくらいのボリュームでぽつぽつと毒を吐《は》く姿は想像に難《かた》くない。そういう姿を何度も見てきた。

那織《なおり》は同性相手に攻撃的《こうげきてき》な傾向《けいこう》がある。中等部の頃《ころ》、僕のことを可愛《かわい》がってくれた（揶揄《からか》われていたに近いが）女の先輩《せんぱい》に遭遇《そうぐう》した時も、まさにそんな感じの応対だった。先輩《せんぱい》が一枚上手だったから良かったようなものの、同級生相手だと言い合いになる確率が高い。

僕らは雨宮《あまみや》と話をしたい――申し出を断りたいだけだ。揉《も》めたいわけじゃない。

「いとも簡単にこじれるだろうな」

「でしょ？　そんなわけで、放課後、よろしくね」琉実《るみ》が自分の席に戻《もど》った。

教授辺りを捕《つか》まえれば、琉実《るみ》が部活終わるまで時間を潰《つぶ》すことなんて造作もない。仮に誰《だれ》も捕《つか》まらなかったら、図書館にでも行けばいい。

問題は、那織《なおり》だ。

亀嵩《かめだけ》にくっ付いて美術室にでも行ってくれればいいが、これればかりは読めない。と言うよりも、那織《なおり》の行動は読めない。読めた例《ため》しがない。何をするにも自由で、まさしく奔放不羈《ほんぽうふき》を地で行くようなヤツだ。こういう日に限って、行きたい所があるから一緒《いっしょ》に帰ろうなんて言い出すかも知れない。相手が普通《ふつう》のヤツだったら、今日は予定があるみたいなことを言っておけばそれで済む話なのだが、那織《なおり》相手だと詮索《せんさく》された時にボロが出る可能性も否《いな》めない。

僕は自分が思っている以上に、隠《かく》し事《ごと》が下手らしい。

この前のことで身に染《し》みた。

それならいっそ正直に——とも思うが、琉実《るみ》の言うことも一理ある。間違《まちが》いなく面倒《めんどう》なことになる。僕もそれに同意した。

今回の話の肝《きも》は、僕が慈衣菜《しえな》の申し出を断りさえすれば、全て無かったことになるという点だ。そうすれば、那織《なおり》の耳に入ったとて、「ああ、そんな話もあったな」くらいで済ますことが出来る。そして、それは嘘《うそ》じゃない。

そもそも最初から引き受けるつもりなんてないんだけどな。

今日の放課後だって、ちゃんと断る為《ため》に話をするんだ。だからやましいことがあるわけじゃない。ほんの数時間だけ、那織《なおり》の目を逸《そ》らすことが出来ればいい。それで終わりだ。

どうやって那織《なおり》の行動を——亀嵩《かめだけ》しかいない。

亀嵩《かめだけ》に頼《たの》んで、那織《なおり》を美術室に引《ひ》っ張《ぱ》って貰《もら》うのが手っ取り早い。亀嵩《かめだけ》だったら、何とかお願い出来るだろう。どっかの誰《だれ》かさんと違《ちが》って常識的なバランス感覚も備わってるし、相談にも乗ってくれる。付き合いだってそこそこ長い。

最初は那織《なおり》を介《かい》した知人くらいの付き合いだったが、委員会で一緒《いっしょ》になったり、何かと話しているうちに意気投合した。今となっては、那織《なおり》や教授を含《ふく》めた四人でつるむことも一度や二度じゃない。意外だったのは、教授と亀嵩《かめだけ》の弟がうちの中等部の同学年で、同じ部活に所属していることだ。仲も良《い》いらしく、教授の家に亀嵩《かめだけ》の弟がしょっちゅう遊びに来ると聞いた。

二人が弟トークで盛り上がる中、兄弟の居ない僕は若干《じゃっかん》の疎《そ》外感《がいかん》を覚えてしまう。イレギュラーではあるが、那織《なおり》だって姉が居る。ひとりっ子は僕だけだ。

親戚《しんせき》まで含《ふく》めれば——今はそんなことより亀嵩《かめだけ》だ。

世界史の授業が始まる直前、亀嵩《かめだけ》に〈ちょっと那織《なおり》抜《ぬ》きで話があるんだが、六限のあと時間あるか？　掃除《そうじ》の時間とか〉とメッセージを送った。

狙《ねら》うのは掃除《そうじ》の時間だ。ありがたいことに、今週は当番じゃない。そして那織《なおり》は当番だ。ぶつくさ文句を言っていたのを覚えている。時間は十五分。そこまで余裕《よゆう》はないが、話くらいは出来る。あとは何処《どこ》で落ち合うかだが——学食辺りが無難だろう。教室以外は基本的に業者が担当しているので、掃除《そうじ》の生徒は居ない。つまり、見られるリスクは低い。あとは、亀嵩《かめだけ》が当番かどうか——返信はすぐに来た。

《いーよー》

《しかし、先生抜《せんせいぬ》きとはタダゴトじゃございませんな～》

さくっと内容に目を通し、スマホを机に仕舞《しま》う。

よしっ、いける。

「先生が美術部に遊びに来る条件……？」

「ああ。規則性はあるのか？」

食堂近くの廊下《ろうか》で亀嵩《かめだけ》と合流し、核心《かくしん》から攻《せ》める。あれこれ説明している時間が惜《お》しい。もしダメだった場合は、別のプランをぶつければいい。その為《ため》にも、ここは簡潔に済ませたい。

「んー、なんで？　先生と会いたくない感じ？」

そういう言い方をされると、罪悪感をちくっと刺激《しげき》される。

「会いたくないというか、知られたくないというか……ちょっと厄介《やっかい》な用事があるんだ」

「ちょっと厄介《やっかい》な用事、か。意味深だねぇ。しかも先生に知られたくない――それって女《おんな》の子《こ》絡《がら》みじゃない？　もしかして琉実《るみ》ちゃんとなんかするの？　もう隅《すみ》に置けないなぁ」

口元だけじゃなく、眼鏡の奥で目元までニヤついている。亀嵩《かめだけ》め。楽しんでるな。

当たらずとも遠からずなのが、完全否定出来なくて何とも歯がゆい。女子が絡《から》んでいるし、琉実《るみ》とも会う。遠からず……？　そのままじゃねぇか。

「別にやましい話じゃないんだが……那織《なおり》に知られると大事《おおごと》になりそうで……」

まるで自分に言い聞かせているようだ。那織抜《なおりぬ》きで話をするだけなのに、どうしてこんな回りくどいことをしているんだ。自分のしていることが、狭量《きょうりょう》そのものに思えてくる。

だが、那織《なおり》を巻き込むと――一筋縄ではいかなくなる。

「先生は存在自体が面倒《めんどう》なところあるもんね。うんうん。わかるわかる。しかしだよ、白崎《しろさき》君。もしここで私が何らかの情報を渡《わた》す、ないしは協力をするというのは、大切な友人を白崎《しろさき》君の為《ため》に誘導《ゆうどう》する――なんなら騙《だま》すってことになるよね。どう思いますかな？」

「……何が言いたいんだ？」

「んもぅ、分かってるでしょ。私は理由《わけ》を知りたいの。先生を遠ざける理由」

「言わなくても分かってるだろうけど、那織《なおり》には言うなよ」

「もちろん。そこは安心して。私、そういうのはちゃんと守るでしょ？」

僕は手短に要旨《ようし》を説明した。これから雨宮《あまみや》に会いに行くことも含《ふく》めて。

亀嵩《かめだけ》は話を聞き終わると、「なんだ、大した話じゃないじゃん。もっとややこしい話かと思ったよ。いいよ、先生は私に任せて」と言った——までは良かった。

まるで妙案《みょうあん》を思い付いたかの様に、得意満面な表情で「それはそれとして、慈衣菜《しえな》ちゃんに勉強教えてあげたらどう？」などと言い出した。

「は？　何言ってんだ？　そんなことするわけない——」

「でも、ちょっと面白《おもしろ》そうじゃない？　だって白崎《しろさき》君、慈衣菜《しえな》ちゃんみたいなタイプの女の子と話したりしないでしょ？　しかも相手はモデルさんだよ？　色々と勉強になるかも」

「勉強になる、の意味が分からん。教授辺りは嬉々《きき》として引き受けるだろうが、僕からしたらメリットを微塵《みじん》も感じられない。放課後くらい自分の自由にさせてくれ」

僕の言葉に考え込む素振《そぶ》りを見せたかと思うと、亀嵩《かめだけ》が真剣な顔ばせで「今さ、白崎《しろさき》君は二人のことをあれこれ考えるのをやめた、みたいなとこあるじゃん。でも、それは建て前上そう言ってるだけで、実際のところ、二人のことをまったく考えないなんて無理でしょ？　だから、ちょっと別の刺激《しげき》というか、二人とはタイプが全然違《ちが》う女の子と絡《から》んでみると、別の視点を得られたりするんじゃないかなーって。今まで気付かなかったことが見えてきたりするかもよ？」と尤《もっと》もらしいことを口にした。

だがそれは、もっともらしいことを言ったに過ぎなくて、亀嵩《かめだけ》はその方が面白そうだからという理由で言ったに違《ちが》いない。根拠《こんきょ》があるわけではないが、亀嵩《かめだけ》にはそういうとこがある、と僕は思っている。面白《おもしろ》い方へ物事を転がしたがる、みたいな感じだ。

「よく言うよ。それ、面白《おもしろ》がって言ってるだろ？」

「あ、やっぱバレちゃった？」口に手を当てて大袈裟《おおげさ》なリアクションをとったあと、亀嵩《かめだけ》は少し真面目な顔で「けど、ちょっとは本当にそう思ってるよ」と言って、人差し指と親指で何かをつまむように——ちょっとだけ、とジェスチャーをした。

「そうだとしても、そんな漠然《ばくぜん》としたメリットに対してリソースを割《さ》くほど暇《ひま》じゃない」

「むむむ。なかなか強情《ごうじょう》ですなぁ、白崎殿《しろさきどの》。勉強を教えると言っても追試まで。もっと気楽に引き受けてみたらどうでしょう？　相手は男子憧《あこが》れのエナ嬢《じょう》ですぞ？　ルックスだって、お胸だってそりゃもう一級品じゃありませんか。同じヒト科として劣等感《れっとうかん》を抱《いだ》くレベルです」

「教授みたいなこと言うなよ。相手が誰《だれ》とかじゃないんだって」

「よーし、ここはひとつ私がメリットを提示してしんぜましょう」

「どんだけ雨宮《あまみや》と絡《から》ませたいんだよ……」

「時に白崎《しろさき》君。今月は先生の誕生日じゃない？」

軽く流しやがったが……いいだろう。話を聞こうじゃないか。「ああ、そうだな」

「プレゼントはもう決めたの？　毎年、誕生日だけはあげてるんでしょ？」

「子供の頃《ころ》からやり続けてて、やめ時を逸《いっ》してそのままってだけだけどな」

「とか言いつつ、今でもちゃんとあげてるの偉《えら》いよ。子どもの頃《ころ》はそうでも、大きくなったりすると、自然と無くなっちゃったりするからね。で、本題。何を渡《わた》すか決めた？」

「いや。それを絶賛考えているところだ。だから、雨宮《あまみや》のことは早急《さっきゅう》に片付けたいんだ」

雨宮《あまみや》がどうのなんてことは、あいつらの誕生日に何を渡《わた》すか考えることに比べたら些末《さまつ》な問題でしかない。さっさと断れば済む話だ。その為《ため》に、僕はこうして亀嵩《かめだけ》と話しているんだ。

二人への誕生日プレゼント——今年は本当に渡《わた》し辛《づら》い。だからと言って、渡《わた》さないなんて選《せん》択肢《たくし》は無い。この状況下《じょうきょうか》でそれは無い。だからこそ、二人が喜んでくれる物を贈りたい。

「だと思った！　そこで私の出番ってわけでごじゃいます」

「ん？　相談に乗ってくれる的な話か？」

「いやいや。そこはかとな〜く、先生に何が欲《ほ》しいかリサーチしてあげる」

——くっ。絶妙《ぜつみょう》に有益な取引を持ちかけやがったっ！

「どうかな、白崎《しろさき》君。悪くない提案だと思わないかな？」

第二章

TITLE

結婚しよ。私、ここの娘として生きていきたい

（神宮寺《じんぐうじ》琉実《るみ》）

KOI WA FUTAGO DE WARIKIRENAI

「ここ最近の琉実《るみ》、なんか顔付きがさっぱりしたよね。憑《つ》き物《もの》が落ちたみたいな感じがする。怪我《けが》する前の琉実《るみ》は、ちょっと危なっかしかった。そしたら、案の定、手首やっちゃうし」

片付けを終え、汗《あせ》で貼《は》り付《つ》いたジャージを部室で脱《ぬ》いでいると、真衣《まい》に声を掛《か》けられた。

ブラウスのボタンを留める手が、止まる。

そっか。真衣《まい》にも見抜《みぬ》かれてたんだ。純《じゅん》と那織《なおり》のことがあったし、わたしにはバスケしかないって自分を追い込んでたのは事実。メンバーに心配掛《か》けるなんて、ダメだな。

「色々あって、確かにちょっと余裕《よゆう》なかったかも。けど、もう大丈夫《だいじょうぶ》。色々と吹《ふ》っ切《き》れたって感じ。心配掛《か》けてごめん」

真衣《まい》に言ったつもりだったのに、部室のあっちこっちから「琉実《るみ》は白崎《しろさき》と別れてからずっと顔に影《かげ》出てたもんねー」「しかも、そこにきてねん挫《ざ》でしょ？」「そうそう。マジで琉実《るみ》ヤバいんじゃないってみんなで心配してたんだよね」と声が上がった。

待って。

何で知ってるの？

わたしがそういうことを相談する相手は一人しかいない。

「ちょっと麗良《れいら》っ！」

隣《となり》で着替《きが》える麗良《れいら》を睨《にら》む――麗良《れいら》が首を振《ふ》りながら「私じゃないよ」と呟《つぶや》いた。

じゃあ誰《だれ》が？　え？　どういうこと？

辺りをきょろきょろと見回しても、思い当たる人は居ない。そうだよね。だって付き合ったことも、別れたことも麗良《れいら》にしか話してないし。じゃあ誰《だれ》が――

真衣《まい》が笑いをこらえながら「やっぱ琉実《るみ》、バレてないと思ってたんだ」と言うと、誰《だれ》かが「そういうトコ、ほんとアホカワイイよねー」と返す。

「それが琉実《るみ》のいいとこでもあるけど、鈍感《どんかん》すぎてちょっとウケる」「しかも、あんな階段の一番上なんてすぐバレるのにねぇ。ド定番じゃん」「ほんっとそれ。そう言えば、前にあそこでヤってる先輩《せんぱい》が居たって噂《うわさ》聞いたことあるよ」「マジで？　ヤバっ。ってか、あそこはナイっしょー。もっと――」

わたしを置き去りにして部室が盛り上がり出す……ていうか、ちょっと待って。

「みんなちょっと待って！　え？　知ってたの？　いつから？　っていうか階段って――」

見られたの？　純《じゅん》とキスしてるとこ見られたの？　いやいや。さすがにそれはないよね。

さっきまで黙《だま》っていた可南子《かなこ》が顔を上げ、わたしの目を見る。

可南子《かなこ》なら、きっちりリバウンドを取って、わたしに繋《つな》げて――

「なんか秘密にしたいみたいだったから、みんな気付いてない振《ふ》りしてたけど、白崎《しろさき》と付き合ってたのも、別れたのも、うちらは気付いてたからね。ってか、それに気付いてないのは琉実《るみ》だけ。そうそう、麗良《れいら》は問《と》い詰《つ》めても口を割らなかったよ。麗良《れいら》の名誉《めいよ》のために言っておくれないっ！

何がみんなのお母さんだっ！　サルは可哀想《かわいそう》だからやめたけど、撤回《てっかい》する！

てか、待って。ほんっとに待って。無理無理無理無理。ちょっと理解できない。

わたしってそんなにわかりやすいの？　そうなの？

「……えっと……その……階段の話って……」

「ああ、白崎《しろさき》とイチャイチャしてたっしょ？　抱《だ》き合《あ》ってキスしてるのをたまたま見ちゃったんだよね。なんか話し声がするなって、うちと真衣《まい》で見に行ったことがあったんだよ。そしたら、その……ね」可南子《かなこ》が頭を掻《か》きながら言った。真衣《まい》が可南子《かなこ》を見て頷《うなず》いた。

やめてやめてやめて。ほっんと無理！　死ぬ。もうダメ。

抱《だ》き合《あ》ってキスしてたとこ見られたっ？　イヤっ！　お願いだからやめてっ！

「いやーやっぱ我らが部長さまは期待を裏切らないよね」

「何だかんだで琉実《るみ》のそういうとこ好きだわー」

「バスケの時はめっちゃしっかりしてるのに、普段《ふだん》は抜《ぬ》けてるよねー」

「ちょっとーあんまり言うと琉実《るみ》が可哀想《かわいそう》だよー」

「うちら的には褒《ほ》めてるから。琉実《るみ》のこと好きだし」

「そういやキスしてる時の琉実《るみ》、すっげぇエロかった。今思い出してもドキッとする」

「真衣《まい》と可南子《かなこ》ばっかずるい。私も見たかったー」


聞きたくない声が聞こえる。聞きたくないのに、耳に入って来る。

「ほら、あいつらのことはほっといて、まず着替《きが》えないと」麗良《れいら》の声がする。

やだ！　どんな顔すればいいのっ！　恥《は》ずかしくてみんなの顔見られないっ！

落ち着いて着替《きが》えるなんて、できるわけないっ！

「ちょっと茶化しすぎたよね。ごめん。でも、みんな琉実《るみ》のこと心配してたんだよ。そこに来て、ほら、練習でうちと、ね。うちも責任感じてたし、みんなに気を遣《つか》わせちゃったから偉《えら》そうなこと言えないけどさ、やっぱ琉実《るみ》には元気で居てもらわないと、調子狂《くる》うじゃん」

可南子《かなこ》の優《やさ》しい声がする。

「……可南子《かなこ》」

振《ふ》り向《む》いた先に見えたのは――今にも笑い出しそうな可南子《かなこ》の憎《にく》たらしい顔だった。

「……っはははは っ！　ダメ。もうダメ。耐《た》えられないっ！　ああ——涙出《なみだ》てきたっ」

「ちょっと可南子《かなこ》っ！　そんな笑うことないでしょっ！」

「だって……あれで隠《かく》し通《とお》せてるって……マジで無理っ……もう死ぬ」

「それ以上言うと、サルのあだ名を復活させるからねっ。マジで許さないからっ」

こんなことなら学食一日じゃなくて一週間にでもすれば良かった。1on1でわたしが勝ったって、可南子《かなこ》は全然変わらなくて、いつも通りで、だからこそわたしも遠慮《えんりょ》なくあれこれ言えるんだけど、幾《いく》らなんでも可南子《かなこ》の発言は遠慮《えんりょ》なさすぎるでしょっ！

真衣《まい》がスマホに向かって「はぁ……わたし試合頑張《がんば》ってくるね……純《じゅん》」と呟《つぶや》いた。

「真衣《まい》っ！　わたしの真似《まね》すんなっ！　てか、見てたの？　ねぇ、見てたの？」

やだ。マジでやだ。何この人たち。早くここから居なくなりたいっ！

麗良《れいら》が哀《あわ》れんだ目でわたしの肩《かた》を叩《たた》く。雑な慰《なぐさ》めなんかいらないっ！

「そう言えば、遠征《えんせい》のバスの中で白崎《しろさき》との写真《ツーショ》見てニヤニヤしてなかった？」

「えーそれって遠征《えんせい》に限らず、試合前いつもそうだったよ」

「合宿ん時、夜空に向かっておやすみって言ってたよねー」

「あったあった。あの時の琉実《るみ》、まさに恋《こい》する乙女《おとめ》だった」

「見てるこっちが恥《は》ずかしくなるっつーくらい、あん時の琉実《るみ》は乙女《おとめ》全開だったなぁ」

「ねぇねぇ、そう言えばさ、今日、白崎《しろさき》が琉実《るみ》の妹を渡《わた》り廊下《ろうか》で抱《だ》き締《し》めてたって聞いたんだけど、あれマジ？」

「何それ？」

「私もその話聞きたい」

「でも琉実《るみ》の居る前だとマズくない？」


いるけどっ！　ここにいますけどっ！！！

「あぁーもぉーっ、みんなうるさいっ！　喋《しゃべ》ってないでさっさと着替《きが》える！」

もうやだ。このメンバーでバスケしたくない。ホント、何なのっ。信じらんないっ。

もし次があったら……あればだけど、絶対秘密にしてやる。てか、誰《だれ》にも言わない。

って、もうこんな時間？　やば、急がなきゃ。


無礼極《きわ》まりない部活の仲間と別れて、スマホでエナにDMを送ると、《玄関《げんかん》のとこー》と返ってきた。急ぎ足で向かうと、植《う》え込《こ》みの脇《わき》に座ってスマホをいじっている女子が一人。

画面の光でぼんやり照らされただけでもわかる圧倒的《あっとうてき》な存在感——というよりギャル感。

「ごめっ、待った？」

ゆるくウェーブした金髪《きんぱつ》の隙間《すきま》から、大きいピアスが見える。直角三角形みたいな形をしたフレームの中で赤い石が揺《ゆ》れている。ブラウスのボタンはもちろん上まで留めていなくて、だらしなく垂れたネクタイの結び目の奥できらきらとした肌《はだ》が主張する。

　完全なる放課後仕様……にしても、胸元《むなもと》出しすぎでしょ。

　あーっ、そのボリューム感。ほんっと腹立たしい。ていうか、全体的になんか悔《くや》しい。

「エナもさっき来たばっか。ずっと補習受けてたし。ダルすぎて死ぬかと思ったー」

「補習って、どんなんやるの？」

「なんかプリント渡《わた》されて、『今日はまずこれやれー』って。しかも終わったヤツから帰っていいとかゆーんだよ？　ありえなくない？　こっちは赤点取って補習出てんだから、すぐ終わるワケないじゃん。マックス時間かかった……ってゆうか、終わんなかった。マジで草」

「え、終わってないのっ！　ダメじゃん！　草じゃないよ。それ、帰って良かったの？」

「なんかー、今日は時間遅《おそ》いからもういーって。その代わり、明日までに残りやってこいだってさ。めんどすぎてハゲそう。エナがハゲたらるみちーの髪《かみ》わけて！」

「わたし、髪《かみ》長くないからなー。慈衣菜《しえな》の髪《かみ》が無くなるまでに伸《の》ばさなきゃ」

「るみちーが髪伸《かみの》ばした姿、見てみたいかもっ！　ね、伸《の》ばそ？」

「気が向いたら、ね」

　わたしが髪《かみ》を伸《の》ばしたら、純《じゅん》はなんて言うかな。似合うって言ってくれるのかな？　それとも、似合わないって思うのかな——わたしも那織《なおり》みたいに可愛《かわい》くなれるのかな？

うん、気が向いたら、だね。

慈衣菜《しえな》の横顔を盗《ぬす》み見《み》る。顎《あご》から喉《のど》に至るライン、ちょっと生意気そうにツンとした鼻。ともすると鋭《するど》そうにも見える目。なんだか自分のことが途端《とたん》に子どもっぽく感じてくる。

那織《なおり》は可愛《かわい》さを、慈衣菜《しえな》は大人っぽさを――わたしはどうするのが一番いいんだろう。

みんな、自分を魅力的《みりょくてき》に見せる方法を知ってるんだなって考えると、取り残されたような気分になる。もっとお洒落《しゃれ》に気を遣《つか》った方がいいのかな？　服とかメイクとか……どこから手をつけて、どう選べば良《い》いのかよくわかんない。

周りの子が良《い》いって言うから、試《ため》してみる。使ってみる。そんなんばかり。那織《なおり》に訊《き》くのはイラっとしそうだから、今度、慈衣菜《しえな》に教わろうかな。

わたしだってもっと――ううん、今はそんなこと考えてる場合じゃない。

「そう言えば、純《じゅん》は？　見なかった？」

「知らんぷ。どっかその辺で倒《たお》れてたり？」

「……倒《たお》れてねぇよ」

突然《とつぜん》後ろから声が聞こえて、慈衣菜《しえな》が飛《と》び跳《は》ねる。

「ちょ、脅《おど》かさないでよっ。心臓吐《は》き出《だ》すかと思った」

「髪《かみ》が抜《ぬ》けたり心臓を吐《は》き出《だ》したり、忙《いそが》しすぎるでしょ」

純《じゅん》が後ろで「ナマコみたいだな」と呟《つぶや》いた気がしたけど、意味不明だから無視。

「さて、これからどうしよっか」

慈衣菜《しえな》に言ったつもりだったんだけど、純《じゅん》が「決めてないのかよ」と突っ込《こ》んできた。

「だってわたしは部活してたし、慈衣菜《しえな》は補習だったし、決めようなくない？」

「そりゃそうだが。そしたら、さっさと決めて――」

「そだっ。今から一緒《いっしょ》に夕飯食べない？　話しながらってことで。どうっ？」

純《じゅん》の言葉を遮《さえぎ》って慈衣菜《しえな》が叫《さけ》んだ。

夕飯か。うん。いいじゃんいいじゃん。お母さんにご飯要《い》らないって言わないと……この時間だと、ギリ仕事かな？　ちょうど帰るトコ？　今連絡《れんらく》すれば間に合うかも。

「わたしは賛成。純《じゅん》は？」

「なんで夕飯なんか――」

そう言いかけた純《じゅん》を引っ張って、小声で「(慈衣菜《しえな》ってお父さんが居なくて、お母さんもあんまり家に居ないみたいなの。だから付き合ってあげよ？)」と伝える。

慈衣菜《しえな》は自分の家のことをあんまり話さないので、詳《くわ》しく尋《たず》ねたことはないけれど、以前、お母さんはあんまり家に帰ってこなくて、殆《ほとん》ど一人暮らしみたいなものと聞いた。当時、「親が家に居ないって、普通《ふつう》に羨《うらや》ましいんだけど」と言った子に、慈衣菜《しえな》が「そんなイイもんじゃないよー」と返したのが印象に残っている。

わたしが慈衣菜《しえな》の家について知っているのは、お父さんがイギリス人でファッションデザイナーをしているってこと。前に慈衣菜《しえな》からブランドの名前を教えてもらったけど、凄《すご》く高いブランドってことくらいしか覚えていない。お母さんもその仕事を手伝ってるって言っていた。

あと、お兄ちゃんがひとりいる。そして——両親が離婚《りこん》している。

離婚《りこん》していると言っても、一緒《いっしょ》に仕事をしているくらいだから、今もお父さんと交流はあるんだろうけど、その辺の事情はよくわからないし、詮索《せんさく》しようとも思わない。

そんな慈衣菜《しえな》が夕飯に誘《さそ》ってくれるなら、応えてあげたい。ひとりでご飯食べるのって、絶対寂《さび》しいから。みんなで食べた方が美味《お》しいに決まってる。わたしはそう思う。

わたしの想《おも》いを汲《く》んでくれたのか、純《じゅん》は深く尋《たず》ねることもせずに「構わんが……とりあえず親に言っとかないと」と慈衣菜《しえな》に聞こえるように返事した。

「じゃ、ほら、連絡《れんらく》して。わたしも連絡《れんらく》してみるからっ」

純《じゅん》を促《うなが》してから、お母さんにラインする。するとすぐ返事が返ってきた。内容を見る限り、今日は那織《なおり》も外で夕飯を食べるらしい。那織《なおり》が？　誰《だれ》とだろ？　亀《かめ》ちゃんかな？

それはそれで気になるけれど、ひとまず慈衣菜《しえな》に報告。

「うちはおっけー」

わたしがそう言うと、間髪《かんはつ》入れずに純《じゅん》も「連絡《れんらく》入れたから、同じく大丈夫《だいじょうぶ》」と続いた。

「さぁて、どうしよっか？　どこ行く？　るみちーなんか希望ある？」

食べたいものかぁ。練習で疲《つか》れたし……って、それ以前に、手持ちあったっけ？

待って。部活前に自販機《じはんき》で飲み物買ったとき……もしかすると千円くらいしかないかも。

「えっと雨宮《あまみや》さま……」

「どうしたルミ殿《どの》？」

「なるべくお安いとこでお願《ねが》い致《いた》します」

「あれだけ勇んで賛成とか言ってたのに、手持ち無いのか。琉実《るみ》の分くらいなら僕が――」

「てか、誘《さそ》ったのエナだし、二人の分くらい出すから気にしないで」

「いやいや、それはダメだって」「雨宮《あまみや》にそこまでしてもらう義理はねーよ」

「二人ともマジメだなぁ。そんなん別にいいってー」

「そーは言っても、さすがに、ねぇ？」純《じゅん》に目線を送って、同意を促《うなが》す。

なんかうまいこと収めてほしいという希望も込《こ》めて。

「あ、そしたらさぁ、家来《うち》ない？　そーしよっ」

けど、純《じゅん》よりも先に慈衣菜《しえな》が反応した。

「すまん、流れがわからん。どうして雨宮《あまみや》の家に行く運びになるんだ？」

「家《うち》だったら、お金かかんないじゃんっ！　エナ、天才じゃない？」

「慈衣菜《しえな》の家か……わたし、慈衣菜《しえな》の家、行ったことないから、行ってみたいかも」

「でしょでしょ？　よくない？　いやぁ、エナはあんまり家に人呼ばないんだけど、るみちーならいっかなーって。それにほら、白崎《しろさき》はるみちーのアレだし、大丈夫《だいじょうぶ》かなって」

「アレってなんだよ」純《じゅん》がこの流れも含《ふく》めて納得《なっとく》いかないって顔をする。

「まーまー。慈衣菜《しえな》もこう言ってくれてるし、行ってみない？」

「琉実《るみ》が行きたいだけだろ。僕は別に興味ない――」

「よっしゃ決まりっ。そーと決まったら行くよっ！」

慈衣菜《しえな》が遮《さえぎ》って、純《じゅん》の腕《うで》を引っ張って歩き出した。

「人の話は最後まで聞けよっ！」

※　※　※

（神宮寺那織《じんぐうじなおり》）


美術室の鍵《かぎ》を返すのに付き合って、いざ帰ろうかという時、部長が「教室に忘れ物しちゃった。取りに行かないと」と言い出した。忘れ物とは。部長にしては珍《めずら》しい。

「私は玄関《げんかん》で待ってるから、部長行ってきなよ」

下りた階段、上りたくないし。ただの地獄《じごく》。脚《あし》に筋肉ついちゃう。保健室で寝《ね》たから回復はしたけど、過度な運動は禁物。病《や》み上《あ》がりだよ？　お昼、死ぬかと思ったもん。

だーかーらー、お腹《なか》出して寝《ね》てたとかじゃ無いからね。莫迦《ばか》にしないで。私はか弱くて羸《るい》弱《じゃく》で繊細《せんさい》な蒲柳《ほりゅう》の質《しつ》なのっ！　病弱なのっ！　労《いた》わってくれなきゃ暴れるよ？

「えーっ！　一緒《いっしょ》に行こうよ。暗くて怖《こわ》いよー」

「そんなキャラじゃないでしょ。そんなに暗くない。また階段あがるのしんどい。待ってる」

「やーだ。一緒《いっしょ》に行こっ」

部長が私の手をぶんぶん引っ張るので、疲《つか》れ切《き》った脚《あし》を渋々《しぶしぶ》階段に向ける。

やっぱり筋トレだよっ！　これは無間地獄《むげんじごく》だよっ！　私、死んじゃうよ。ダイエット？

は？　バカじゃないの？　無理な運動は身体《からだ》を痛めるだけです。残念でした。

「何忘れたの？　明日も学校なんだから、別にいいじゃん」

力なく歩く私の背中を、後ろに回った部長がずいずいと押してくれる。これ、超楽《ちょうらく》。階段用に部長アシスト仕様の購入《こうにゅう》を希望するっ！　毎日、背中を押《お》して欲《ほ》しいっ！

「えっと……モバ充《じゅう》。多分、机に入れっぱ」

「充電器《じゅうでんき》あるんでしょ？　だったら良くない？」

「それだと授業中に充電《じゅうでん》出来《き》ないじゃんっ。ガチャ回してる時に電池無くなったらどーするの？　引きが良《い》い時だったら、死だよ？　デイリーだってやらなきゃ――」

「わかったわかった」

ゲームの事にあれこれ口出すと面倒《めんどう》だから、それ以上何も言わない。みんな授業中に充電《じゅうでん》してるとも言わない。コンセントの近くにある鞄《かばん》は、十中八九スマホを充電中《じゅうでんちゅう》。私もやるし。

あれ、事実上の黙認《もくにん》でしょ？　なんて事は言わない。ええ。わたくし、大人ですから。

疲《つか》れて喋《しゃべ》りたくないとかじゃないから。全然……ないから——階段、マジでだるい。

ようやくうちらの階に着くかというところで、上から教授が降りてきた。

「あ、教授だ」

「おー、神宮寺《じんぐうじ》じゃん」

私の後ろから部長が顔を出す。「はろー」

「亀嵩《かめだけ》も一緒《いっしょ》か。こんな時間にどうしたんだ？」

「それはこっちの台詞《せりふ》だよ。教授こそこんな時間に何やってんの？　まさか、更衣室《こういしつ》とかトイレに忍《しの》び込《こ》んでよからぬことを——」

教授がしゅたっと駆《か》け下《お》りて、私の口を塞《ふさ》ごうとした——のを華麗《かれい》に躱《かわ》して部長の背後に隠《かく》れる。間一髪《かんいっぱつ》。まだまだ甘いのう。修業《しゅぎょう》が足らぬぞ、若人《わこうど》よ。こういう時の為《ため》に体力を温存してるのだっ。なめて貰《もら》っちゃ困りますよ。総《すべ》ては計算ずくですからね。

「バッカっ！　おまえ何言ってんだよっ！」

行き場を失った手で後ろ髪《がみ》をわしわしとしながら、教授が吠《ほ》えた。

「だって教授が——」私の口が不意に——部長に塞《ふさ》がれた。

「ごめんね。先生のお口、ちょっとお行儀《ぎょうぎ》が良くなくて。ちゃんとあとで言っておくから」

部長が私の口を塞《ふさ》ぎながら、教授に余計な一言を放つ。部長め。噛《か》みついてやるっ！

口を開こうと——部長の手がさっと離《はな》れた。もうちょっとだったのに。

「先生、今、私の指を食べようとしたでしょっ！」

「バレた？　美味《おい》しそうだったから、喰《く》らい付《つ》いてみようかなって」

「もう、先生は凶暴《きょうぼう》なんだからー。どんだけ食い意地が張ってるのっ？」

「冗談《じょうだん》だってー。ゾンビじゃあるまい、人間には興味無いから」

究極の愛は人肉嗜食《カニバリズム》だなんて言わないから安心して。

「とか言いながら、先生は食べられれば何でも良《い》いんでしょ？　よく『美味《おい》しければ何のお肉でもいいよね。部位なんて関係ない』って言ってるじゃん。先生の貪欲《どんよく》な姿勢は私も見習わないとダメだよね。先生って動くものすべてが捕《ほ》食《しょく》対象でしょ？」

「人は食べないからっ！　冗談《じょうだん》だって言ってるでしょっ。食人者《カニバリスト》扱《あつか》いしないでっ！　あと、動くものすべてが捕《ほ》食《しょく》対象って何？　私はトカゲか何かなのっ？」

「まぁまぁ、二人とも落ち着け」教授が間に割って入って来た。「神宮寺《じんぐうじ》が何の肉でも食うかは別として、食い意地張ってるのは事実だろ」

ここにゃろ。横から出て来て何なんだよっ。私と部長のじゃれあいを邪魔《じゃま》しよって。愚《おろ》かな痴《し》れ者《もの》にびしっと上下関係を叩《たた》き込《こ》まねば。ダチュラじゃやっ。

「食い意地キャラ付けしないでっ！　教授なんて階段から落ちちゃえばいいんだっ！　蒲田《かまた》行《こう》進曲《しんきょく》みたいに転がっちゃえっ！　この不届《ふとど》き者《もの》め。職員室に行って、全部チクってやる。某《ぼう》男子生徒が女子更衣室《こういしつ》で口にするのもおぞましい破廉恥《はれんち》極《きわ》まりない行為《こうい》を繰《く》り返《かえ》して――」

「待てっ！　俺が悪かった。言い過ぎた。すまん」教授が手を合わせて頭を下げる。

「もう、ほんと教授はデリカシーが無いんだから。反省してよね。で、盗《ぬす》んだジャージは何処《どこ》？　今なら黙《だま》っててあげるから、ほら、出して」

部長が私の肩《かた》をちょんちょんと小突《こづ》く。「デリカシーが無いのは先生もだよ」

「なんでよっ。私にデリカシーが無いんだとしたら、部長だって同類だからね。何、自分だけは別ですぅみたいな顔で澄《す》ましてるのっ？　明らかにこっち側だからねっ」

「私もってことは、ここにはデリカシーの無い人しか居ないことになっちゃう……。私、良い子だけが取《と》り柄《え》だと思ってたのに。お母さん、ごめんなさい」

はい、部長うざいから無視。

「大体、教授が悪いんだよ。こんな時間に校内をうろついてる方がおかしいもん。そんなんエロいことしてるに決まってるよ。だって、教授だよ？」

「そっかぁ。教授君だもんねぇ。何してるかわかったもんじゃ――」

「待て待て。おまえらの中で、俺は一体どういう存在なんだっ！」

「女子の事を性的な目で見ることしか出来ない理性のタガが外れまくった異常性欲者」

「ファッション変態の皮を被《かぶ》ったガチの変態さん」

「おまえら、もっと友人に対して優《やさ》しさをだな――」

「で、教授君は何してたの？　本当に忍《しの》び込《こ》んでたわけじゃないでしょ？」

「……亀嵩《かめだけ》。おまえは良《い》いヤツだな」

「ちょっと教授っ！　私だけ悪者扱《わるものあつか》いしないでよ。部長は絶対に味方じゃないからね。相手するのが面倒《めんどう》になっただけだからねっ！　もう、純《じゅん》君に言いつけて――って、あれ？　そう言えば純《じゅん》君と一緒《いっしょ》じゃないの？　ひとり？」

「ん？　一緒《いっしょ》じゃねぇよ。俺はさっきまで先輩《せんぱい》たちと麻雀《マージャン》してたし。んで解散したから鞄《かばん》を取りに来たとこ。いやぁ、その中の一人がサッカー部の元先輩《せんぱい》なんだけどさぁ、今軽音部で、俺に軽音部入らねぇかってしつこくて。負けたら入部させられるとこだった――」

「え？　じゃあその中に純《じゅん》君は居なかったってこと？」

「おう。あいつが麻雀《マージャン》なんかするわけないだろ。チェスなら喜んで来るだろうけどな。つーか、白崎《しろさき》はアレだろ、ほら、今日の昼間の話――」

教授がそこまで言って、しまったと云《い》う顔をした。

「何、その顔？　なんかヤバいことでもあるの？　昼間の話って何？」

部長が小声で「私、モバ充《じゅう》取ってくる」と言い置いて、一段飛ばしで階段を昇《のぼ》って行《い》く。

「えっと……そのなんて言うか、そうだ。今からメシでもどうだ？　奢《おご》るぜ」

「話逸《そ》らさないでよ。昼間の話って何？」

「あー、メシ食べながら、でいいか？　ほら、下校の放送も流れ出したことだし」

タイミングよく《……になりました。校内に残っている生徒は速《すみ》やかに……》という放送が校内で反響《はんきょう》する。がらんどうの校舎を、音の波が走り回る。その波紋《はもん》に混じって、階下でパタパタとはたくような音がした。階段を昇《のぼ》るスリッパの音。恐《おそ》らく、見回りの先生。夜警《レンブラント》だ。まだ夜じゃないけど。あの絵も本当は夜じゃないし。いいでしょ、そんな細かい事。

「分かった。仕方ないから従う」

「俺は亀嵩《かめだけ》んとこ行ってくるわ。ひとりじゃ可哀想《かわいそう》だろ」

「私は先に玄関《げんかん》に行ってる。ちゃんと部長連れて来てよね」

階段を上《のぼ》る教授の足音を背中で聞きながら、玄関《げんかん》に向かう。気付くと、駆《か》け足《あし》で下りていた。途中《とちゅう》で見回りの夜警《レンブラント》とすれ違《ちが》った。何か言っていたけど、さよならで押し通した。

おかしい。

さっきの教授の反応は、明らかにおかしい。教授は何を隠《かく》しているの？

また、私の知らない所で、私の知らない事が起きているの？

ファミレスに着いてすぐ教授にさっきのことを質《ただ》したけれど、「それはメシのあとにしようぜ。腹減っちまった」と一蹴《いっしゅう》された。あんまりしつこくしてもと思って、致《いた》し方《かた》無く、そりゃもう拷問《ごうもん》等禁止条約を無視してでも尋問《じんもん》したいくらいの気持ちを抑《おさ》えて、児戯《じぎ》に付き合うのも大人の嗜《たしな》みってことで、耐《た》えた。ええ、大人ですから。

ご飯を食べたあと、ずっとむすっとしていた私に耐《た》え切《き》れなくなったのか、漸《よう》く教授が口火を切った。遅《おそ》いよ。「さて、今日の昼の話、だよな」

「そうだよ。その為《ため》に来たんだから。勿体《もったい》ぶらないで早く話してよ」

「教授君、タメすぎだよー。そんなに引っ張るほど深刻な話なの？」

部長も私の意に賛同。だよね。当然、そう思うよね。この痴《し》れ者《もの》が悪いよね？

「そんなつもりじゃないんだが……なんて言えば良《い》いかなぁって考えてたんだ。すまん。勿体《もったい》ぶるつもりは無かった。ただ、神宮寺《じんぐうじ》はあんまり良《い》い気《き》がしないだろうし――」

だぁーかぁーらぁー、そう云《い》うタメが腹立たしいのっ！！！　早くしてっ！

「いいからっ。早く話して」

「わーってるよ。今話すから……。なぁ、雨宮慈衣菜《あまみやしえな》ってわかるか？」

突然《とつぜん》出て来た意外な名前に、ちょっと反応が遅《おく》れる。検索《けんさく》にラグが生まれる。けど、わかる。超目立《ちょうめだ》つから、わかる。あいつだ。ヤドクガエルみたいな女。

「えっと、アレでしょ？　あのギャルみたいな――自分を女王蜂《クイーン・ビー》だと勘違《かんちが》いしている頭がパーで脳味噌《のうみそ》がぷるぷるのプリンみたいな――それこそ典型的なぱーぷりんでしょ？　ハーフだかなんだか知らないけど、モデルやってるとか言って調子乗って、バカな男共に色目を遣《つか》ってこれ見よがしに谷間を見せつける下品な阿婆擦《あばず》れ金髪《きんぱつ》クソビッチのことでしょ？　大体、モデルって何？　うちの学校、バイト禁止じゃなかったの？　どんな特例？　教員を買収でもしてるの？　色仕掛《いろじか》け？　そういう品位を貶《おとし》めるような人、無理」

「ちょっと先生、悪口が過ぎるよ。よくこの短時間にそれだけ罵詈雑言《ばりぞうごん》を思い付くよね。感心しちゃう。もしかして、めちゃめちゃ意識してる？　大丈夫《だいじょうぶ》、先生とはカテ違《ちが》いだから。確かに、先生の苦手なキラキラした女の子だってのはわかるけどね」

なんでこの私があんなぱーぷりんを意識しなくちゃいけないの。冗談《じょうだん》じゃない。しかもキラキラってどういうこと？　あれの何処《どこ》がキラキラしてるの？　評価軸《ひょうかじく》が理解不能。

「意識なんてしてないし。それに苦手って何？　苦手とかじゃなくて、不快なだけ。だから近付かないようにしてるし、視界に入れないようにちゃんと努力してる。最大限関わらないように生活してる……それは置いとくとして、そのぱーぷりんがどうしたの？」

「今日の昼、うちのクラスに来たんだよ。んで、白崎《しろさき》を呼び出した。何でも、勉強を教えてもらいたいらしい。雨宮《あまみや》が白崎《しろさき》を呼び出したってんで、ちょっとした騒《さわ》ぎだったわ。鈍感《どんかん》な白崎《しろさき》でも流石《さすが》に居心地《いごこち》が悪かったのか、メシ食ってソッコーで教室を出たくらいだ」

は？　ナニソレ？

想像以上なんだけど。終末戦争《ハルマゲドン》でも起こったの？

「ごめん。ちょっと前後の文脈が見えない。あれ？　私、頭が悪くなっちゃったのかな。日本語の理解能力が著《いちじる》しく低下してるみたい。何が起きたらそう云《い》う話になるの？」

「俺にもわかんねぇ。白崎《しろさき》もわけわかんねぇって感じだったが」

「なんだか凄《すご》い展開になってきたね。時期的に追試対策って感じなのかな？　でもさ、白崎《しろさき》君のことだから、めんどくさいとか言って断るんじゃないの？　そういうの苦手そうだし」

追試対策？　赤点ってこと？

バカじゃん。マキァヴェリが言う所の第三の脳じゃん。ほら、やっぱりぱーぷりんだ。

「普通《ふつう》に考えればそうだよね。純《じゅん》君がそんな面倒《めんどう》なことを引き受ける――」

ついこの間、面倒《めんどう》な事を引き受けたばっかりじゃん！　あーっと、違《ちが》う違《ちが》う。あれは琉実《るみ》の頼《たの》み事《ごと》だったからで、何処《どこ》の馬の骨か分かんない女の頼《たの》み事《ごと》なんて聞かないよね。

「先生？　どうかした？」

「ううん、なんでもない」

「だが神宮寺《じんぐうじ》、油断は禁物だぞ。そんなこと無いとは思うが、もし万が一……いや、億が一、雨宮《あまみや》が白崎《しろさき》を気に入って近付く口実にって可能性も――」

「は？　近付く口実って何？　もしそうだとしたら唯《ただ》の女狐《めぎつね》じゃん。色目を遣《つか》ってるってこと？　秋波《しゅうは》を送ってるってこと？　冗談《じょうだん》じゃない。そうじゃないにしたって、追試対策に勉強教《おし》えて貰《もら》うって何？　あんなの出る範囲《はんい》変わんないでしょ？　対策もクソも無いじゃん。補習だってあるんでしょ？　そんなん勝手に自分でやってよ。他人に頼《たよ》る意味が分かんない
正論でしょ？　間違《まちが》って無《な》いでしょ？」

「まぁまぁ。あくまで可能性としてゼロじゃないってだけだから。つーか、そんな展開は俺が許さねぇから安心しろ。あいつにだけいい思いなんてさせてたまるか」

「何、教授君って、慈衣菜《しえな》ちゃんみたいなのがタイプなの？」

部長が目を爛爛《らんらん》と輝《かがや》かせる。そうやって恋バナの匂いを嗅ぎ取って食い付くのは良いけど、教授のタイプの話なんて、本当に興味あるの？　無いでしょ？

「教授は女の子なら誰《だれ》だっていいんだよ。どーせエッチな事したいだけだもん。シンプルに最低だよね。うちの学年には悪評が知《し》れ渡《わた》ってるから、狙《ねら》うなら他学年か他校へどうぞ」

「ちっげぇよ！　誰《だれ》でもいいってほど落ちぶれちゃいねぇっ！　おまえらだって、わかるだろ？　雨宮《あまみや》の身体《からだ》を見てみろ。あれぞ西洋の血がなせる神の御業《みわざ》だぞ。あの制服の下でこれでもかと主張する胸、キュッとくびれた腰《こし》、あれぞまさに女神《ミューズ》と呼ぶに相応《ふさわ》しい」

何こいつ。超不快《ちょうふかい》。消《き》えて欲《ほ》しい。

「実際のところ、慈衣菜《しえな》ちゃん、スタイルいいよねぇ。さすがモデルさんって感じ。教授君もそこまで言うのなら、話しかけたりしてみればいいのに」

「もちろんしたさ。ただ、相手にされなかったんだよ」

だっさ。いい気味過ぎて、カフェラテ超美味《ちょうおい》しい。

ぷはぁ。教授の失敗談は最高の調味料だね。何杯《なんばい》でもいけそう。

「おい、神宮寺《じんぐうじ》っ！　聞こえてるぞっ！」

「やだ、私ったら思ってたこと口に出しちゃってた？」

「先生、わざとらしいでございますよ。口元が気持ちいいくらいニヤついてましたぜ」

「いちいち指摘《してき》しなくていいから。そんなじろじろ見ないでよ」

だらしない「へへぇ、もっと近くで見てやるっ」という声と共に、部長が抱《だ》き着《つ》いてくる。

部長の頭を撫《な》でつつ、教授に念押し。

「女神《ミューズ》にあしらわれた可哀想《かわいそう》な教授様は、ちゃんと妨害《ぼうがい》してくれるんでしょうね？　純《じゅん》君が受けるとは思わないけど――念《ねん》の為《ため》、ね。私のお願いだし、聞いてくれるよね？」

そう。念《ねん》の為《ため》。保険は大切。何事も、用心し過ぎることなんてないんだ。

――種をまくことは、取り入れほど困難ではない。

「おうっ。任せとけ」

※　※　※

（白崎純《しろさきじゅん》）

家とは別方向の電車に乗って、案内されるがまま辿《たど》り着《つ》いた雨宮《あまみや》のマンションは、ぱっと見て高級と分かる高さだった。周りのマンションに比べて頭ひとつ抜《ぬ》けている。当然、セキュリティがしっかりしているのは想像に難《かた》くなかったが、エレベータにすらカードキーを必要とする徹底《てってい》ぶり。何処《どこ》か政府の機密施設《しせつ》みたいな雰囲気《ふんいき》すらある。小説や映画みたいだ。

高層マンションに住む友人は居るが、雨宮《あまみや》の住むこのマンションはランクが違《ちが》う。詳《くわ》しくない僕でも、それは分かる。仰々《ぎょうぎょう》しいエントランスにコンシェルジュ、幾重《いくえ》にも張《は》り巡《めぐ》らされたセキュリティ。なにより一番驚《おどろ》いたのは、雨宮《あまみや》が最上階に住んでいること。

どんだけ金があるんだよ……。

雨宮《あまみや》の両親がファッションデザイナーだと噂《うわさ》レベルで聞いたことはあるが、このレベルなのか。ここまで来ると、気後《きおく》れするとかそんなものじゃなくて、珍《めずら》しい施設《しせつ》を見学に来たくらいの感覚でしかない。琉実《るみ》は僕以上に圧倒《あっとう》されていて、終始「うわぁ」だの「なにこれ」だの壊《かい》滅的《めってき》な語彙力《ごいりょく》とともに目を瞬《しばた》かせていた。

正直、「なんで雨宮《あまみや》の家に行かなきゃなんないんだ。めんどくせぇ」なんて思っていたが、こんな凄《すご》い物《もの》を見《み》せて貰《もら》えるのなら、多少の事は我慢《がまん》するという気になった。

そして案内された部屋たるや、まさに映画の世界だった。マフィアや企業《きぎょう》の重役が愛人を連れ込むペントハウスそのものだった。ワイン片手にとかそういう世界。実際、テレビの横にあるガラス棚《だな》には洋酒が並んでいる。雨宮《あまみや》が飲むわけ……ないよな。

二メートル以上はあろうかという高さの窓からは、ぼんやりとだが、スカイツリーらしき塔《とう》が見える。なんだこれ。こんなとこに同級生が住んでるのか。

すべてが規格外すぎて、頭がついていかない。

「ねぇ……純《じゅん》。あれ……スカイツリーだよ……ね？」

僕と並んで窓際《まどぎわ》に立つ琉実《るみ》が、たどたどしい日本語を喋《しゃべ》った。

「やっぱり、そうだよな。つーか、なんだよここ。こんなとこで暮らしてるのか？」

余りにも現実とかけ離《はな》れ過《す》ぎていて、凡庸《ぼんよう》な言葉しか出て来ない。琉実《るみ》のことは言えんな。

「そだよー。景色いーよねー。ここって周りより高いから、シャワーのあと、裸《はだか》で歩いてても気になんないのが、個人的には最高のポイント」

裸《はだか》っ⁉

待て。ここは反応したら負けだ。僕は聞かなかったことにした。もちろん、想像だってしていない。断言する。幸い、琉実《るみ》も思考回路が著《いちじる》しく低下しているようで、「確かにここなら覗《のぞ》かれる心配はないなぁ……」などとぶつぶつ言っている。

「ねーっ、水でいい？　ジュースとかのがいい？」

「えっと……み、水で良《い》いよね？」琉実《るみ》が小声で訊《き》いてくる。

「あ、ああ」僕が答えると、雨宮《あまみや》は「おっけー」と軽く返事をして、アメリカの映画に出てくる業務用みたいなサイズの冷蔵庫から、ミネラルウォーターのペットボトルを取り出した。

改めて部屋の中を見回してみると、壁《かべ》には百インチはあろうかというテレビ、ダイニングテーブルの木材はマホガニーだろうし、天井にはシーリングファン。毛足の長いラグの上に鎮座《ちんざ》する紺色《こんいろ》のデカいソファは、下手すると三桁《けた》万円くらいしそうだ……部屋の雰囲気《ふんいき》からして、それくらいすると見て間違《まちが》いない。この部屋は明らかに金のかかり方が違《ちが》う。

僕と琉実《るみ》はもう完全に雰囲気《ふんいき》にのまれていて、何処《どこ》に座っていいか分からず——というか何《ど》処《こ》に居ていいか分からず、窓の傍《そば》から動けずにいた。

「何二人で仲良く景色見てんのー。人ん家《ひとんち》でいちゃつくの禁止だかんねっ」

「いちゃついてなんかねーよ」「いちゃついてないからっ」

「えー、もう今すぐにでも肩《かた》に手を回しそーな雰囲気《ふんいき》だったよー？　えろー」

「そんなわけないからっ！　てか、慈衣菜《しえな》ん家《ち》、想像以上だわ。いちゃつくとかより、そもそも何処《どこ》に居たらいいかわかんない。マジで動けない」

「つぷ。ははは。何それ。マジで意味わかんない。ほら、その辺テキトーに座ってよ。それともバルコニー出てもうちょっと景色見る？　この高さだと虫いなくて快適だよ？」

「と、とりあえず座ろうかな——バルコニーはあとで見せて」

琉実《るみ》に続いて、僕も座る。タイミングを逃《のが》すと取り残されそうだ。

雨宮《あまみや》が僕らの前にミネラルウォーターを置き、斜向《はすむ》かいに座った。ミネラルウォーターが置かれたローテーブルは、色味からするとローズウッドだろうか。この前、MDF合板の作り方を調べるついでに木材をあれこれ調べた経験が、こんなとこで生かされるとは。

何がMDF合板だよ……自分で言っててむなしくなってくる。

「そうだっ。猫《ねこ》ちゃんはっ？　どこに居るの？」琉実《るみ》が声を弾《はず》ませた。

家に行くと決まった後、雨宮《あまみや》が思い出したように「うち、猫《ねこ》いるけど、大丈夫《だいじょうぶ》？」と訊《き》いて来《き》た。それを聞いた琉実《るみ》は、「えっ、猫《ねこ》居るの？　インスタとかに載《の》せてないよね？　わたし知らなかったもん。めっちゃ見たいっ！」なんて騒《さわ》ぎ出《だ》し、「どんな猫《ねこ》？」「なんて種類？」と雨宮《あまみや》を質問攻《しつもんぜ》めにしていた。雨宮《あまみや》もまんざらでもない風《ふう》で、「これなんだけど、マジでカワイイっしょー。投稿《とうこう》し始《はじ》めたらキリないから、あえてネットには載《の》せてないんだよねー。てか、うちの子最強すぎて、エナが霞《かす》みそう」と得意気《とくいげ》にスマホの写真を見せていた。

琉実《るみ》が話題にするまで、猫《ねこ》の話なんて忘れていた。

「あーっと、多分爆睡《ばくすい》してる。あいつったら、帰ってきても平気で寝《ね》てるんだよね。ふつー、飼い主を出迎《でむか》えるっしょ。連れてくっから、ちょっと待ってて」雨宮《あまみや》が部屋を出て行く。

「ね、純《じゅん》。猫《ねこ》だって」

「ああ。猫《ねこ》らしいな」

「何その反応。猫《ねこ》だよ？」琉実《るみ》が頰《ほお》を膨《ふく》らませる。

「久し振《ぶ》りに猫《ねこ》と戯《たわむ》れるチャンスが来たんだ、僕のことは気にすんな」

子供の頃《ころ》、琉実《るみ》と那織《なおり》はよく犬や猫《ねこ》を飼いたがっていた。デートで無理やり猫《ねこ》カフェに連れてかれたこともあった。確かに犬猫《いぬねこ》は可愛《かわい》いが、そこまで思い入れの無い僕は、小さな生き物相手にどう振《ふ》る舞《ま》っていいか分からず、琉実《るみ》に「ぎこちない」だの「怖《こわ》がらなくても大丈夫《だいじょうぶ》だから、撫《な》でてごらん」などと半ばバカにされた記憶《きおく》がある。

そんなことを思い出していると、雨宮《あまみや》がふさふさとした猫《ねこ》を抱《かか》えて戻《もど》ってきた。

口元やお腹《なか》、足回りは白いが、眼《め》のあたりから背中側はうっすらとした灰色の毛が生えている。まるで、灰色のローブを纏《まと》っているようだ。まだ寝《ね》ぼけているらしく、ゆっくりと瞬《まばた》きしたあと、雨宮《あまみや》の腕《うで》の中に——腕《うで》と胸の間に顔をねじ込んだ。

うん、確かにこいつは可愛《かわい》いかも知《し》れない。猫《ねこ》な。猫《ねこ》の話な。

「まだ眠《ねむ》たいのかなぁー。ね、名前は？」

「アイン」

「アイン……ちゃん？　くん？」

「くん。オス」雨宮《あまみや》がふさふさの猫《ねこ》——アインを抱《だ》きなおす。仕草が完全に子供を抱《だ》いた母親のそれだ。「ほら、るみちーにご挨拶《あいさつ》は？」

アインの顔を覗《のぞ》き込《こ》む琉実《るみ》を横目に、「なぁ、どうしてアインなんだ？」と訊《き》く。

何故《なぜ》その名前になったのか——ペットに限らず命名の意図は常に気になる。もしドイツ語のEinなら、数字の一だ。猫《ねこ》に付ける名前っぽくない。とは言えカバラのAinってこともないだろうし、まさかアインシュタインではないだろう。何かのキャラクターからだろうか。

「えっと……なんとなく」

「なんだよそれ。普通《ふつう》由来とかあるんじゃないのか？」

「えー、別にアインくんでいいじゃん。カワイイよ。あ、こっち向いたっ」

琉実《るみ》は猫《ねこ》の顔を見るのに夢中だ。

「いいんだけど、どんな由来なのかなって思うだろ？」

僕なんかはすぐ由来がどうのって考えがちだが、他の人からしてみたら、案外そんなもんなのかも知れない。響《ひび》きが好きとか、たまたま目についた言葉とか。

「ホントは犬が欲《ほ》しかったんだけど、ママが犬嫌《いぬぎら》いでさー。なんか子どもの頃《ころ》に噛《か》まれたとかゆーんだけど、そんな昔の話、気にしなくてイイじゃんって思うよねー。そもそも、ママなんて言うほど家《うち》にいないのにさー」

「猫《ねこ》飼えるだけいいよー。うちなんて、お父さんが犬とか猫《ねこ》にアレルギーがあるから、飼えないんだよ。なんか、毛のある動物はダメっぽくて。金魚が一匹《ぴき》居るだけ」

「ほとんどフナだけどな。金魚ってサイズじゃない」

「フナって、魚の？」

「そーそー。なんか、うちの金魚、超大《ちょうおお》きいの。こんくらいある」

琉実《るみ》が手でガリバーの大きさを示した。あの金魚、飼い主に似てよく食うんだよ。

「マジで？　金魚ってそんなに大きくなるの？」

「ねー。わたしもびっくり。七年も生きると金魚も大きくなるみたい」

喉元《のどもと》まで「金魚はフナの改良種だ」と出掛《でか》かったが、そんな話は興味無いだろうと思って飲み込んだ。そんなことより、本当は犬が欲《ほ》しかったって言ったよな。

もしや——さすがに違《ちが》うか。

「うちのアインは何処《どこ》まで大きくなるのかなー」

「その種類大きくなるんでしょ？　えっと、ノルウェー……」

「ノルウェージャン・フォレスト・キャット」雨宮《あまみや》が琉実《るみ》にアインを渡《わた》す。「はい」

「おおっ、結構ずっしりくるねぇー。おー、よしよし。この子、わたしが抱《だ》いても全然動じないね。まだ眠《ねむ》たそう」琉実《るみ》に抱《だ》かれたアインが、短く鳴いた。「あ、返事したっ！」

「さて」ペットボトルの蓋《ふた》をパキッと回して、雨宮《あまみや》が前屈《まえかが》みになった。「本題に入る前に、ちょっとるみちーにこれだけは聞いておきたいんだけど——いい？」

琉実《るみ》がアインを抱《だ》いたままお尻《しり》をずいっとずらして、雨宮《あまみや》に近寄る。「なに？」

雨宮《あまみや》が耳元で何か言うと、琉実《るみ》が意にも介《かい》さない様子で「ないない。いきなり何なの？」と顔の前で手を振《ふ》った。何の話をしてるんだか。問《と》い質《ただ》したい気持ちを抑《おさ》えて、窓の外に目を向ける。自宅の窓が切り取る景色と、何もかもが違《ちが》う。

こんなとこに住む人間が自分の同級生に居るとは。しかも、親がデザイナーで、雨宮《あまみや》自身もモデルをやっている。出来過ぎていて嘘臭《うそくさ》い。現実感に乏《とぼ》しい。

決して貧乏《びんぼう》ではないし、恵《めぐ》まれている方だと自覚はあるものの、どうしても自分と比べてしまう。僕は雨宮《あまみや》に対して、何が勝っているんだ？　成績くらいじゃないか。成績が良《い》いと言っても、所詮《しょせん》は校内での話に過ぎない。全国模試で一位を獲《と》れるほど優秀《ゆうしゅう》じゃない。狭《せま》い世界で評価されているに過ぎない。

雨宮《あまみや》は書店に並ぶ雑誌でモデルをやっている。

そっちのがよほど認められているじゃないか。

後ろ向きな考えに苛《さい》まれていると、いきなり雨宮《あまみや》が立ち上がって宣誓《せんせい》するかの如《ごと》く、「るみちー確認《かくにん》も取れたことだし、ご飯にしますかっ！」と大声で言いながら手を叩《たた》いた。

アインが琉実《るみ》の手の中でびくっとした。脅《おど》かすなよ。可哀想《かわいそう》だろ。

「まずは勉強がどうのって話だろ？」

「まーまー、それはご飯食べながらでいいじゃん。ね、るみちー？　お腹空《なか》いたでしょ？」

「そだね。もうお腹《なか》ぺこぺこ」

「るみちーもそう言ってることだし、白崎《しろさき》も――ってか、呼びづらいからザキでいい？　それとも、るみちーみたいに純《じゅん》って下の名前で呼んだ方がいい？」

わざわざ僕の方に回り込んで、雨宮《あまみや》が顔を覗《のぞ》き込《こ》んでくる。青い双眸《そうぼう》が視界に入る。緩《ゆる》やかなカーブを描《えが》く秀眉《しゅうび》。すっと通った鼻梁《びりょう》。ほんのり血管が透《す》ける白い肌《はだ》。雨宮《あまみや》にじっと見詰《みつ》められて、思わず視線を落と――した先はだらしなく開いたシャツから見える胸元《むなもと》。慌《あわ》てて目を逸《そ》らしたが、露骨《ろこつ》な気がして、水を取って誤魔化《ごまか》した。

「好きに呼べよ」

「ふーん。好きに、ね」雨宮《あまみや》がひょいっと身体《からだ》を傾《かたむ》けて、琉実《るみ》に声を掛《か》けた。「ねー、るみちーさ、もしかしてこれ、ザキ照れてんの？　露骨《ろこつ》に目逸《そ》らされたんだけど」

危《あや》うく口に含《ふく》んだ水を吹《ふ》き出《だ》しそうになった。あー、もうっなんだよこの女っ。

いちいち口にすんなっ……て言うか、琉実《るみ》に訊《き》くなっ。くっそ帰りてぇ。なんだこれ。

「えっ、何？　純《じゅん》、照れてんの？　なんで？　今、そんなタイミングあった？」

声を弾《はず》ませて、琉実《るみ》が執拗《しつよう》に顔を見ようとしてくる。

ああっ、こっち見んなっ！　頼むからほっといてくれ——

「あ、もしや、ザキ、エナの谷間見て興奮しちゃった？　やだ、超《ちょう》ウブじゃん。カワイイ」

「うわ、最っ低」

「もう帰——」立ち上がろうとした僕の肩《かた》を、雨宮《あまみや》が押さえ付けた。勢《いきお》いを失って、ソファの上にどすんと腰《こし》が落ちた。僕の肩《かた》を押さえ付けたまま、「そーゆーこと言わないのっ。はい、ご飯が出来るまで大人しく待ってることっ」子供に言い聞かせるみたいに、笑《え》みの混ざったなんとも言えない大人びた相貌《そうぼう》で、雨宮《あまみや》が言った。

悔《くや》しいけれど、とんでもなく悔《くや》しいけれど——ちょっとだけ見入ってしまった。

いや、相手はモデルだし。表情作るのも仕事だよな。そうだよな。仕方ないよな。

「さぁ～て、いっちょ気合入れますか」喧嘩《けんか》でもするみたいに雨宮《あまみや》が指をポキポキ鳴らした。

「わたしも手伝うよっ。何作る？」

「実はカレーがあるんだよねー。だから温めるだけ」

「じゃあ、サラダとか作る？」

「だね。あとはテキトーにってことで。で、いいよね、ザキ？」

急に振《ふ》られて、「お、おう」と間抜《まぬ》けな返事をするのが精一杯《せいいっぱい》だった。

この部屋に来てから、雨宮《あまみや》のペースに終始飲まれている。調子狂《くる》うな。こういう時、教授はうまいこと道化《どうけ》を演じられるんだろうけど、生憎《あいにく》そんな器用さは持ち合わせちゃいない。

時々、教授のキャラが羨《うらや》ましくなる。僕もあんな風《ふう》に何でも軽く流せたらと思うが、無理して振《ふ》る舞《ま》っても、どこかで破綻《はたん》する。それに、今更《いまさら》あんな陽気な雰囲気《ふんいき》を出したところで、周りから「白崎《しろさき》、いきなりどうした？　キャラ変か？」などと指摘《してき》されて、余計に恥《は》ずかしくなるのが目に見える。

こんなことを教授に言ったら、「俺だって色々悩《なや》んでんだよ」と怒《おこ》られそうだ。

つまり、あれこれ考えずに今のままが一番——結局、隣《となり》の芝生《しばふ》は常に青々としている。

さて、僕も何か手伝えることを……と思ったが、「じゃあ、純《じゅん》はアインの相手しててね」と琉実《るみ》に言われ、流れでアインを受け取ってしまった。

アインに視線を落とす。まったく、おまえは気楽で良いよな——猫《ねこ》に話しかけそうになって、思いとどまった。アインがもぞもぞと動く。眠《ねむ》るのにちょうどいい体勢を探《さぐ》っているようだ。

寝子《ねこ》とはよく言ったものだ。それにしても、腕《うで》の中がじんわりと熱い。

猫《ねこ》って、こんなに体温高いんだな。触《さわ》ったことあるのに、気付かなかった。

顔を上げると、アイランドタイプのキッチンに立つ、エプロン姿の女子高生が二人。

琉実《るみ》は小さい頃《ころ》から、ああやってよくおばさんの手伝いをしていた。だから、琉実《るみ》が料理をする姿に違和感《いわかん》はない。もちろん、那織《なおり》は殆《ほと》んど手伝わなかった。精々お皿を並べる程度。それも、言われてから。だから琉実《るみ》は、中等部の時、那織《なおり》が家庭科部に入ったことを喜んでいた。やっと那織《なおり》も――ってな具合で。

僕とおばさんは、「お菓子《かし》目当てね」「だと思います」なんて言っていたけど。

琉実《るみ》よりも、雨宮《あまみや》だ。料理をするとは意外だった。見た目で決めつけるななんてよく言うけれど、あのギャル然とした風貌《ふうぼう》と料理のイメージが結びつかない――言うほど鮮明《せんめい》なイメージは持っていないな。雨宮《あまみや》のことは知らないし、話したこともないわけで、こればかりは見た目で判断した勝手な先入観でしかない。

雨宮《あまみや》と言えば、振《ふ》られたヤツの妬《ねた》みか、はたまた雨宮《あまみや》のことが気に入らない女子が流しているのか、やれ年上の彼氏《かれし》――大学生だったり、社会人だったり――をとっかえひっかえしているだの、カメラマンと寝《ね》てるだの、社長の愛人だの、パパがどうのといった噂《うわさ》を散々耳にした。下らないと思いつつ、正直言って雨宮慈衣菜《あまみやしえな》という生徒に興味を持っていなかった僕は、目立つヤツってのは大変だな程度にしか考えていなかった。

僕自身、雨宮《あまみや》のことをそんな風《ふう》に見ていたつもりはないが、ある種の先入観に囚《とら》われていたのは事実だ。結局のところ、下らない噂《うわさ》をする奴等《やつら》と大差はないのかも知れない。亀嵩《かめだけ》の話じゃないが、視野を広げた方が良《い》いのかもな。固定概念は判断を曇《くも》らせる。

今まで気付かなかったことが見えてきたりする――自分も含《ふく》めてって所か。

琉実《るみ》の話によれば、雨宮《あまみや》の母親は余り家に居ないらしい。落ち着いた色合いの高級そうな家具の数々。そして、女子高生にそぐわない洋酒やら油絵といった品々。恐《おそ》らく、それらは雨宮《あまみや》の母親の趣味《しゅみ》なのだろうが――この部屋からは、雨宮《あまみや》自身の匂《にお》いが感じられない。

母親がいつ帰ってきても良《い》いように、敢《あ》えてそのままにしているのか？　家を出た子供の部屋をそのままにしておく親の心理、みたいなヤツか？

冷蔵庫から取り出した鍋《なべ》を火にかける姿を見て、そんなことを思った。

だって――あれはどう見たって、一人で食べる為《ため》に作った量じゃない。

本当は誰《だれ》かと――それこそ母親とでも食べる為《ため》に作ったんじゃないか？

僕らを夕飯に誘《さそ》った本当の理由は、あのカレーの処理を手伝《てつだ》って欲《ほ》しかった――なんて、考え過ぎか。雨宮《あまみや》と琉実《るみ》が楽しそうに騒《さわ》いでいる姿を見ながら、余計な考えを押しやった。

雨宮《あまみや》が作ったカレーは旨《うま》かった。家庭で出されるようなクオリティの物じゃなくて、どちらかと言えば本格風《ほんかくふう》――お店で出されてもおかしくない出来だった。正直、侮《あなど》っていた。

「これ、文句なしに美味《おい》しいぞ」

「あんがとっ！　ま、これでもちょっとは自信あっからねー」

「ホントに美味《おい》しい。持って帰りたいくらい。これって、市販《しはん》のルウ？」

「ううん。これはイチから作ってるー」

「え？　ルウ使わずに作るってこと？」「カレーってルウ使わずに作れるもんなのか？」

カレーをイチから作るっていう発想が、僕にはそもそも無かった。小学生の時に学校で作ったことはあるから、さすがにカレーを作る大まかな流れは……分かる。材料を鍋《なべ》に入れてルウを入れる。間違《まちが》いない。そのルウを使わずにカレーを作るというのが想像出来ない。

もしかして、雨宮《あまみや》って結構凄《すご》いのか？

「やってみるとケッコー簡単。るみちーでもできるって。カレー粉さえあれば、大体カレーになっから。ただ、カレー食べてると、ナン欲《ほ》しくなるんだよね」

「……まさか、ナンも自分で作ったり……するの？」

「ナンこそ簡単だよ。ただささ、やっぱナンを焼くならタンドールが欲《ほ》しいじゃん？」

隣《となり》で丸まって眠《ねむ》るアインを撫《な》でながらさらっと雨宮《あまみや》が言った。

「『タンドール？』」

またしても琉実《るみ》と被《かぶ》った。闘牛士《マタドール》みたいな響《ひび》きだが……わかんねぇ。なんだそれ。

「へぇぇぇ、ザキも知らないんだぁぁぁ。学年一位なのにぃぃぃ？？？」

雨宮《あまみや》のニヤついた顔が不快だが、知ったかぶりをするのはポリシーに反する。

「ああ、知らない。ナンを焼くってことは、窯《かま》か何かか？」

「そそ。よくわかったね。おっきい壺《つぼ》みたいな窯《かま》のこと。それの内側にナンを張り付けて焼くの。タンドールがあればタンドリーチキンも焼けるし……けど、けっこー大きいんだよねー。こんなだよ、大《お》っきさ。いざとなったら、バルコニーに設置するしかないよねー。バルコニーにタンドール置くなら、ピザ窯《がま》も――」

「もしかしてなんだけど、タンドリーチキンって、タンドールで焼くからタンドリー？」

雨宮《あまみや》が手で表した位置は、ちょうど子供の背丈《せたけ》くらい。確かにデカい。

「そだよー」

「うっそ。そーなんだ。わたし、スパイス的な意味だと思ってたっ」

「僕も今の今までそう思ってた」

タンドリーの意味なんて考えたこと無かった。調理法だったのか。知らないことだらけだ。

やはり先入観はよくない。ただ、それだったら、ナンもタンドリーナンって言えよ。なんで鶏《とり》肉《にく》だけ別枠《べつわく》なんだよ。納得《なっとく》いかねぇ。ルール破綻《はたん》してんぞ。

「てか、こんな料理上手《うま》いなら言ってよ。そんなこと全然言ってくれなかったじゃん。お昼だっていっつも学食とかパンだよね」

「だってお弁当は面倒《めんどう》なんだもん。学校終わってから撮影《さつえい》とかあると、お弁当箱邪魔《じゃま》だし」

「あー、そう言われると、確かにそうかも。そっか。ちなみに、お菓子《かし》とかって——」

「ちょっと待て。料理談義も良《い》いが、そもそもここに来た理由は、別にあるだろ。確かにカレーは美味《おい》しかった。ありがとう。だが、それはそれ、だ」

「あー、勉強の話？」雨宮《あまみや》が眉間《みけん》に幾《いく》つも皺《しわ》を寄せて、嫌《いや》そうな顔をした。

「おいっ。おまえが教《おし》えて欲《ほ》しいって話だろっ！　なんで面倒臭《めんどうくさ》そうに言うんだよっ！」

「お腹《なか》いっぱいで考えらんないなーって。まぁ、そーゆーことだからさ、追試までよろしく頼《たの》むわ。ね、ザキ先生っ！　よろっ！　で、なんだっけ、お菓子《かし》が——」

「待て待てっ！　話は終わってねぇっ！　何がよろっ、だっ！」

「なんでよー。それって、受けてくれないってこと？　教えたくないってこと？」

「そこまでは——」

「じゃあ引き受けてくれるってことでいいの？　いいよね？　よしっ」

「だーかーらー、引き受けるとはまだ言ってないだろっ」

「あ、今、まだって言った。まだってことは、やってくれるってことだよね？」

なんだこの堂々巡《どうどうめぐ》りは。

思わず琉実《るみ》に助けを求めるが、琉実《るみ》は楽しんでいるような、困っているような——騒《さわ》ぐ那織《なおり》を後ろから見ているようなお決まりの面持《おもも》ちで、ペットボトルに口をつけたままこっちを見ていた。恐《おそ》らく、そろそろ僕が助けを求めると思っていたのだろう。僕と視線が合うと、やればとでも言いたげに、軽く顎《あご》をしゃくった。

亀嵩《かめだけ》に続いて琉実《るみ》まで楽しむ方にシフトしやがった。

「とりあえず状況《じょうきょう》を整理させてくれ。まず、雨宮《あまみや》は赤点いくつあるんだ？　教科は？」

「えと、三つ。古文、世界史、化学」

「三つはやばいよねー。中等部の時、そこまでじゃなくなかった？」

琉実《るみ》が、空いた皿を重ねながら言った。

「仕事が忙《いそが》しくってさぁ。ぜんぜんべんきょーしてなかった……つーか、授業中ほぼ寝《ね》てたんだよね。みんなにノート借りたけど、ほぼ見てないってゆー」

「そりゃ赤点取るって」

僕が言おうと思ったことを、琉実《るみ》が代弁した。それじゃ赤点取るのも無理はない。

「暗記系がメインか。さすがに英語は赤点じゃなかったか」

「ちょっとザキー、英語はさすがにバカにしてるっしょ？　エナ、これでも英語科だよ？　てか、パパはイギリス人だからね？　めっちゃいい点数じゃないけど、赤点は取んないって」

英語科だったのか。普通《ふつう》科だと思ってた。そして雨宮《あまみや》の親ってイギリス人なのか。知らなかった。勝手にアメリカだと——と言うか、興味も無かったわけだが。

イギリス、か。色々と話を聞いてみたいが……まぁ、いい。今はその話じゃない。

「すまん。ただの冗談《じょうだん》だ。話を戻《もど》すが、赤点科目が三つもあるから、勉強を教《おし》えて欲《ほ》しいってことだよな？　手っ取り早く片付ける為《ため》に」

「そんな感じ。仕事の予定もあるし、ママにめっちゃ怒《おこ》られたから、早々にどうにかしないとヤバいんだよね。ママなんて、こんな成績だとモデルの仕事やめさせるーとか言ってんだよ。そんなことしないとは思うけどさ」髪《かみ》を撫《な》でながら、雨宮《あまみや》がむぅと口を尖《とが》らせた。

「なるほど。大まかな理由は察した。で、だ。ここからが本題なんだが――」

琉実《るみ》から聞いたことではあるが、改めて本人の口から聞きたい。

「どうして僕なんだ？　他のヤツだっていいだろ？」

「んー、頭イイから？」

「なんで語尾《ごび》が疑問形なんだよ」

「語尾《ごび》が疑問形？　言ってる意味がよくわかんない。てか、ザキって一位なんでしょ？」

「そうだが……最初は那織《なおり》に頼《たの》むつもりだったんだろ？」

「それっ。けど、るみちーが那織《なおり》ちゃんは絶対に無理とかゆーんだよ。だからザキにお願いすることにしたの。ってことで、よろしく」

「確かに那織《なおり》は無理だろうが、僕じゃなくても――例えば安吾《あんご》……、坂口《さかぐち》のことな。あいつとは仲良《なかい》いんだろ？　他にも女子だったら――」

「グッチは部活あるじゃん。るみちーと一緒《いっしょ》で忙《いそが》しいよー。てか、アンゴって何？　グッチのことアンゴって呼んでんの？　なんで？」

グッチ……。うん、モデルらしい呼び方だわ。これ以上ないくらい安直だけど。

「坂口安吾《さかぐちあんご》って作家が居るから、それで」

かく言う僕も、これ以上ないくらい安直だった。人のことは言えん。

「誰《だれ》それ。知らない。そんな知らない人の話はどーでもよくて。エナ的には、勉強を教えてくれれば誰《だれ》でもいーんだけど、ザキは学年で一番頭イイじゃん？　つまり、最強じゃん。だったら、ザキにお願いするのがイイかなーって。そー思っただけ。やっぱ、ヤなの？　ヤならヤで他当たるから、そー言って。エナ、はっきりしない人嫌《ひときら》いだから。るみちーの友達だから信頼《しんらい》できっかなーって思ったけど――ま、しょーがないか。ちょっとがっかり」

「まぁまぁ。純《じゅん》もいきなり頼《たの》まれて、どうしよっかってとこだろうし――」

「わかった。追試までで良《い》いんだよな。それ以上は引き受けないぞ」

反射的にそう言っていた。琉実《るみ》の名前を出されたことに対する、子供じみた応酬《おうしゅう》だったかも知《し》れない。半ば自棄《やけ》みたいなものだった。

雨宮《あまみや》が「そうこなくっちゃ」と言って、目尻《めじり》を下げた。


「ね、本当に良かったの？」

雨宮《あまみや》の家からの帰り道、琉実《るみ》が心配そうに口を開いた。

「ああ、仕方ないだろ。大丈夫《だいじょうぶ》、引き受けた以上はちゃんとやる」

「う、うん……なんか、ごめんね」

「琉実《るみ》が謝る必要はない。引き受けたのは僕だ」

琉実《るみ》の言うこともわかる。巻き込んでしまった責任を感じているんだろう。だが、勢いで言ってしまったとはいえ、決断をしたのは僕だ。その責任を被《かぶ》る必要はない。

なんだか、空気が重くなってしまった。話題を変えないと。

「そろそろ総体だろ？ 練習は順調か？」

「うん。順調。正直、プレッシャー半端《はんぱ》ないけどね」

「今までだって、そういうプレッシャーに勝ってきただろ。まずは楽しんで来いよ」

「何、めっちゃ応援《おうえん》してくれるじゃん。どうしたの？」

琉実《るみ》が顔を覗《のぞ》き込《こ》んでくる。何だよ、じろじろ見るなって。

「今までだって応援《おうえん》してたろ」

「そうだけどさ。何だか改まって言われると……なんでもない。ありがと。超嬉《ちょううれ》しい」

ちょっとだけ口元に照れを残して、琉実《るみ》が目を細めた。

「そだっ！ 今度、純《じゅん》もバスケしてみない？ 教えてあげるから」

「嫌《いや》だよ。球技苦手なの知ってるだろ」

付き合ってる時、一度だけ誘《さそ》われたことがある。あの時も断った。わざわざ恰好悪《かっこうわる》い所を見せたくなかった。球技が苦手なのは本当だ。特に、バスケだけはずっと避《さ》けてきた。体育の選《せん》択《たく》は別の球技を選んだ。琉実《るみ》と同じフィールドに立つのが恥《は》ずかしかった。

自分が下手なのを知っているから。

「大丈夫《だいじょうぶ》だって。下手でも笑わないから。ほら、純《じゅん》は慈衣菜《しえな》に勉強を教えるでしょ？　だから、わたしは純《じゅん》にバスケを教えてあげる」

「どういう理屈《りくつ》だよ。相関関係が全く見えてこない――」

視線を落とすと、懐かしい靴が目に入った。いいよ、たまには乗ってやるよ。決めつけは良くない。やってみれば楽しいかも知れない。言いさした言葉の続きは改めよう。

「絶対、笑うなよ」

「何、マジでやんのっ⁉」

「おまえがやろうって言ったんだろっ！！」

「だって、まさか純《じゅん》がバスケを――ほんとに？　ほんとにやってくれんの？」

「さっきも言ったろ。言った以上はやるよ。その代わり、僕の好きな映画に付き合ってもらうからな。視聴《しちょう》後の意見交換《こうかん》も含《ふく》めて」

「うげぇ。絶対長いヤツじゃん、それ」琉実《るみ》が心底嫌《いや》そうに顔を顰《しか》めた。

そんなに嫌《いや》な顔すんなよ。「戦争と平和」を休憩《きゅうけい》無しで見ようなんて言わねぇよ。

「これこそが交換《こうかん》条件として正しい、だろ？」

「那織《なおり》も誘《さそ》ったら、来るかな？　バスケ」

「来ないだろ。断言する。声を掛《か》けるだけ無駄《むだ》だ。『どうしてわざわざ自分から汗《あせ》をかきにいかなきゃいけないの？　意味わかんない』とか言うに決まってる」

僕がそう言うと、琉実《るみ》が立ち止まって笑い出した。

「間違《まちが》いないっ！　絶対、言う。家族旅行の時、あの子をサウナに誘《さそ》ったんだけど、『汗《あせ》かいて、汗《あせ》を流して、また汗《あせ》をかいて。それの何が楽しいの？　穴を掘《ほ》って、それを元《もと》に戻すのと一緒《いっしょ》じゃない？　普通《ふつう》に拷問《ごうもん》だからね、それ』って言われたよ。超軽蔑《ちょうけいべつ》した目で見られた」

那織《なおり》と同じくサウナは苦手だ。言ってしまうと、僕も汗《あせ》を流すのは好きじゃない。だから、那織《なおり》の気持ちは分かる――もしかして、琉実《るみ》は那織《なおり》や僕と自分の好きな事を共有したかったのか？　バスケに誘《さそ》ったり、サウナに誘《さそ》ったり……思い返してみればこういうことは何度もあった。琉実《るみ》とデートをしている時、僕は琉実《るみ》の行きたい所ややりたい事に付き合ってるつもりだった。そうじゃなかった。思《おも》い違《ちが》いも甚《はなは》だしい。

子供の頃《ころ》からずっと、琉実《るみ》は僕と那織《なおり》に付き合ってくれていたんだ。

雨宮《あまみや》は琉実《るみ》の友達――大事なことを忘れていた。勢いで言ったけど、引き受けて良かった。

「那織《なおり》がじっとサウナに入る姿は想像出来ないな。ぬるめの露天風呂《ろてんぶろ》で寝《ね》てるほうがよっぽど那織《なおり》っぽい。あいつ、大人になったら風呂《ふろ》で日本酒飲みそうだよな」

「やりそうー。てか、今、那織《なおり》の裸《はだか》を想像してたでしょ？」

「バッ、してねぇよっ――」

「冗談《じようだん》だよ。あと、今日は色々ありがと」

「何がだよ」

「色々と。何だかんだで楽しかった。慈衣菜《しえな》の料理は美味《おい》しかったし」

「そうだな。確かに美味《うま》かった」

琉実《るみ》のことを分かっているつもりでも、やっぱり僕は分かっていなかった。それに気付くことが出来た。琉実《るみ》と話していると、那織《なおり》とは別の発見がある。別の思考がある。そして僕の至らぬ点を知る。それを楽しいと評するのが適当か難しい所ではあるが、琉実《るみ》とこうして他愛もない話をするのは楽しい。どっちがどうとかじゃない。僕は二人と話をするのが好きなんだ。

色んなことがあったけれど、それは変わらない。そうじゃなきゃ、寂《さび》しすぎる。

※　※　※

（神宮寺那織《じんぐうじなおり》）

部長や教授と別れ、駅から帰る途中《とちゆう》、本屋に立ち寄った。財布《さいふ》の中身が心許《こころもと》ないけれど、お母さんに今日の夕飯代を請求《せいきゆう》すれば本を買う分くらいはチャラになる。今日は教授が出してくれたし、そうすれば実質のプラス。完璧《かんぺき》。財テクの極《きわ》み。

文庫コーナーをぶらぶらと歩いて、引《ひ》っ掛《か》かりそうなタイトルや装丁《そうてい》を探す。何となく海外の気分。エルロイか。悪くない。『ホワイト・ジャズ』。うん、いい感じ。

それなりに厚みがあって——京極夏彦《きょうごくなつひこ》に比べれば薄《うす》いけど——そこと比べるとみんな薄《うす》くなっちゃうよね、比較《ひかく》対象を間違《まちが》えた。粗筋《あらすじ》も……ふむ、よさ気。今宵《こよい》の私は血と暴力に飢《う》えている。エルロイなら期待出来る。徹底的《てっていてき》に打《う》ちのめして欲《ほ》しい。

当たりの予感を噛《か》み締《し》めながら、早く帰ろうとほくほくで本屋を出ると、うちの制服着た男女が少し先を歩いていた。あの背格好。もしや——少しずつ距離《きょり》を詰《つ》める。

女はショート。男の身長が一七〇くらい？　歩いている方面は私と同じ。やっぱり。


どうしてこんな時間にあの二人が一緒《いっしょ》にいるわけ？


純《じゅん》君はぱーぷりんと話をしていたとして、琉実《るみ》は？　部活の人と御飯《ごはん》でも行ってて、たまたま帰りが一緒《いっしょ》になった、とか？　それも無くはないけど……一緒《いっしょ》に行動していたと考える方が、この場合は自然な気がする。工作員《エージェント》としての勘《かん》。

そうだよ。だって、純《じゅん》君がひとりでぱーぷりんと話をする——考えらんない。間に琉実《るみ》が入《はい》る方がしっくりくる。じゃあ、純《じゅん》君が琉実《るみ》を誘《さそ》った？　私には相談してくれずに？

ぱーぷりんと——琉実《るみ》。

中等部の時、同じクラス。目立ちたがり屋の琉実《るみ》はクラス委員。ぱーぷりんは見るからに問題児。そして元ダンス部。対して琉実《るみ》はバスケ部。どちらも自意識過剰《かじょう》な女子の巣窟《そうくつ》。
やっぱりそうだっ！　そうに違《ちが》いないっ！
この話は、琉実《るみ》が少なからず絡《から》んでる。その前提で考えた方がいい。私としたことが、大事なことを失念していた。身近にいるじゃん、一番厄介《やっかい》な人物が。

■前提：琉実《るみ》が絡《から》んでいる。純《じゅん》君とぱーぷりんに面識はない。
■状況：ぱーぷりんは純《じゅん》君に勉強を教《おし》えて貰《もら》いたい。
　今日のお昼、特進に現れて純《じゅん》君を呼び出した。

仮説はシンプルに立てよう。余計な情報は排除《はいじょ》すべきだ。ぱーぷりんが純《じゅん》君のことをどう思っているかなんてことは、教授の想像に過ぎない。事実はただ、ぱーぷりんが純《じゅん》君に勉強を教《おし》えて貰《もら》いたいということだけ。その理由は、教授や部長の意見も鑑《かんが》み、追試と推察。

【仮説】ぱーぷりん→琉実《るみ》に純《じゅん》君の紹介《しょうかい》（勉強を教《おし》えて貰《もら》うため）を依頼《いらい》した。
　または、ぱーぷりんから相談を受けた琉実《るみ》→純《じゅん》君を紹介《しょうかい》した。

琉実《るみ》が絡《から》んでいるという仮定のもと考えると、大きく分けてパターンはこの二つ。ただ、何《いず》れの場合も、お昼の時に琉実《るみ》が同席しないのは不自然な気がする。教授の話には出て来なかった。同じクラスだから、わざわざ言わなかった？　そう言えば、教授はぱーぷりんが「白崎《しろさき》を呼び出した」と言っていた。つまり、会話がなされたのは教室外。琉実《るみ》が居たかどうかは見えない。うーん、不確かな部分が多い。すべてが推測の域を出ない。

仲睦《なかむつ》まじく――こんな言葉は使いたくないけれど、傍目《はため》にはそう見える二人に近付く。漏《も》れ聞《き》こえる語句《ワード》は、料理やら美味《おい》しいやらあんまり関係の無さそうな物ばかり。

ここらでいっちょかましますか。すぅう、はぁあ。深呼吸ひとつ。

つとめて明朗に。疑義は挟《はさ》まない。「こんな時間に二人で何やってんの？」

二人が同時に振《ふ》り向《む》く。

「な、那織《なおり》っ⁉」「えっ？　那織《なおり》」

「ちょっとぉ、随分《ずいぶん》な反応してくれるねぇ。それが幼馴染《おさななじみ》かつ実の妹に対する反応？　こんな時間に見慣れた制服の男女が仲良く歩いてるなーって。それも、我が家と同じ方向だし、誰《だれ》だろうなぁって思って駅からずっと見てたんだけど、まさか琉実《るみ》と純《じゅん》君とは」

「駅から気付いてたなら、声掛《か》けてくれれば――」

私は純《じゅん》君に詰《つ》め寄《よ》る。まずは核心《かくしん》のすぐ傍《そば》から。「ねぇ、なんで琉実《るみ》と帰ってるの？」

「純《じゅん》とは――」

「琉実《るみ》には訊《き》いてないよ」聴取《ちょうしゅ》はひとりずつ。応対の相違《そうい》を探《さぐ》る。これ基本。

「ちょっと用事があって、帰りに――」

「雨宮慈衣菜《あまみやしえな》の家に一緒《いっしょ》に行ってた。その帰り。ほら、名前くらい知ってるでしょ？　慈衣菜《しえな》が純《じゅん》に勉強見てもらいたいって言ってて。さっきまで、その話をしてたの」

釘《くぎ》を刺《さ》したのに、またしても琉実《るみ》が口を挟《はさ》んで来た。正直に言ったっぽいからいいけど。

ほら。やっぱり。読み通り。確然なる言質《げんち》。琉実《るみ》が絡《から》んでいた。琉実《るみ》と純君《じゅん》は一緒《いっしょ》に行動していたんだ。それにしても、家まで行くのは想定外。どこかその辺のお店とかじゃないの？

「なにそれ。家ってどういうこと？　てか、勉強見《み》て貰《もら》いたいって何？」

「僕にもわからん。流れでとしか言いようがない。最初は何処《どこ》かで夕飯を食べながらみたいな話だったんだが、話してるうちにそうなった」

勉強のこと、軽く流された。家に行ったって話もそうだけどっ！　肝要《かんよう》なのは勉強のことでしょっ。須要《しゅよう》なのはそこでしょっ！　それこそが一番訊《き》きたいところだよっ！

「まだ言うの？　慈衣菜《しえな》ん家《ち》に行ったおかげで、アインと仲良くなれたからいいじゃん」

「いや、あの猫《ねこ》は微塵《みじん》も僕に懐《なつ》かなかった――」

待って。ちょっと待って。今、なんて言った？

「猫《ねこ》っ？　猫《ねこ》って言った？　それって Felis Silvestris Catus《フェリス シルヴエストリス カトウス》のことだよね？」

「学名で言われても逆にわかんねぇよ。ああ、その猫《ねこ》だよ。ええと、種類は――」

「ノルウェージャン・フォレスト・キャット。はい、わたしの勝ち」

「勝ちって何だよ。今、言おうとしてたところだったんだぞ」

ノルウェージャン・フォレスト・キャット⁉　あのふさふさの長毛種？

ずるいっ！　そんなの聞いてないっ！

「なんで私を連れてってくれなかったのっ！　ずるいよっ！　ノルウェージャンが居るなら、私だって行きたかったっ！　私が猫好《ねこす》きなの知ってるでしょ？　この薄情者《はくじょうもの》っ！」

「ごめん。けど、わたしたちだって、行く途中《とちゅう》で初めて聞いたんだよ」

「だったら分かった瞬間《しゅんかん》に教えてよっ！　何のための携帯端末《けいたいたんまつ》なのっ！　ずるいずるいっ。私だって猫《ねこ》に会いたかった……。写真は？　撮《と》ったでしょ？　あるよね？」

せめて写真でも良《い》いからもふもふを見たいっ！　早くお猫様《ねこさま》を見せてっ！

琉実《るみ》が「ちょっと待って」と言いながら鞄《かばん》を漁《あさ》る間、純《じゅん》君のスラックスを見ると、猫《ねこ》の毛が大量に付着していた。ってことは、琉実《るみ》のスカートも毛だらけなんだろうな。

家に入る前に教えてあげないと。お父さんが涙《なみだ》と鼻水で溺死《できし》する。土左衛門《どざえもん》になっちゃう。

「純《じゅん》君、スラックスのお尻《しり》のとこ、猫《ねこ》の毛凄《すご》いよ」

「うわ、ほんとだ。帰る時、コロコロで取ったんだけどな」

「那織《なおり》、ほら写真――ん？　どしたの？」

スマホを受け取りながら、「琉実《るみ》もよく見た方が良《い》いよ。純《じゅん》君のスラックス、毛が凄《すご》い」と忠言を授《さず》けてあげる。この優《やさ》しさ。慈愛《じあい》に満ちている。私はなんて優《やさ》しい性格なんだろう。

意識を画面に向け——まさに凝然《ぎょうぜん》と立《た》ち尽《つ》くすとはこのこと——私は止まった。

思考が止まった。呼吸すら止まった。活動停止。総《すべ》てが停止した。

丸くうずくまって、手をこっちに伸《の》ばしている——猫《ねこ》。画面を占《し》める猫《ねこ》。小さな液晶《えきしよう》いっぱいに広がるネコ。ねこ。猫《ねこ》っ！

はぁぁぁぁぁ、かわいいぃぃぃぃぃぃいっっっっ！！！

何これっ。何この生き物。ヤバい。ヤバすぎる。尊いなんて言葉じゃ足りない。お腹《なか》に顔をうずめたいっ！　ヒゲの生えてるぷくっとした内側に入り込みたいっ！　耳の間の匂《にお》いを嗅《か》ぎたいっ！　肉球に吸い付きたいっ！　猫《ねこ》を吸って生きたいっ！

「どう？　ヤバくない？　可愛《かわい》すぎて持って帰りたいくらいだったよー」

「なんで持って帰らなかったのっ？　にゃーだよ。これはにゃーですよ」

「那織《なおり》、言語能力死んでるぞ。落ち着け」

うるさいっ。にゃーするぞっ。

「落ち着いてなんていられないよっ！　だって見てよっ、尋常《じんじよう》じゃないくらいカワイイよっ！

何これ。何でこっそり持って帰って来なかったの？」

「無理だろ。つーか、その猫《ねこ》、可愛《かわい》い顔してふてぶてしかったぞ。まるでどっかの——」

純《じゆん》君の口が止まる。待て待て待て。その先を言いなさいよっ！

あ、ふてぶてしいは余計。ふてぶてしくなんかないし。

「どっかの——何？　ねぇ、今なんて言おうとしたの？」

「すまん。失言だった。気にすんな」

「ね、那織《なおり》」

「何？　琉実《るみ》には訊《き》いてない——」

「この子、オスだからね」

「——っ。ちょっと純《じゅん》君、どういうこと？　私、付いてないよ？　付いてないからねっ」

「知ってるわっ！」

「確認《かくにん》してみ——痛っ」後頭部に衝撃《しょうげき》を感知！　この脳筋女《マッスルヘッド》っ！　私の優秀《ゆうしゅう》な脳細胞《のうさいぼう》に影《えい》響《きょう》が出たらどうしてくれるのっ！「ちょっと痛いでしょ！　叩《たた》かないでよっ！」

「あんたがバカなこと言うからっ！　さ、早く帰るよ」

琉実《るみ》に小さな不幸が訪《おとず》れますように。シャワーの途中《とちゅう》で冷水になりますように。筋肉の無用な収縮で熱を帯びた琉実《るみ》の頭が、キンキンに冷えますように。許すまじ。ダチュラじゃっ。

琉実《るみ》が一足先に歩み出したのを見送って、小声で純《じゅん》君にもう一度。

「ね、さっきのカワイイ顔って私のことだよね？」

「うっせぇ。それに、僕はふてぶてしいとも——」

「はい認めたーっ！　もうやだぁ。面と向かってカワイイだなんて照れ……る……って、ふてぶてしくなんてないんですけどっ！　私の何処《どこ》がふてぶてしいのっ。そこは訂正《ていせい》を——」

「あんたたち、何やってんの？　ほらぁ。早く行くよっ！」

そんな大きな声出さなくても聞こえるって。肺活量自慢《じまん》うざい。さぞ強靭《きょうじん》な横隔膜《ハラミ》なんでしょうね。歯応えがありそうで、羨《うらや》ましい限《かぎ》りでございますわ。

「おう」短く応じて歩き出した純《じゅん》君の横顔を見上げながら、あの女の家に行ってどうなったのか——訊《き》きたかったことを思い出す。お猫様《ねこさま》の話で忘れるところだった。私としたことが、危なかった。琉実《るみ》の後ろ姿を見ながら、横を歩く純《じゅん》君の気配を肩《かた》で感じながら、私はタイミングを探《さぐ》る。言い出す切《き》っ掛《か》けを拾いあげなければ——見慣れた家が見えてくる。帰る前に訊《き》かなきゃ。確認《かくにん》だけしておかなきゃ。

「勉強云々《うんぬん》の話は断ったんでしょ？」

その問いに少し困ったような表情をしたかと思うと、観念したような面差《おもざ》しになる。純《じゅん》君のその顔を見て、私は嫌《いや》な予感がした。まさかね。有り得ないよね。

「引き受けた。っても、追試までの間だけな」


は？


「なんで？　なんの義理があって？」

「それは……」

横隔膜《ハラミ》自慢《じまん》が玄関《げんかん》の前で声を張った。「那織《なおり》、何してんの？」

「あとで話すよ。ほら、琉実《るみ》が呼んでるぞ」

「ちょっとっ！」

呼《よ》び掛《か》けも空《むな》しく、純《じゅん》君が隣《となり》の家に飲み込まれて行った。完全にはぐらかされたよね？　琉実《るみ》をとっちめて話を訊《き》く？　ううん、これぱかりは本人の口から聞きたい。

部屋に戻《もど》ってもまだ、現実が呑《の》み込《こ》めない。琉実《るみ》の快活な「ただいま」の声に酷《ひど》く神経を逆なでされた私は、自分の部屋にまっすぐ駆《か》け込《こ》んだ。

部長や教授との密談は何だったのか。イラみと当惑《とうわく》がぐちゃぐちゃに混ざり合って、雑駁《ざつぱく》な感情のまま、制服のまま、ベッドに倒《たお》れ込《こ》んだ。暗い部屋の中で、胸懐《きようかい》に渦巻《うずま》くどんよりとした名付けようのない感情を宥《なだ》めながら寝返《ねがえ》りを打って、カーテンの隙間《すきま》から仄見《ほのみ》える鉄塔《てつとう》の骨組みを凝望《ぎようぼう》する。薄《うす》ぼんやりとした幾何学的な鉄骨ブライヒ結構の頂きで航空障害灯《赤いランプ》が点滅《てんめつ》している。黒《こく》壇《たん》の空を背景に、赤い光だけが規則的に光っては消える。急《せ》かすかのように、残された時間を示すかのように、ランプの点滅《てんめつ》が私を責め立てる。おまえはそれでいいのか、と。

ダメ。どう頑張《がんば》っても到底納得《とうていなつとく》できない。理解が出来ない。

なんで純《じゅん》君がそんなことするわけ？　なんで？　どうして？　なんのメリットがあって？

意味不明。弱みでも握《にぎ》られてるの？

――まさかっ。

胸？　乳なの？　おっぱいなの？　乳房《ちぶさ》なのっ？　あのバカみたいにぶりんぶりんした胸に釣《つ》られたってこと？　いやいや落ち着け。純君《じゅん》はどっちかって言うと脚《あし》の方が好き……そ、それに頭の悪い女は好きじゃないはず――ん？　琉実《るみ》は？　琉実《るみ》は私よりおバカじゃない？　あれ、必ずしも明晳《めいてつ》な女じゃなくてもいいの？　うーん、琉実《るみ》をお勉強ができないカテゴリーに入れるのは流石《さすが》に違《ちが》う？　一応、特進だし。ああああぁっ、わっっっっかんないっ。

ああっ、すっきりしない！　本人の口から聞かなきゃおさまらないっ。

電話？　ＬＩＮＥ？　ここは乗り込むべきでしょ。直接会って得た情報《ヒューミント》が、一番鮮《あざ》やかなんだ。いつの時代だってそうだ。表情。視線。身振《みぶ》り。情報とは声や文字だけじゃない。

やはり直接問《と》い質《ただ》すのが正攻法《せいこうほう》。

純《じゅん》君が琉実《るみ》の相手をすることすら嫌《いや》なのに、変な女に時間を割《さ》かれるのはもっと耐《た》えられない。以前だったらこういう感情を押し込めることが出来たのに、今は居ても立っても居られない。こういう感情――そうか、私は嫉妬《しっと》しているんだ。私があのバカ女に嫉妬《しっと》？　有り得ない。これは違《ちが》う。ただ、気に入らないだけ。純《じゅん》君の時間を奪《うば》わせてたまるか。赤点を取るようなバカ女から純《じゅん》君を遠ざけなきゃ。そう、これは純《じゅん》君の為《ため》でもあるんだ。

赤狩《レッドパージ》りの始まりだっ！

「お風呂《ふろ》出たよ！」一階から琉実《るみ》の声がした。そんなに経《た》っていたんだ。

お風呂《ふろ》なんて入ってる場合じゃないっ！　もう隣《となり》の家に行くって決めたんだ。ん？　男の子の家に行くんだから、お風呂《ふろ》くらい入るべき？　流石《さすが》にそれは早計が過ぎる――備えた方がいいのかな？　下着くらい替えとくべき？　落ち着け。うん、それは大丈夫《だいじょうぶ》。今日って、何穿《は》いてたっけ？　これなら――念《ねん》の為《ため》だから。飽《あ》く迄《まで》、念《ねん》の為《ため》。

大きく息を吸って感情を薄《うす》めながら、放擲《ほうてき》した冷静さをどうにか拾い集めて、階段を駆《か》け下《お》りる。脱衣所《だついじょ》の琉実《るみ》には「ちょっとコンビニ」と告げて、心配されると面倒《めんどう》だからリビングには「隣《となり》に行ってくる」と言い置いて外に出た。帰り道よりも、空気が冷たい。

白崎家《しろさきけ》の呼び鈴《チャイム》を押してインターホン越《ご》しに挨拶《あいさつ》をすると、おばさんが玄関《げんかん》を開けてくれた。

「どうしたの、那織《なおり》ちゃん」

「ちょっと勉強の事で訊《き》きたいとこがあって。直接訊《き》いた方が早いかな、と……」

あくまでしおらしく。素はバレてるけど、そこはお行儀《ぎょうぎ》良《よ》く……バレてるって何？　まるで私がヤバい奴《やつ》みたいじゃん。言い方を間違《まち》えた。隣《となり》の良く出来た明敏《めいびん》なお嬢《じょう》さんです。

「那織《なおり》ちゃんに分からないことは、純《じゅん》にも分からないんじゃない？」

さすがお母様。私の事をよく分かってらっしゃる。無論、方便で御座《ござ》います。

「そんなこと無いですよー。私なんてまだまだ純《じゅん》君の足元にも及《およ》びませんから」

「もう、何謙遜《けんそん》してるのよ。この前のテストで、学年一位だったって聞いたわよ？」

「やめて下さいよー。たまたまですから」

たまたまなんかじゃないけどね。正真正銘《しょうしんしょうめい》、私の実力で御座《ござ》いますわ。

「本当？　那織《なおり》ちゃんは三味線《しゃみせんひ》弾いてるんだと思ってたけど」

にゃぬ？　喰《く》えぬ。流石《さすが》あの男の子のお母様。私が手を抜《ぬ》いていることをまんまと見抜《みぬ》いておられるではないかっ……手を抜《ぬ》いてるは言い過ぎた。手加減？　似たようなもんか。

まぁ、しょうがないよね。小さい頃《ころ》から私を知ってるし。うん。神童でしたので。

「さ、立ち話もなんだから、ほら、上がって」

お邪魔《じゃま》しますとほぼ同時に、おばさんが二階に向かって「純《じゅん》！」と呼《よ》び掛《か》ける。が、返事はない。映画でも観《み》てる？　もしや、口にするのも憚《はばか》られるような扇情的《せんじょうてき》な映像をっ？

「純《じゅん》は自分の部屋に居るから、お好きにどうぞ。ちなみに琉実《るみ》ちゃんは？　ちょうど貰《もら》い物《もの》のプリンがあるんだけど。あとで持っていこうかと思っていたところなのよ」

プリンっ！

必ずと言っていいほど喧嘩《けんか》の種になる、冷蔵庫の中に眠《ねむ》る秘宝。魅惑《みわく》の響《ひび》き。

ごちそうさまですっ！　ありがたく頂きますっ！　おばさん大好き！

「そんなそんなぁ、おかまいなく。ちなみに琉実《るみ》は筋トレしてました。ほんっと暇《ひま》さえあれば筋トレばかりで嫌《いや》になっちゃいます。だから、多分ですけど、糖分は要《い》らないかもです」

別に琉実《るみ》の分を掠《かす》め取《と》ろうなんて微塵《みじん》も思っておりません。一ピコメートルも。

いやいや、食い意地張ってないから。琉実《るみ》の分を盗《と》るなんて酷《ひど》い事《こと》出来ないよ。

おばさんが誰《だれ》も居ないのに小声で、「(大丈夫《だいじょうぶ》。那織《なおり》ちゃんには特別に二個あげるから、一個はうちで食べてって。純《じゅん》、要《い》らないって言ってたし)」といたずらっぽく言う。

「おばさん流石《さすが》です。大好きです。これで安心して琉実《るみ》にも渡《わた》せますっ！」

あとで出て来るであろうプリンに心を弾《はず》ませて、いざ二階。

ノックなんてせずに開け放ってあげる。覚悟《かくご》しててっ。そうっとドアの前に近付いて、音を立てない様《よう》にドアノブに手を掛《か》けて、息を整える。せーのっ。

バァッツッツン！！！

精一杯《せいいっぱい》ドアを押し開けて中に飛び込むと、イヤホンをしてパソコンの前に座る純《じゅん》君がこっちをグワッと向きながら仰《の》け反《ぞ》って――「うぉっ」と叫《さけ》びながら椅子《いす》ごと倒《たお》れた。南無。

ドガァアアンととんでも無い音がして、それはもう床《ゆか》が抜《ぬ》けたんじゃないかってくらい凄《すご》い音がして、一階から「凄《すご》い音《おと》したけど、大丈夫《だいじょうぶ》？」と叫《さけ》ぶおばさんの声が届く。

ドアの外に向かって、「純《じゅん》君が椅子《いす》ごと転びましたっ！」と元気に報告。

そしてイヤホンが外れたパソコンからは、そこそこの音量で艶《なま》めかしい嬌声《きょうせい》。まさかっ。

本当にその手の映像をっ？　私にも見せなさいっ！　何を見ていたのっ！

「痛《い》ってぇ……」

純《じゅん》君が腕《うで》を押えながら何やら騒《さわ》いでいるけど、そんなことよりモニターを——。

そこに映し出されていたのは、紛《まが》うこと無き男女の目合《まぐわ》ひ。そんなあられもない姿で絡《から》み合《あ》って——いやん。無垢《むく》な乙女《おとめ》になんてものを見せてくれるのっ？　やだ、恥《は》ずかしいっ。

「ちょっと純《じゅん》君……これ……」

「ちがっ、勘違《かんちが》いすんな。これは至って普通《ふつう》の映画だっ！　たまたまそういうシーンになっただけだっ」

倒《たお》れた衝撃《しょうげき》で吹《ふ》っ飛《と》んだ眼鏡を、床《ゆか》をバシバシ叩《たた》きながら手探《てさぐ》りで探してるとこ、ちょっと子供っぽくて、間抜《まぬ》けで可愛《かわい》い。動画に撮《と》りたい。撮《と》っちゃおうかな。

「ほんとにぃ？」もうちょっと見ていたいけど、代わりに眼鏡を拾って渡《わた》してあげる。

眼鏡を掛《か》けて起き上がろうとする純《じゅん》君に手を伸《の》ばしながら、思わず下を穿《は》いてるか確認《かくにん》してしまう。うん、ちゃんと穿《は》いてる。背後で聞こえるoh, yesとCumが、純《じゅん》君の「痛《い》ってぇ」といい具合に混ざり合ってゆく。気を抜《ぬ》くと笑っちゃいそう——てか無理っ。

っぷ——はははははははははっ！

「笑ってんじゃねぇっ！　マジで驚《おどろ》いたんだぞっ！」

「だってぇ……エロ動画見て……うおっとか言いながら転んで……」

「エロ動画じゃ無《ね》えっ！！！　違《ちが》うっっって言っっってんだろぉおおお!!!!」

椅子《いす》に座り直した純《じゅん》君の肩《かた》に手を置いて、慈悲深《じひぶか》き恩寵《アガペー》の愛を携《たずさ》えた眼差《まなざ》しで「年頃《としごろ》の男の子だもんね。そういうのに興味があるのは仕方ないよね。恥《は》ずかしがらなくて大丈夫《だいじょうぶ》。分かってるから。ほら、何だったらパンチラ自撮《じど》りくらいあげるから元気出しなよ」と男の子の悲しき原罪を浄化《じょうか》してあげる。私ったら聖母《マリア》みたい。

これでも幼稚園《ようちえん》はミッション系でしたの。ごきげんよう。

「誰《だれ》の所為《せい》でっ！　ほら、画面を見てみろっ！　普通《ふつう》の映画だろっ？」

純《じゅん》君が映像を止めてタイトル画面を見せようとしてくるけれど、私は無償《むしょう》の愛に満ちている。だから、見ない。見る必要なんてない。私は貴方《あなた》の罪を贖《あがな》ったのだから。

「てめっ、見ろっ。こっち向けっ。無視すんなっ！　つーか、何しに来たんだよっ！」

そうだっ！　男子高校生の下事情はどっちでもよくて——どっちでもよくないっ！　よくないけどっ、今じゃない。この話は追い追い深堀《ふかぼ》りするとします。しかと記憶致《きおくいた》しました。

「そうっ！　よくぞ訊《き》いてくれたっ！　私が訊《き》きたいのは、なんで雨宮慈衣菜《あまみやしえな》の勉強を教えることに同意したのか、だよっ！　さっき、あとで話すって言ったでしょ？　今、ここで話してっ！　引き受けた理由は何？　色仕掛《いろじか》け？　だったら——」

「バカっ。んなわけあるか。スカートに掛《か》けた手を下ろせ」

「つい、条件反射で……って、そこじゃなくて。理由は？」

一瞬《いっしゅん》にして、部屋に静寂《しじま》の帳《とばり》が下りる。

視線を外すと、机の脇《わき》に置かれた鞄《かばん》に、猫《ねこ》の毛がついていた。

「……正直、勢いだ。ああだこうだ言ってるうちに、そういう話になった」

純《じゅん》君が自分の頭をわしゃわしゃっとして、こっちを見ずに口を開いた。

私としては、そのああだこうだの内容を訊《き》きたいんですけどね。誰《だれ》に唆《そそのか》されてそうなったのか。琉実《るみ》が横から口を出して唆《そそのか》した——つまるところ慫慂《しょうよう》したのか。真相を本人の口から聞きたかったけど、ひとまずはいい。あとで訊《き》く。空気が変わったら。話を先に進める。

「で、具体的にどーするの？」

「追試までにポイントを絞《しぼ》って……てとこだ。追試なんて受けたことないから勝手はわからんが、補習やらテストの復習やらをやればどうにかなるだろ」

「だね。すでにテストをやってること考えれば、普通《ふつう》の試験より範囲《はんい》は狭《せま》いよね。多分、純《じゅん》君の言う通りだと思う。ちなみに、科目は？」

「古文、世界史、化学」

「なんだ、簡単じゃん。てっきり、数学とかかと思った。基本、暗記ばっかじゃん。よく赤点なんて取れたね。そんなの一夜《いちや》漬《づ》けでどうにかなるでしょ」

もはや教えて貰《もら》うような内容じゃなくない？　紐付《ひもづ》けさえすれば余裕《よゆう》じゃん。

立ってるのが辛《つら》くなってきた。床《ゆか》のクッション——いや、ここはベッドですよね。床《ゆか》に座《おし》って上目遣《うわめづか》いはポイント高いけど、首疲《つか》れるし。てか、色々と疲《つか》れました。疲労困憊《ひろうこんぱい》です。

純《じゅん》君のベッドに腰《こし》を下ろして――そのまま倒《たお》れ込《こ》むと、細かい繊維《せんい》が舞《ま》い上《あ》がり、蛍光灯《けいこうとう》に照らされてきらきらと降り注ぐ。顔を背《そむ》けると、枕元《まくらもと》に本が置いてあった。腕《うで》を思いきり伸《の》ばして――あとちょっと。届かぬ。ふんぬっ！　もうちょっと――

ふにゃっ。

いきなり視界が遮《さえぎ》られ、照度《ルクス》が下がる。何が起きたのか分からず、上を向いて初めて、純《じゅん》君が隣《となり》に膝《ひざ》をつき、私の代わりに本を取ったのだと分かった。このアングル――ベッドに寝転《ねころ》んだ状態で、下から純《じゅん》君を見ることなんてない。あれこれ想像してドキッとしちゃう。

「ほら」

純《じゅん》君が退《の》いて照明を直視する形となった私の眼《め》は、虹彩《アイリス》の調整が追い付かない。眩《まぶ》しくて腕《うで》で遮《さえぎ》ると、純《じゅん》君が私の手を取って、本を握《にぎ》らせた。「ありがと」

「それくらい自分で動いて取れよな」

「とか言いながら、取ってくれるのポイント高いよ。不意に覆《おお》いかぶさってくるから、襲《おそ》われちゃうのかと思ってドキッとしちゃった。お風呂《ふろ》入る前だし、ちょっと焦《あせ》った」

ふむ。阿部和重《あべかずしげ》と伊坂幸太郎《いさかこうたろう》のダブルネームか。面白《おもしろ》そうじゃん。あとで借りよ。

「そんなことするかっ。いったい僕をなんだと思って――」

階下でドアの開く音。階段を昇《のぼ》る音――そしてノック。

ドアの向こうでおばさんの声がする。「純《じゅん》、開けて」

やんわり身体《からだ》を起こして、スカートを整える。ふしだらな娘《むすめ》に思われたら困っちゃう。

純《じゅん》君がドアを開けておばさんからトレイを受け取った。

「那織《なおり》ちゃん、お待ちかねのプリンと、あとマンゴー切ったから食べてね」

なんですとっ！　甘露《かんろ》じゃっ！　天の恵《めぐ》みじゃっ！「おばさん、ありがとうっ！」

「ほら、差し入れだぞ」純《じゅん》君がローテーブルの上にトレイを置いて、手招きする。

「こっちで食えよ。ベッドの上にこぼされちゃたまらねぇ」

「仰《おお》せのままに」今だけは白崎家《しろさきけ》に完全服従致《かんぜんふくじゅういた》します。ベッドを下りて着陸。

「じゃあ、帰る時、声かけてね。琉実《るみ》ちゃんの分、渡《わた》すから」おばさんが部屋を出て行く。

「ご馳走様《ちそうさま》ですっ！」

プリンにマンゴーだって。ヤバい。おばさん神ってる。ううん、女神《めがみ》ってる。これからはお女神様《めがみさま》とお呼《よ》び致《いた》しますわ。マジで来て良かった。私、ここの娘《むすめ》になりたい。

お女神様《めがみさま》、不束者《ふつつかもの》ですが、嫁《とつ》いでも良《い》いですか？　お勉強と見た目なら自信ありますが、家事は出来ません。それでも嫁《とつ》いで良《い》いですか？　良《い》いですよね。良《い》いって言って下さい。

どっちから食べよう。超悩《ちょうなや》む。甘さを考えると、先にマンゴーから？　でも、プリンで満たされた口の中をマンゴーですっきりさせるっていうパターンも捨てがたいっ！

どーしよ。プリン？　マンゴー？　はぁっ。決めらんないっ！

「ねぇ純《じゅん》君」

「ん？」コップを口に運んだまま、くぐもった声で純《じゅん》君が応える。

「結婚《けっこん》しよ。私、ここの娘《むすめ》として生きていきたい」

「ぶっ……お、おまえっ、急に何言ってんだよ」噴《ふ》き出《だ》したジュースを手で拭《ぬぐ》いながら、将来の旦那《だんな》様《さま》が慌《あわ》ててティッシュをしゃっしゃっと箱から抜《ぬ》き取《と》った。

　未来の話じゃなくて、将来の話。今すぐにでも白崎家《しろさきけ》の娘《むすめ》になりたい。未来じゃなくて、将来だからね。ここ重要。漢文の超初歩《ちょうしょほ》。未《いま》だ来たらず／将《まさ》に来たらんとす。言わずもがな、未と将は再読文字でございますからね。

「だって、見てよこれ。お盆《ぼん》とお正月が一緒《いっしょ》に来てるよっ！　この食生活に憧《あこが》れるのは女子として当然でしょっ？　これでケーキが載《の》ってたら迷わず白崎家《しろさきけ》に丁稚《でっち》奉公《ほうこう》してたとこだよ」

「ったく、変なこと言い出すから噴《ふ》いちゃっただろ。あと、いちいち語彙《ごい》が古い」

　しょーもない突《つ》っ込《こ》みを無視して、マンゴーとプリンに意識を集中させる。純《じゅん》君の相手をしている暇《ひま》なんかないっ。うし、まずはマンゴーじゃ。ピックフォークの刺《さ》さった一口大のマンゴーを口に——ふわぁぁぁぁっ！　うっま。めっちゃ甘い。じゅるじゅるだよっ。

　口《くち》の端《はし》から零《こぼ》れ落《お》ちそうになる熟《う》れた汁《しる》を、慌《あわ》てて手で受け止める。ティッシュで拭《ぬぐ》うのすら勿体《もったい》ないっ！　口腔《こうこう》に広がる芳醇《ほうじゅん》な甘さと香り。口の中からずっと消《き》えないで欲《ほ》しい。

「何無視してマンゴー食ってんだよ。つーか、なんでプリンが一個しか——」

女神様《めがみさま》が純《じゅん》は要《い》らないってさっき言ってたよっ！　なんでそこに言及《げんきゅう》するのっ！　気が変わったの？　これは私の——もう、そんなもの欲《ほ》しそうな顔しないでよ。

分かった。分かったから。

「ほら、あーんしてあげるから。プリンは我慢《がまん》して」プリンは無理。あげない。

マンゴーの欠片《かけら》を純《じゅん》君の口元に。「超《ちょう》美味《おい》しいから。マジでヤバい」

「自分で食べるからいいって」

「うるさいっ。ほらっ、甘露《かんろ》じゃ。四の五の言わずに食えっ」

マンゴーを口にねじ込もうと純《じゅん》君の頭を押さえつけるが、眼前の男子高校生は「いいって」とか言いながら顔を背《そむ》ける。我は女子高生ぞ。断る男子がどこに居るっ！

「私のあーんが受け入れられないのっ！　ほら、口を開けてっ！　遠慮《えんりょ》しないでっ」

「これはあーんじゃないっ！　わかったからっ！　食べるから、いったん離《はな》れろっ」

「もう素直《すなお》じゃないなぁ。最初からそう言えばいいのに」

それじゃ気を取り直して——「あーん」

ピックフォークに刺《さ》さった橙色《だいだいいろ》の果実が、露骨《ろこつ》に目を逸《そ》らした純《じゅん》君の口の中に吸い込まれてく。なんだか親鳥が雛《ひな》に餌《えさ》をあげるみたい。もしや、これが母性というヤツなのっ⁉

もっと食べさせたいっ！　超楽《ちょうたの》しい。プリンはあげないけど。

「どう？」

「確かに美味《うま》い」

「も一個食べる？」

「いい」

「なんでよ。ほら、口を開けてっ！」

「いいって。自分で食べるから」

つまらぬ男じゃ。さて。いい加減、本題に入りますか。

「あのさ……一応ね、訊《き》いておくんだけど、雨宮慈衣菜《あまみやしえな》に興味があってとか、なんか隠《かく》してることがあって引き受けた――とかじゃないんだよね？」

だって、こそこそしてるから。それも琉実《るみ》と一緒《いっしょ》に。

「ああ。それはさっきも言ったろ」

「なんで私に何も言ってくれなかったの？」

「……那織《なおり》は嫌《いや》がりそうだなって」

「なにそれ」そうだけど。そうなんだけど、不愉快《ふゆかい》。

「じゃあさ、私が嫌《いや》がりそうってのが理由なら、勉強を教える時、私が一緒《いっしょ》に行ってもいいんだよね？　私が諒解《りょうかい》してるなら問題ないよね？　ちなみに、いつから？」

「明日から。何、那織《なおり》も来んの？」

何その言い方。ちょっとむかつく。本当に行ってやろうかな。「嫌《いや》なの？」

「そうじゃなくて——意外だなって。そんなこと言い出すとは思わなかったから」

「ふーん。そんなことよりさ、さっきの本、読み終わったら貸して」

「おう。あとちょっとで上巻終わる。結構おすすめだわ」

今日のところはよろしい。これくらいにしておこう。私にはやり残したことがある。

残りのマンゴーとプリンを平らげなければ。

しっかもー、家に帰ったらプリン二回戦っ！

「ところで、本当に那織《なおり》も来るのか？　その、勉強を教える時——」

「さあね」

そんなこと、私だって知らない。プリンの邪魔《じやま》しないで。

第三章

TITLE

たまには草だって食べるよっ！

（白崎《しろさき》純《じゅん》）

KOI WA FUTAGO DE WARIKIRENAI

昨日の帰りがけ、雨宮《あまみや》が「ＬＩＮＥ交換《こうかん》しよ」と言ってきた。無論、それには応じたわけだが、ちょうど家に着いて一息ついた頃《ころ》、雨宮《あまみや》から《明日も家でよろ》と送られてきた。

〈外じゃダメなのか？〉と返したが、その後、一切既読《いっさいきどく》は付かなかった。

あんまり連投するのも——と思って返信を待ったが、朝になっても既読《きどく》は付いておらず、教室で朝練終わりの琉実《るみ》に相談するも、「慈衣菜《しえな》は遅刻《ちこく》常習犯だし、まだ寝《ね》てるんじゃない？」などと気の抜《ぬ》けたことを言うだけだった。

昼前になってようやく《家がいい》と返ってきた。続けて送られてきたのは、待ち合わせの時間のみ。こっちの意見には全く言及《げんきゅう》が無い。琉実《るみ》が言うように、起きたばかりなのか……と他人事《ひとごと》ながら心配になる。追試がどうこうより、留年するんじゃないか？

今日の昼は琉実《るみ》と食べることになっている——厳密に言えば、僕から提案した。連絡《れんらく》の件もそうだが、雨宮《あまみや》についてもう少し会話をしておこうと思った。もちろん教授には伝えてある。「神宮寺《じんぐうじ》に刺《さ》し殺《ころ》されても文句言うんじゃねぇぞ。その時は俺も妹に加勢するからな」と、気持ち良いくらい満面の笑《え》みで快く送り出してくれた——何を勘違《かんちが》いしているんだか。

雨宮《あまみや》の件は、昨晩那織《なおり》にも説明済み。だから、那織《なおり》に聞かれて困る話は何も無い。

「いつものとこ？」

授業が終わり、僕の席に来た琉実《るみ》が言った。

「だな」

「わかった」琉実《るみ》が教室を出て行く。僕も遅《おく》れて教室を出る。

不思議な感覚がする。琉実《るみ》と付き合う前みたいな、那織《なおり》とのあれこれが無かったみたいな、そんなことは決して無いのに、昔に戻《もど》ったみたいな感じがする。

もしあの時、どちらかと付き合い続けていたら、こんな日常は無かったかも知れない。那織《なおり》とそのまま付き合っていたら、琉実《るみ》は様々なことに対して遠慮《えんりょ》しただろう。僕が琉実《るみ》と別れなければ、那織《なおり》は忸怩《じくじ》たる想《おも》いを抱《かか》えたままだっただろう。たられば言い出したら切りがないのは分かっている。それでも考えてしまうのは、今の関係に懐《なつ》かしさを見出《みいだ》しているからなんだろう。全員が気持ちを晒《さら》す前の——均衡《きんこう》が取れていた数年前の関係。

長く続かないのは、分かってる。ああ、分かっている。痛いほどに。

だからせめて、誕生日くらいは二人の望む物を渡《わた》したい。雨宮《あまみや》の勉強がどうのより、そっちの方が余程《よほど》大切だ……と言いつつ何を渡《わた》すか決まってないのが実情だ。那織《なおり》のプレゼントは亀《かめ》嵩《だけ》に相談する道筋が見えた。雨宮《あまみや》の件、引き受けたしな。

だが、琉実《るみ》のプレゼントは手付かずのまま。アイディアも浮《う》かんで来《こ》ない。マグカップとかパスケースなんかは無難だが、二人に色違《いろちが》いで渡《わた》した過去がある。付き合ってる時ですら、二人のプレゼントを別々に用意するなんてしなかった。クリスマスだけは例外だったが。

別々の物を渡《わた》すっていう発想が間違《まちが》ってたのか？　二人をひとまとめにしないって決めたからこそのアイディアだったんだが、どうにも妙案《みょうあん》が出て来ない。

そんなことを考えていると、先に階段を上った琉実《るみ》が、小走りで下りて来た。

「別のとこ行こ」

「どうしたんだ？」

「先客が居た。一瞬《いっしゅん》、目合っちゃったー。超気《ちょうき》まずい」

「そういうこともあるよな。仕方ない、どこか別の場所にしよう」

それから二人でどこにするか問答しながら校内を彷徨《さまよ》った。是《ぜ》が非《ひ》でも人目を避《さ》けなきゃいけない訳じゃないが、あらぬ噂《うわさ》を立てられたり、余計な詮索《せんさく》をされるのは極力回避したい。

空き教室や人気《ひとけ》のない場所は誰かが先に居た。談話スペースやピロティも覗《のぞ》いてみたが、何処《どこ》も既《すで》に埋《う》まっていた。いつも外で食べていた人達が集まったのだろう。

今日は雨だ。タイミングが悪かった。

万策尽《ばんさくつ》きた僕の代わりに、琉実《るみ》が提案したのは体育館だった。なるほど、琉実《るみ》らしい。

体育館のエントランスには、既《すで》に何人かお昼を食べている生徒が居たものの、他の場所に比べたらかなり静かだ。雨を避《さ》けてここに流れ着いたのか、元々ここで食べている人達だったのかは分からない。校舎から離《はな》れている分、案外穴場なのかも知れない。

「歩き回ったから、いい具合に腹が減った」

「ね。わたしももう限界。時間も無くなっちゃったし、早く食べなきゃ」

それからお互《たが》い無言で、しばらく食べ物を口に運ぶ作業に没頭《ぼっとう》した。粗方《あらかた》食べ終わったところで隣《となり》を盗《ぬす》み見《み》ると、琉実《るみ》ももう殆《ほとん》ど食べ終わっていた。強く意識したことは無かったが、琉《る》実《み》は食べるのが早いのかも知れない。考えてみれば、食べ終わるのを待った記《き》憶《おく》がない。どちらかと言えば、那織《なおり》が食べ終わるのを待つパターンの方が多かった。

「はぁ、お腹一杯《なかいっぱい》。満足」

琉実《るみ》の言い方が、どっかの口うるさいヤツそっくりで、笑いが漏《も》れた。

「何？　何か変なこと言った？」

「今の言い方、ちょっと那織《なおり》っぽいなって」

「全く意識してなかったけど——そんな似てた？」

「満足の言い方がそっくりだったぞ。タメ具合とか」

「しょっちゅう聞いてるから、うつったのかも」

「那《な》織《おり》と言えば、昨日、あいつに雨宮《あまみや》の件は話したよ。聞いてる？」

「軽く、ね。思ったよりは怒《おこ》ってなかった……とは言いながら、もちろん、ぐちぐち文句は言われた。でも、しょうがないよね。そだ、おばさんにプリンありがとうって言っといて」

「おう」

「それより、なんか訊《き》きたいことでもあるんでしょ？　わざわざ一緒《いっしょ》にお昼食べようなんて。もしかして、那織《なおり》の話だった？　それとも慈衣菜《しえな》？」

「雨宮《あまみや》の方だ」

雨宮《あまみや》とのＬＩＮＥのやり取りを見せてから、「あいつは学校来てんのか？」と続けた。

「さすがにこの時間だったら、来てんじゃない？　訊《き》いたげよっか？」

そう言って、僕の返事を待たずに琉実《るみ》がスマホをいじり出した。

「てか、今日も慈衣菜《しえな》ん家《ち》行くんだね……あ、返事きた。さっき来たって」

「昼に登校か。いい身分だな」

「本当にいい身分で、昨日はびっくりしちゃった」

「確かに。想像以上だった」

「ね。そう言えば、同じクラスだった頃《ころ》、よくモーニングコールしてあげてたなぁ」

「今でも必要なんじゃないか？　高等部だと単位とかあるし、そこまで甘くないだろ」

「そんなに心配なら、純《じゅん》がしてあげたら？」琉実《るみ》が意地悪く笑った。

「なんでだよ。勉強を教えるとは言ったが、そこまで面倒《めんどう》見てやる義理はねぇ――そうだ、さっきの話だけど、あいつの家に行くのは、流石《さすが》にマズいよな」

「んー、別にいいんじゃない？　行ってくれれば？」

「良くないだろ……女子の家に行くんだぞ？」

「なんかやましいことでもあるの？」

「無いけど……そうは言っても……こう、なんて言うか……」

「無いなら良《い》いじゃん。何？　一緒《いっしょ》に来てほしいとかそういう話？　練習に集中したいから、今日はごめん。それに、慈衣菜《しえな》が家でって言ってるんでしょ？　なら良くない？　純《じゅん》が無理やり家でって言ってるわけじゃないし。もっと気楽に構えたら？」

理屈《りくつ》はそうなんだよ。琉実《るみ》の言ってることも分かる。だが、それとこれとは、言ってる意味が違《ちが》うというか、単純に男が女の部屋に行くのはってことなんだが――伝わらねぇ。

僕が気にし過ぎなのか？　琉実《るみ》みたいなコミュニティだと普通《ふつう》なのか？

那織《なおり》に声を掛《か》ける――のは違《ちが》うよな。あいつは反対してたもんな。そう言えば、昨夜「私が一緒《いっしょ》に行ってもいいんだよね？」と言っていたが、あれから何の連絡《れんらく》も無いな。

いっそのこと、一緒《いっしょ》に行くって言ってくれた方がよっぽど気が楽だったかも知れない。

「ま、とりあえず、今日のところは慈衣菜《しえな》の要望通り、家に行ってみたら？」

そう言って、琉実《るみ》がスマホを取り出した。「やば、もうお昼終わっちゃう」

琉実《るみ》の言葉で初めて、周りの生徒が居なくなっていたことに気付いた。

「だな。そろそろ教室に戻《もど》らないと」手早くお弁当を片付け、体育館をあとにした。

結局、雨宮《あまみや》の家に行く流れで話がまとまってしまった。気乗りしねぇな。

教授には口が裂《さ》けても相談出来ないし。それこそ刺《さ》し殺《ころ》されかねん。

そして迎《むか》えた放課後。しつこく遊びに誘《さそ》う教授をどうにか振《ふ》り切《き》り、雨の中、例のマンションの前まで辿《たど》り着《つ》いた。昨日に引き続いて二度目の来訪だが、その程度ではこの威圧感《いあっかん》には慣れない。つくづく小市民だな、僕は。

しかし、遅《おそ》い。

マンションの軒下《のきした》に入って雨をやり過ごそうかと思ったが、不審者扱《ふしんしゃあつか》いされても嫌《いや》なので、少し離《はな》れた所で雨宮《あまみや》を待つことにした。カバンの中から、時間潰《じかんつぶ》しに寄った喫茶店《きっさてん》でまとめたルーズリーフを、濡《ぬ》れないようにそっと取り出す。放課後、普通クラスの知り合いにテストを見《み》せて貰《もら》い（不審《ふしん》がっていたが、そこはなんとか誤魔化《ごまか》した）、解説に時間を割《さ》いた設問をチェックした。特進含め、概《おおむ》ね傾向《けいこう》は同じ。恐《おそ》らく英語科も変わらないだろう。つまり、そこが学習における要点だ。それさえ押さえておけば、追試で点を取《と》り零《こぼ》したりはしないだろう。

我ながら真面目すぎて笑ってしまうが、引き受けた以上、やるべきことはやる。たとえそれが嫌々《いやいや》だったとしても、関係ない。結果に対して言い訳はしたくない。

ここまでまとめておけば、補講のプリントと併《あわ》せて復習するだけでいいはずだ。僕が出る幕なんてほぼない筈《はず》。入念な準備こそ、楽をするための近道だ。これは持論。

「うわっ、出たっ」

顔を上げずとも、分かる。人を待たせておいて、出たとはどういう了見《りょうけん》だ。

「出たってなんだよっ。こっちはおまえの為《ため》に来てやってんだぞ」

「ごめ～ん、ちょっと友達と喋《しゃべ》ってたら遅《おそ》くなった！　待った？」

雨音に負けないボリュームで、悪びれもせず雨宮《あまみや》が言った。

「そんなこと訊《き》かなくても分かるだろ」

「ちょっとザキ、いきなり怒《おこ》んないでってー。ほら、なんか作ってあげっから。お腹《なか》すいてっと、イライラするもんね。わかるわかる。エナも、撮影《さつえい》長引いてお腹《なか》すいてくると、ちょーイライラしてくるもん。もっと笑顔《えがお》ちょーだいとか言われると、この辺がピキピキしちゃう」

雨宮《あまみや》がこめかみをぐるぐると押さえた。

「腹が減ってイライラしてるわけじゃねぇよっ！」

昨日もそうだったが、マジで話が通じねぇ。手こずるビジョンしか見えん。

「そうなん？　ま、何でもいーけど、生きてりゃそういう日もあるよねっ。さ、行こっか」

言い返す気力も無かった。登場早々、ここまで人の気力を奪《うば》うって中々の才能だぞ。頼《たの》むから論理的に物事を考えてくれ。原因と結果が結びついてねぇ。

部屋に着くまで、雨宮《あまみや》はずっとスマホをいじりながら一方的に話しかけてきた。器用だなと思いながら空返事をしていたが、雨宮《あまみや》は別段気にする風《ふう》でもなかった。

雨宮《あまみや》の部屋に着くと、前回と違《ちが》ってアインが玄関《げんかん》まで迎《むか》えに来た。アインを抱《だ》きかかえた雨《あま》宮《みや》が、リビングに入るなり振《ふ》り返《かえ》って、「ちょっとシャワー浴びてくるからテキトーに座ってて」と真顔で言い放《はな》った。

　何？　今、シャワーって言った？　この状況《じょうきょう》で？

「そんなことより、勉強を——」

「無理。脚《あし》とか濡《ぬ》れてて気持ち悪い。ベタベタする。集中できない」

「いやいやいや。待て。落ち着け。自分で何言ってるかわかってんのか？」

「へ？　だーかーらー、濡《ぬ》れて気持ち悪いからシャワー浴びたいなーって。ダメ？」

「ダメとかじゃなくて、だな」言わなくても分かるだろ。普通《ふつう》に考えて。

「ならいいじゃん。ちょっと待ってて。すぐ終《お》わっから」

　無理やりアインを僕に押《お》し付《つ》けて、雨宮《あまみや》は鼻歌混じりで出て行った。このタイミングでシャワーって……あいつは一体、何考えてるんだよ。危機感なんてあったもんじゃないな。

　思わず溜《た》め息《いき》をつきながら、ソファに力無く座り込む。

　ふにゃあ。

　物欲《ものほ》しそうな顔をするアインの喉元《のどもと》を、指先でくりくりと撫《な》でる。

「おまえもそう思うよな」

　全く、僕は何をしているんだ。広いリビングでひとり、マフィアの隠《かく》れ家《が》みたいとは言え、女子の部屋に居る。そう考えると、膝《ひざ》に抱《かか》えた猫《ねこ》をあやしている自分が滑稽《こっけい》に思えてくるが、この際、犯罪組織のボス気分を楽しんだ方が良いのかも知れない——なんて。

「おまえが白いペルシャ猫《ねこ》だったら、僕は007のブロフェルドだな」

みゃー。

「007って知ってるか？　知らないよなー。おまえは猫《ねこ》だもんなー。しかし、おまえはどうしてアインなんて名前なんだろーな」

アインをあやしつつ、スマホをいじって時間を潰《つぶ》していると、遠くでドアがガチャッと鳴った。雨宮《あまみや》が出たのだろう。教授なら湯上がり姿を想像して喜びそうなシチュエーションだが、甚《はなは》だどうでもいい。この時間が勿体無《もったいな》くてたまらない。待たされてばかりだ。

那織《なおり》に言ったら、「馬鹿正直に待ってたの？　本当にバカじゃん」なんて返されそうだ。

「今出たから、もーちょい待ってー」雨宮《あまみや》の声がした。

「おう」声のした方に向けて、ちょっと大きめのボリュームで返答。

微《かす》かにドライヤーの音が響《ひび》く。ふと邪《よこしま》な考えが頭をよぎった。

あの動じなさ——こういうのに慣れてるってことなんだろうか。そりゃ、モデルなんてやってるくらいだし、そういう経験が豊富なのかも知れん。あの見た目だ。寄って来る男の数はかなりのものだろう。教授も軽くあしらわれたって言ってたし。

待てよ。もし雨宮《あまみや》に彼氏《かれし》が居て（雨宮《あまみや》なら、彼氏《かれし》くらいは居るだろう）鉢合《はちあ》わせなんてことになったら……さすがにそんなベタな展開にはならないよな。

その手の面倒事《めんどうごと》だけは――ガチャッ。
リビングのドアが開く音に、思わず身体《からだ》がびくっとした。

まさか……――現れたのは、生足全開の雨宮《あまみや》だった。


上はタンクトップ、下は下着のまま。エイリアンのリプリー状態。

はっ？　なんでこいつは下着――痴女《ちじょ》か何かなのか？

余りの出来事に、思考が完全に停止した。恐《おそ》らく、呼吸も止まっていた。

顔を手で隠《かく》しながら、雨宮《あまみや》が「やばっ、ついいつもの調子で出てきちゃったっ！　ごめ、ちょっとこっち見ないでっ。せめて眉毛《まゆげ》描《か》かせて」と言いながらリビングをいそいそと横切って行く――リプリーとは違《ちが》う欧米《おうべい》のお菓子《かし》みたいな毒々しいピンクの下着をのぞかせながら。

眉毛《まゆげ》っ？　恥《は》ずかしがるポイントはそこなのか？　隠《かく》すとこ違《ちが》うだろっ！

暫《しばら》く経《た》ってようやく我に返った時、すでに雨宮《あまみや》は奥の部屋に消えて行くところだった。妙《みょう》なインパクトをもった後ろ姿――お尻《しり》が脳裏《のうり》に焼き付いてしまったものの、『高い城の男』で裸《ジュリアナ》の女に何かを着ろみたいなシーンがあったなと場違《ばちが》いなことを考える程度には冷静さを取《と》り戻《もど》しつつあった。それにしてもやべぇよ。あの女、半端《はんぱ》じゃない。

無理だ。あいつに勉強を教えるなんて無理だ。僕の手に負えるような相手じゃない。同級生

の眼前を下着姿で横切れるようなヤツに、日本語が通じるわけない。

「なぁ、おまえの飼い主は一体どうなってるんだ?」

アインは目を閉じたまま、鬱陶《うっとう》し気《げ》にピクンと耳だけ動かした。ふてぶてしいヤツめ。

「ごめん、お待たー」

甘い香りをぷんぷんに纏《まと》った雨宮《あまみや》が学校指定のジャージ姿でやってきた。

このぐちゃぐちゃに入り混じった感情をどう言葉にしてぶつけてやろうかと思案していると、僕の視線を不審《ふしん》に思ったのか、「ん? なんか変?」と言いながら、雨宮《あまみや》が自分の身体《からだ》を確認《かくにん》し始《はじ》めた。風呂上《ふろあ》がりらしく顔がほんのりピンクに染まっている。

「学校のジャージなんだなって……って、そんなことより――」

「あー、これ? だって楽じゃん。学校のロゴ入ってんのはちょっとダサいけど、自分の家なら何でもよくない? え? ダメ?」

雨宮《あまみや》が卒然と距離《きょり》を詰《つ》めてくる。思わず身体《からだ》を逸《そ》らすと、僕の膝《ひざ》からアインを持ち上げて、抱《だ》きながら隣《となり》に座った。確かに学校のジャージは想定外だった。気合の入った恰好《かっこう》とか、さっきみたいな目のやり場に困るような服装じゃなくて安心したようなものの、芳醇《ほうじゅん》に香る甘い匂《にお》いと、生々しい光景がフラッシュバックして、尋常《じんじょう》じゃなく決まりが悪い。

「んなことはいいんだよっ! おまえ、どういうつもりだよ? 羞恥心《しゅうちしん》とか無いのか?」

「ん? 何が?」ぽかんとした顔で、首を傾《かし》げる。

　それは無理があるだろ。「何がって……さっきの、風呂上《ふろあ》がりだよっ。普通《ふつう》、あんな恰好《かっこう》で同級生の、それも男子の前に出て来るかよっ。何考えてんだ？」

「あー、すっぴんだったしね。ごめんごめん。もろに気を抜《ぬ》いてた」

「そこじゃねぇよっ！　つまり……その、僕が言いたいのは、服をだな――すっぴんとかどうでもよくて、服を着てから出て来いってことだよっ！」

「だぁかぁらぁ、それも気を抜《ぬ》いてたんだってー。うるさいなー。過ぎたことはいいじゃん。ザキ的にも美味《おい》しいハプニングってことで。ね」

「美味《おい》しいハプニングとかそういう問題じゃないだろ……」

「エナ的には、下着くらい見られたって別にいいし。あんなん水着と一緒《いっしょ》っしょ？」

「おうおう、軽々と越《こ》えて来《く》るんじゃねぇ。水着と下着の境界は、いとも簡単に越《こ》えていいもんじゃねぇんだよ。そこには、とてつもなく大きな隔《へだ》たりがあって然《しか》るべきなんだよ」

「ちょっと何言ってるかワカンナイっすね――てか、ザキって、エナに興味ないっしょ？」

　雨宮《あまみや》が真剣《しんけん》な相好《そうごう》で、先を促《うなが》すようにゆったり口角をあげた。それはまるで、ドラマか映画のワンシーンみたいで――年上の女優が若い男優を軽くあしらうかのような仕草だった。

　言葉に詰《つ》まった。何て返せばいいのか、短い時間では答えが見付からない。

「……興味ないっていうか……」

「いーのいーの。わーってるから。興味ないからこそ、こっちも気楽みたいなトコあるし。さっきのだって、興味ない人に下着見られるのはどーでもいい。それにほら、ザキが興味あるのはるみちーでしょ？　それとも、那織《なおり》ちゃんの方だった？」

「い、いきなり何を言い出す――」

「図星っしょ？　ね？　ほら、どうなん？　どっちどっち？　もしや両方だったりして？」

「そんなんじゃねぇよ」

「ふーん」雨宮《あまみや》が口をすぼめる。見るからに納得《なっとく》していない。

「そっちこそどうなんだよ」

少しくらい露骨《ろこつ》な話題《わだい》逸《そ》らしでも、二人のことで詰問《きつもん》されるよりマシだ。

「なにがー？」

「その……彼氏《かれし》とか居るんだろ？　だったら、幾《いく》ら自分に興味ないヤツの前だとしても、さすがに気を遣《つか》うべきじゃないのか？　もっと警戒心《けいかいしん》を持った方がいい」

「エナの話？　いないいないいないっ。ちょっと気になる人はいるけど、ぜーんぜんそういうのじゃないから。何、ちょっとはエナに興味持ってくれた感じ？」

意外だな。てっきり、彼氏《かれし》くらい居るもんだとばかり思ってた。

「興味持ったわけじゃねぇよ。ただ、もっと気を遣《つか》った方が良《い》いって話だよ」

「ザキこそ気にしすぎだってー。実際、ザキは何もしなかったじゃん。何かした？」

「しねぇよ」したとしても、そう答えるヤツは居ないだろうけどな。

「でしょ？　するわけないよね。エナに興味ないんだし。ってことは、何もなかったんだし、別によくない？　ってゆうか、そんなことしたらるみちーに怒《おこ》られちゃうもんねー？」

含《ふく》みのある眼差《まなざ》しで雨宮《あまみや》が前のめりになる。

アインがとたっと雨宮《あまみや》の膝《ひざ》から降りて、僕の座るソファに飛び乗ると、横で丸くなった。

「さっきから何なんだよ。琉実《るみ》とは何でもないって」

「そーやってすぐとぼけるー。いーじゃん、ちょっとくらい教えてよー。男子の恋《こい》バナ、めっちゃ聞きたいもん。じゃ、こうしようっ！」雨宮《あまみや》がパンッと柏手《かしわで》を打った。

隣《となり》でアインがびくっとした。既視感《きしかん》。この猫《ねこ》も大変だな。

「エナも話すから、ザキも話してよ。ね？　こー見えて、エナ、口は堅《かた》いから。だから安心して。じゃあ、まずはエナからねっ。あんねー、エナの気になってる人なんだけど――」

「勝手に話を進めんなよっ。僕は同意してないぞ」

「もう、ザキはめんどくさいなぁー。とりあえず、黙《だま》っててよー。んで、その人とはまだちゃんと喋《しゃべ》ったことなくて。だからまだ、一方的に仲良くなりたいなーって思ってるだけなの。エナ、こー見えてちょー一途《いちず》じゃない？　ヤバいっしょ？」

「お、おう。そうだな」

「でしょー」

「そいつはどんなヤツなんだ？」

これは興味があるから訊《き》いたわけじゃない。話の流れからして、そう返す方が良《い》いと思っただけだ。雨宮《あまみや》の人となりも知らないし、アイスブレイクは必要だ。以前、琉実《るみ》が「興味なくても、女の子の話は興味ある感じで聞いてあげなきゃダメだからね」って言ってたしな。

「えー、それはちょっと恥《は》ずいってー」

雨宮《あまみや》が文字通り身をよじらせて、分かりやす過ぎるくらい顔を赤らめる。

この反応は何だっ？　さっきの下着の方がよっぽど恥《は》ずかしいだろっ！

わかんねぇっ。こいつの基準が全然わからねぇっ！

「わかったよ。もう訊《き》かねぇ。仲良くなれると良《い》いな」

「はっ？　訊《き》くでしょ？　この流れ、ふつー訊《き》くでしょっ！」

クッソめんどくせぇ。おまえも十分めんどくせぇわ。お互《たが》い様《さま》だわっ！

「はいはい。どんな人ですか？」

「えっとねー、じゃあ第一ヒントっ！　あー、でもこれ言っちゃうとわかっちゃうかもしんないなぁ。そだっ。その人はうちの高校ですっ！」

そのテンション、全っ然ついていけねぇわ。このテンションにずっと付き合わなきゃいけないのか？　そんなん無理だわ。塩対応だとか言われようとも、無理だわ。

「どう？　ってわかんないよね。人数多すぎるよねー。じゃあ、第二ヒントっ。これはもう超《ちょう》サービスっ！　その人は、コーヒーか紅茶かで言ったら、紅茶のイメージ！」

イメージっ⁉　勝手に第二ヒントがどうのって続け出したと思ったら、イメージ？　事実でも何でもないだろ。雨宮《あまみや》の勝手な印象ってことだろ？　ヒントになんてなるかっ！

「あと、特進クラス。これ以上は無理っ！」

「今までのヒントは何だったんだっ？　最後の追加情報が一番特定に近付ける情報だろっ。情報提示の基準、どーなってんだよ。つーか、第二ヒントは何だったんだよっ！」

「えー、ダメ？　エナ的には、第二ヒントはいい線いってると思ったんだけどなー。あ、これ以上訊《き》き出《だ》そうたってダメだからね。はいっ、しゅーりょーっ！」

特進で紅茶のイメージ、ねぇ。茶道部《さどうぶ》はあるが、紅茶部なんてあったか？　変な部活が多いからあるのかも知れないが、ピンと来ない。いや、それだと〝イメージ〟じゃないな。特進の男子で紅茶のイメージ……そう言えば、雨宮《あまみや》はイギリスとのダブルって言ってたな。もしかすると、紅茶に明るいのかも知れない。キッチンに茶葉はあったか？　覚えていない。仮にそうだとして、例えば銘柄《めいがら》はどうだ？　ダージリン、アッサム、ニルギリ、アール・グレイ、プリンス・オブ・ウェールズ、ディンブラとかヌワラ・エリヤ。何かヒントになりそうな物は隠《かく》れていないか？　響《ひび》き、由来、産地——そう言えばギャルなんてのも……特進にギャルは居ないし、そもそもギャルはおかしい。

茶葉にヒントは無いとして、ブランドだったら……って、何を真剣《しんけん》に考えてるんだ、僕は。つい犯人捜《はんにんさが》しのノリで考えてしまった。

「ちょっとー、何黙《だま》ってんの？　次はザキの番だよ」

「僕の番だよって言われてもな。別に話すことはねぇよ」

「あーるーでしょー。ほら、るみちーとのこととか。実際、付き合ってるの？」

「付き合ってない。これは嘘《うそ》とかじゃなくて、本当だ。ただ――」

「うん？」

「付き合ってた。おまえが聞きたかったのは、こういうことだろ？」

所詮《しょせん》、昔の話だ。もういい。邪推《じゃすい》混《ま》じりに探られるくらいなら、話した方が得策だ。

「やっぱりー。そーだと思ったんだよー。あれでしょ？　付き合ってたの、去年でしょ？」

「よくわかったな」

「これでもるみちーの友達だからね。同《おな》クラだったし。そん時るみちーに訊《き》いたんだけど、教えてくんなかったんだよねー。やっぱりエナの思った通りだったー。あー、すっきりした」

「そりゃ結構。そろそろ勉強――」

「ねぇねぇ、なんで別れちゃったの？　喧嘩《けんか》？」

「まだ続けるのか？」

「いいじゃーん。教えてよー。聞きたーいー」

駄々《だだ》をこねる子供みたいに、雨宮《あまみや》がソファの上で手足をバタつかせた。急に飼い主が暴れ出した所為《せい》で、アインはソファから降りて部屋の隅《すみ》にあるクッションの上に移ってしまった。

情緒《じょうちょ》不安定な飼い主の元で大変だな、あいつも。

「ねぇー、ザキってば！」

「わかったからソファーで跳《は》ねるなっ」

これ見よがしにばいんばいんさせるんじゃねぇ。目のやり場に困るだろ。

何処《どこ》がとは言わん。

はぁ、このままじゃいつまで経《た》っても勉強なんて出来ないな。仕方なく、今までの経緯《けいい》を掻《か》い摘《つま》んで雨宮《あまみや》に話してやった。琉実《るみ》から突然《とつぜん》別れを告げられたこと。那織《なおり》と付き合った（と思っていた）こと。僕が話している間、雨宮《あまみや》は「ふんふん。それで」とか「えっ、マジ？」とかオーバーにリアクションを取っていた。雨宮《あまみや》の大袈裟《おおげさ》な合いの手は、うざったいどころか、話《はな》し易《やす》かった。もっと簡単に済ませようと思っていたのに、話し込んでしまった。こういうコミュニケーションの促《うなが》し方《かた》もあるのか。勉強になった。参考にはならないけど。

「これで満足か？」

「うん、かなり満足。しっかし、るみちーもなかなか重いねー。それだけ那織《なおり》ちゃんが大切なんだろーけど、やりすぎ。マジで重い。そんで、ザキとるみちーが那織《なおり》ちゃんは難しいって口をそろえて言うワケがわかった。二人とも、めっちゃ踊《おど》らされてんじゃん」

那織《なおり》が難しいってのは、ちょっと意味が違《ちが》うんだが、この際それはいい。

「悔《くや》しいけど、その通りだ。あいつに全部もってかれたよ」

「見かけによらず那織《なおり》ちゃんカッコイイわ。そんけーする」

カッコイイ……か？

「で、ザキはこれからどーすんの？」

「どーもしねぇよ」どいつもこいつもそればっか訊《き》きやがって。

「えー。せっかく那織《なおり》ちゃんが頑張《がんば》ったのに、何にもしないのー？」

「僕のことはほっといてくれ。しばらくは静かにしたいんだ」

「静かにしたいってなに？　引きこもるん？　てか、ザキはナチュラルに引きこもってそう」

雨宮《あまみや》がいきなり僕の首元に顔を寄せて、シャツの襟口《えりぐち》を引っ張る。

「ほら、肌《はだ》、ちょー白い」

慌《あわ》てて雨宮《あまみや》の手を払《はら》う。「やめろって。いきなり何すんだよっ！　引きこもってねぇよ」

パーソナルスペースの侵食《しんしょく》に躊躇《たられ》いなさすぎだろ。この馴れ馴れしさは何なんだ。

「じゃあ、なにすんの？」

「……本を読んだり、映画を観《み》たり――」

「なにそれ。結局、引きこもりじゃん」

雨宮《あまみや》が座面に寝転《ねころ》んで、スマホを弄《いじ》り出《だ》した。一瞬《いっしゅん》で興味を失ったって感じだ。那織《なおり》も大概《たいがい》自由なヤツだと思っていたが、雨宮《あまみや》も違《ちが》うベクトルで自由が過ぎる。

こいつ、勉強する気ないだろ。

「ね、思ったんだけど、るみちーってそろそろ誕生日っしょ？」

スマホを見ながら雨宮《あまみや》が言う。

「だな」

「ね、折角《せっかく》だし、誕生日会でもしてみたら？　どう？　良《い》いアイディアじゃない？　エナ、冴《さ》えてるっ！」ガバっと上体を起こして、真《ま》っ直《す》ぐに僕を見詰《みつ》めながら、「そうだよっ！　何もしないのはよくないよっ！　せめてそれくらいはしよーよ！」と続けた。

「誕生日会、ねぇ」そんな歳《とし》じゃねぇだろ。

子供の頃《ころ》はお互《たが》いの家でやった。二家族合同イベントだった。それも小学校高学年くらいになると気恥《きは》ずかしいだけのイベントに代わり、中学に上がる頃《ころ》にはなし崩《くず》し的に無くなっていった。だが、神宮寺家《じんぐうじけ》のお祝いが終わった頃《ころ》、決まってお呼《よ》びが掛《か》かる。おじさんから。「余った料理を持ってってくれ」という言葉と共に。

つまり、二人の誕生日の夜は、例の如《ごと》くおじさんとあれこれ話すのが定番となっている。

お陰《かげ》で、プレゼントをどうやって渡《わた》そうかと思索《しさく》を巡《めぐ》らせる必要は――そう、考えるべきは誕生日会じゃない。プレゼントだ。

プレゼントと言えば、亀嵩《かめだけ》。あいつ、那織《なおり》に欲《ほ》しい物を訊《き》いてくれたのか？　あれから連絡《れんらく》取ってないし、帰ったら連絡《れんらく》してみるか。

あとは琉実《るみ》、か。

「なぁ」

「ん？　誕生日会やる気になった？」

「それはちょっと置いておくとして、雨宮《あまみや》って琉実《るみ》と仲良《なかい》いよな？」

※　※　※

（神宮寺《じんぐうじ》琉実《るみ》）


昨日、どうして慈衣菜《しえな》はあんなことを訊《き》いてきたのだろう。

――琉実《るみ》ってザキのこと好きなの？

近くに純《じゅん》が居たし、もうそういうことを人には言うもんかって決めたばっかだったから、勢いで否定しちゃったけど、今になってじわじわと「なんで？」が大きくなってきた。

慈衣菜《しえな》が……ってのはあり得ないし、気になっただけ？　わかんない。

わかんないと言えば、慈衣菜《しえな》の家があんな凄《すご》いところだなんて知らなかった。昨日は本当に驚《おどろ》いた。学校の外での慈衣菜《しえな》のこと、全然知らなかった。学校で会う慈衣菜《しえな》とは雰囲気《ふんいき》が違《ちが》ったし、あんなに料理が得意だなんて微塵《みじん》も知らなかった。猫《ねこ》を飼っているってことも。

男子との練習試合が終わり、ハンデ有りの試合とはいえ男バスに勝ったうちらは、ファミレスでプチ祝勝会をしていた——とか言ってるけど、理由なんて何でもよくて、金曜の夜だし、部活終わりにファミレスで夕飯を食べるのは定番の流れ。たまには先輩《せんぱい》も一緒《いっしょ》だったりするけど、基本は一年だけ。先輩《せんぱい》がいない方が喋《しゃべ》りやすいってのも……ある。

「いやぁ、瑞《みず》っちの悔《くや》しがる顔、最高だったわ」

「ねー。うちらには麗良《れいら》っていう最強のシューターが居るし」

「それ。男バスの一年相手だったら、実際ハンデ要《い》らなくない？」

テーブルの奥の方では、真衣《まい》たちが試合のテンション冷めやらぬまま盛り上がっている。みんなの声を何となく聞きながら、意を決して隣《となり》の可南子《かなこ》に近付いた。

「可南子《かなこ》って、慈衣菜《しえな》と仲いいじゃん？　いつも何して遊ぶの？」

みんなの声にかき消されないよう、耳元で言った。可南子《かなこ》には訊《き》きたいことが色々ある。

「んぇ？」可南子《かなこ》が気の抜《ぬ》けた返事をしたあと、「ふつーに、琉実《るみ》とかと同じだよ。てきとーにショップとかぶらついて、どっかの店に入って、基本ずっと喋《しゃべ》ってる。中等部ん時、琉実《るみ》も一緒《いっしょ》に遊んだじゃん」と何を今さらって感じでこっちを見てくる。

「そうなんだけどね。って言っても、わたしは慈衣菜《しえな》と遊んだ回数、そこまでだし。だから、可南子《かなこ》とはどんな感じなのかなーって」

可南子《かなこ》はギャルグループとも繋《つな》がってて——っていうか、めっちゃ仲がいい。うちの女バスはうるさいヤツが多いし、どちらかと言えば学校で目立つタイプが多数派だけど、可南子《かなこ》はその中でも飛びぬけてキャラが強い。相手が男子だろうが、言いたいことはズバズバ言うタイプ。体育祭とか合唱祭みたいな行事の時、可南子《かなこ》のクラスはいっつも女子と男子が喧嘩《けんか》をしていた。その所為《せい》で、バスケの練習に遅《おく》れたりしてた。

あとで話を聞いてみると、結構な確率で可南子《かなこ》が絡《から》んでいる。

ギャルっぽいグループって、そういうイベント事に対してやる気のない子が多いんだけど、可南子《かなこ》は扱《あつか》いが上手《うま》いというか、普段《ふだん》から絡《から》んでるだけあって、その気にさせるのが得意だ。派手めな子って、ノリさえ合えば協力的になってくれること多いし、まとめ役になってくれたりするから、可南子《かなこ》みたいに橋渡《はしわた》しをしてくれる存在は大切だ。結果、可南子《かなこ》のクラスは女子の結束だけが高まっていく。男子置いてきぼり。そして、女子と男子が喧嘩《けんか》になる。最後は、男子も可南子《かなこ》に負けるんだけど。

そんな可南子《かなこ》が、去年は副部長を務めてくれたお陰《かげ》で、うちの女バスは基本仲が良《い》い。メンバーだって、中等部の頃《ころ》からそんなに変わってない。そりゃ、少しくらい喧嘩《けんか》もあるけど、何だかんだで可南子《かなこ》が丸く収めてくれる。

「マジ、いきなり何なの？　あいつとなんかあった？」

「んー、別にそういうわけじゃないけど、ちょっと気になって。ちなみに可南子《かなこ》って、慈衣菜《しえな》の家に行ったことある？」

「ないなー」

「そうなんだ。意外」

学校だとめっちゃ仲良《なかい》いし、慈衣菜《しえな》はいっつも可南子《かなこ》に抱《だ》き着《つ》いてるし、よく二人っきりで遊んでるみたいだし、お互《たが》いの家を行ったり来たりしてるんだと思ってた。

もしかして、違《ちが》うのかな……。

「大人数で遊ぶ時は、外で騒《さわ》ぐのがメインって感じ。仕事のストレスとかもあんじゃない？　知らんけど。ただ、二人で遊ぶ時は、何故《なぜ》かうちの家に来たがるんだよね、昔っから。来たって、何するでもないけどね」

そっちのパターンなんだ。慈衣菜《しえな》が可南子《かなこ》の家に、か。可南子《かなこ》んとこは兄弟姉妹《しまい》が多いから、慈衣菜《しえな》が行ったらさぞ賑《にぎ》やかだろうな。

「友達の家行ってすることなんて、喋《しゃべ》るくらいしかなくない？」

リゾットを食べ終えた麗良《れいら》が会話に参加する。

「あるわー。てか、麗良《れいら》の場合は、友達の家ってか、彼氏《かれし》の家でしょ？」

「今、彼氏《かれし》の話してないじゃん。友達の家の話でしょ？」

「はぁ、いいですねー。彼氏持《かれしも》ちは余裕《よゆう》あって。うちなんか彼氏《かれし》ができる気配すらないってのに。自分で言うのもなんだけど、うち、結構アリじゃない？　悪くないよね？　ちょっと身長低いけど、小柄《こがら》の方が受けイイっしょ？　なんで彼氏《かれし》できないわけ？　マジで意味不明」

「その割に、他校の男子と遊んだりしてるじゃん。その手の話、よく聞くけど？」

「そういう場に来るヤツはタイプじゃないんだよねー。ああいうのって、ノリだけじゃん。うちはどっちかって言うと、もうちょっと真面目っぽいっていうか、こう爽《さわ》やか系で、汗《あせ》かいても汚《きたな》くないっていうか、神聖な感じがするみたいな、熱血っぽい感じの先輩《せんぱい》とかがいいの。わかるでしょ？　よく頑張《がんば》ったなって頭ポンポンしてくれる、みたいな」

そこまで聞いて、横で麗良《れいら》が声を出して笑い出した。わたしも耐《た》えていたのに、でも笑っちゃいけないと思って、慌《あわ》てて下を向く。何それ。超似合《ちょうにあ》わないっ。

「麗良《れいら》っ！　おまえ、何笑ってんだよっ！」

「……だって、可南子《かなこ》……ふふっ……超《ちょう》ベタじゃん。案外カワイイとこあって安心した」

可南子《かなこ》、ごめん。わたしも麗良《れいら》と同意見。

「琉実《るみ》も笑ってんじゃねぇーよっ！　何、そんな似合わない？」

「いーんだけど、ちょっと意外だったから。ごめんごめん――そだ、かにゃこ」

「ちょっと琉実《るみ》っ、かにゃこって呼ぶなっ！」

「えーカワイイじゃん。かにゃこって呼んでいいのは慈衣菜《しえな》だけなの？」

「やめろって言ってんのに、あいつがやめないだけだから。マジ、かにゃこはダメだから」

「そこまでっ⁉　別によくない？　わたしはカワイイと思うけどなー」

「とか言いながら、琉実《るみ》、前に可南子《かなこ》のこと番長とか言ってなかった？」

「ちょっと麗良《れいら》っ！　何しれっとバラしてんの？」

「あー、もういいわ。おまえらがうちのことどー見てんのかよくわかったわ。この前はサル呼ばわりされて、今度は番長？　マジ、うちのことなめてるでしょ？」

サルとか言い出したのは、可南子《かなこ》でしょ。それも、わたしに対して。

「今度、ビブスに番長って入れたらどう？　他校もビビってガード甘くなるかも。お母さんの方が良かった？　それはそれで、相手チームの油断を誘《さそ》えるかも」

麗良《れいら》が目尻《めじり》の涙《なみだ》を拭《ぬぐ》いながら言った。

「じゃあ麗良《れいら》のビブスには、男には困ってませんって書いてやるよ。琉実《るみ》はどうしよっか。うーん、乙女系《おとめけい》バカ真面目でいい？」

「ちょっとっ！　乙女系《おとめけい》バカ真面目って何？　バスケバカとかサルとか、あんたの方がよっぽどわたしのこと、バカにしてるでしょっ！」

「乙女系《おとめけい》バカ真面目、かぁ。確かに琉実《るみ》っぽい」

麗良《れいら》までっ！　このっ！

めっちゃ睨《にら》んだのに、目逸《そ》らされた。

「そんなことより、さっきなんか言いかけたでしょ？　何？」

可南子《かなこ》が真面目な顔でわたしの方を向く。

「え？　この流れでっ？　若干《じゃっかん》、どーでもよくなってきたんだけど」

「まーまー。ほら、番長に言ってみ？」

可南子《かなこ》、番長ってあだ名、ちょっと気に入ってる⁉

「……今度、慈衣菜《しえな》も誘って遊びたいかなーって。そんだけ」

「そんなこと？　そんなん全然いーよ。慈衣菜《しえな》にも言っとく。そーそー、ここだけの話、慈衣《しえ》菜《な》って超《ちょう》料理上手《うま》いんだよね。うちに来る時、いっつも何かしらお菓子《かし》作って持ってきてくれる。あれはふつーにお店レベル。本人は恥《は》ずいしキャラじゃないとか言って、人には料理してるって言わないみたいだけど。折角《せっかく》だから、なんか作ってきてもらおっか」

「あ、それいーね。麗良《れいら》も来るよね？」

「うん、行けたら行く」

それ、行かない常套句《じょうとうく》じゃん。けど、麗良《れいら》らしい。

「ね、琉実《るみ》」可南子《かなこ》がお腹《なか》をつついてくる。

「ん？」

「あれ、あんたの妹じゃない？」可南子《かなこ》が窓の外を指差した。

那織《なおり》？　どういうこと？

可南子《かなこ》の指した方を向くと——見慣れた柄《がら》の傘《かさ》、そして髪《かみ》を二つに結んだ同い年くらいの女の子が見えた。何やら大学生くらいの男の人と向かい合っている。女の子は男の人に向けて、あっち行ってみたいに手を振《ふ》りながら、もう片方の手でスマホを弄《いじ》っていた。

あの横顔、見間違《みまちが》えるわけがない。

「……那織《なおり》だ」

「でしょ？　何、ナンパでもされてんの？」

「ちょっと行ってくるっ！」

傘《かさ》を引《ひ》っ手繰《たく》ってファミレスを飛び出し、全速力で駐輪場《ちゅうりんじょう》の方に行くと、やっぱり那織《なおり》が立っていた。辺りを見回したけど、さっき見えた男の人はもう居なかった。

「なんか男の人いたけど、大丈夫《だいじょうぶ》？」

「うわっ、見付かった。最悪。知恵《ちえ》の実を食べ損《そこ》ねたヒトモドキの所為《せい》だ」

「何、なんかあった――」

「あー、なんかお金あげるから遊ばないとか言ってきただけ。別に何もない。大丈夫《だいじょうぶ》」

「本当に？　他になんか言われたりとか――」

「大丈夫《だいじょうぶ》だって」

「それなら良《い》いけど……こんな時間にどうしたの？　なんか忘れ物とか？」

わたしがそう言うと、那織《なおり》は顔の前で手を振《ふ》った。

「違《ちが》う違《ちが》う。そういうんじゃなくて。んーと……」

「じゃあ、どうしたの？」

「どうしたって云《い》うか……うん。私、帰るから。気にしないで」

　そう言って帰ろうとする那織《なおり》の手を摑《つか》んで引き留める。「ちょっと待って」

　だって、何の用もなくこんな学校の近くに来るなんておかしい。しかも、ひとりで。私服ってことは一回家には帰ってるってことだし。理由が思いつかない。

「何？　ちゃんと帰るから。大丈夫《だいじょうぶ》だって。ほら、部活の人だって待ってるよ？」

「そうだけど……こんなとこで何してたのか気になるじゃん。せめて理由くらい教えてよ。だって、亀《かめ》ちゃんの家は方向違《ちが》うよね？　あ、森脇《もりわき》の家？　学校から近いんだっけ？」

「違《ちが》うって。そんなんじゃないよ。あー……もうっ。えっと、また私抜《ぬ》きであの女のとこに行ってるんじゃないかなって思ったのっ！　純《じゅん》君はあの女に勉強を教えてるんでしょ？　琉実《るみ》も一緒《いっしょ》なのかなって思うじゃん。けど、金曜はよく部活の子と御飯《ごはん》食べてるし、それを知っててわざわざ連絡《れんらく》するのも変だし、純《じゅん》君に《琉実《るみ》は一緒《いっしょ》？》なんて訊《き》くのもおかしいじゃん。てか、私からそんなん訊《き》きたくないし。だったら自分で確認《かくにん》した方がマシだなって。もし琉実《るみ》がこの辺に居なかったら、その時は——って、もう、こんなこと言わせないでよっ！」

　昨日は、そんなこと一言も口にしなかった。「どうしてそういう余計な話を取り次ぐの？」って散々言われただけだったから——那織《なおり》が怒《おこ》ってたのは、このことだったんだ。

　慈衣菜《しえな》のとこに純《じゅん》と二人で行ったから。わたしとしては気を遣《つか》ったつもりだったんだけど、仲間外れって思わせちゃったんだ。そうだよね。そう思うよね。思わせたんじゃなくて、那織《なおり》が聞くと面倒《めんどう》だからって、勝手な理由で仲間外れにしたんだよね。

なんか、わたし……空回《からまわ》ってばっかりだ。

「ごめん」

「謝んないでよ。惨《みじ》めになる。もういいでしょ？　私は帰る――」

「夕飯はもう食べた？　一緒《いっしょ》に来る？　ね、どう？」

「絶対に行かないっ！　だって、あれはどう見ても荒くれ者《コミッショナー》とならず者の会合《シン》だよ？　悪だくみしてるんでしょ？　そんなとこに顔出したら私なんて一瞬《いっしゅん》で殺される」

「そんなわけないでしょ。デザートくらいだったら、わたしが出すよ？」

「そんなことで私が釣《つ》られるわけ――」

「ちょうどメロンフェアやってるよ。ほら」

濡《ぬ》れそぼったのぼりには、大きくメロンフェアと書かれている。

那織《なおり》が横目でわたしが指したのぼりを確認《かくにん》する。

「………か、帰る」

「あ、今、間があった」

「ないっ。間なんてないよっ！」

「食べたいんでしょ？　あのメロンパフェ」

のぼりに描《えが》かれた、カットメロンの載《の》ったパフェ。食べたいに決まってる。那織《なおり》の好みなんてこっちは知《し》り尽《つ》くしてるんだから。こんなことで許されるとは思わないけど、これくらいはさせて。姉として――わたしは那織《なおり》に意地悪してやろうなんて思ってなかった。

「わたし、麗良《れいら》が頼《たの》んだやつちょっと貰《もら》ったけど、美味《おい》しかったなぁ。あ、わたしはプリンが載《の》ったサンデー食べたよ。あれも超《ちょう》美味《おい》しかった。可南子《かなこ》なんてメロン半玉の――」

「この悪魔《あくま》っ！　あっち行けっ！」

「食べたいんでしょ？」

「……………うん」

「来る？」

那織《なおり》がこくりと頷《うなず》いた。

ありがとう。そして、ごめん。とりあえず、甘い物食べよ。

それにしても、食べ物に弱いな。そういうとこが、子どもっぽくて可愛《かわい》いんだけど。

ファミレスからの帰り道、なんだか久《ひさ》し振《ぶ》りに那織《なおり》と二人だけで歩いた気がする。たまに二人の傘《かさ》がぶつかって、肩《かた》に雫《しずく》が落ちる。その感じすら懐《なつ》かしい気がする。

「しっかし、あんたってホントに人見知りだよね」

「人見知りじゃないし。うざい」

「だって、ほとんど『うん』と『違《ちが》う』だけで会話してたじゃん」

「そんなことないし。大体、琉実《るみ》の仲間が無遠慮過《ぶえんりょす》ぎるんだよ。特に、あのガウディみたいな女。本人に向かって『前々から話してみたいと思ってたけど、話しかけないでオーラが出てたから、話《はな》しかけ辛《づら》かった』なんて言う？　喧嘩《けんか》売ってるとしか思えないんだけど」

がうでぃ？

「誰《だれ》のこと？」

「サグラダファミリアみたいな名前、居たでしょ」

さぐらだふぁみり……さぐらだ……櫻田可南子《さくらだかなこ》、か。わっかんないっってっ！

「可南子《かなこ》、ね。あいつは、うん、ああいうヤツだから。ただ、言い方はアレにしても、ホントのことじゃん。それ、みんな言ってたよ。ようやく話《はな》し掛《か》けても、なんか壁《かべ》を感じるって」

その度《たび》に、ごめん、あの子、人見知りだからってフォローしてたんだから。

「だって、私は用無いもん」

「そんなんじゃ社会に出てから苦労するよ？」

「クラスじゃちゃんと話するし。これでも多種多様な猫《ねこ》を取《と》り揃《そろ》えているんだから。クラスで被《かぶ》る用の猫《ねこ》でしょ。そんで見ず知らずの所に放り込まれた用の猫《ねこ》でしょ。あとは――」

指折り数える那織《なおり》に、念のため訊《き》いてみる。「今日のはどんな猫《ねこ》なのよ？」

「今日はただのA．T．フィールド。すなわち心の壁《かべ》。ならず者に精神を侵食《しんしょく》されないようにがっちり防御態勢《ぼうぎょ》に入ってた。同じクラスになることは無いだろうし、いいかなって」

ホントにこの子はっ！　そんなことだろうと思った！

ドリンクのお代わりに行った時、一緒《いっしょ》に来た真衣《まい》が、「ねぇ、あんたの妹ってクラスで上手《うま》くやれてんの？　あんな感じだと、意思疎通《そつう》難しくない？　家だとどうなの？　やっぱ、もっと喋《しゃべ》るの？」ってマジな顔して訊《き》いてきたんだから。ちょっとはわたしの立場も考えてよねっ。雰囲気的《ふんいきてき》に、家じゃ喋《しゃべ》るどころの騒《さわ》ぎじゃないなんて言えないじゃん！

「猫被《ねこかぶ》ってないじゃんっ！　あんたが無言すぎてマジで心配されてたんだからね。別に素を出せとは言わないし、寧《むし》ろ素の那織《なおり》で来られたら、みんなポカンとするだろうからそれは良《い》いにしても、もうちょっと愛想《あいそ》よくできないの？　ていうか、した方がいいよ？」

「利益《ベネフィット》があるなら、そうする。あなたが無情にもぼくの心のせいにした不当な仕打ちをぼく自身に弁解せよなどと要求しないでくれ」

「なにそれ」

またわけわかんないこと言ってる。

「シェイクスピア」

「はぁ。そういうのいいからっ。何が不当な仕打ちなの？　サンデーとパフェ二つも食べといてどの口が言うかっ！　おかげで今月のお小遣《こづか》い、ほぼほぼ無くなっちゃったじゃんっ！」

「人付き合いって、お金が掛《か》かるんだね。世知辛《せちがら》い世の中じゃ……」

「おいこら。誰《だれ》の所為《せい》だと思ってるの？」

「……私より貯金あるくせに」

「それは関係ないでしょ。それに、わたしからすれば、あればあるだけ使う方が信じらんない。この先、お金で苦労しても知らないからね」

那織《なおり》が社会に出てやっていけるのか心配になる——社会に出て、か。あと数年後にはそうなるんだよね。わたしはどんな生活をしているんだろう。想像もつかない。

「そう言えば、わたしの名前ってお母さんが決めたんだね」

那織《なおり》が質問《しつもん》攻《ぜ》めにされているとき、可南子《かなこ》がわたしたちの顔を見比べながら、「双子《ふたご》って名前が似てる人が多いけど、二人の名前は似てないよね？」と言った。

疑問に感じたことすらなかったけど、言われてみれば確かにそうかもしれない。可南子《かなこ》の質問に答えたのは、那織《なおり》だった。那織《なおり》が言うには、わたしの名前はお母さんの案で、那織《なおり》はお父さんの案らしい。そんな話、初めて聞いた。二人で決めたっていうのは知ってる。

「私の想像だけどね。二人に訊《き》いた訳じゃない。でも、恐《おそ》らく間違《まちが》ってない。明らかにセンスがお母さんじゃん。王偏《おうへん》の琉《りゅう》はお父さんじゃないよ。琉《りゅう》は瑠璃《るり》の瑠《る》と同じ意味。玉《ぎょく》。ほら、お母さん、好きそうじゃん。キラキラしたアクセ大好きだもん。那《な》は多いとか美しいって意味。多いで言えば、梵語《ぼんご》で大量を表す那由多《なゆた》の那《な》だよね。ほら、お父さんっぽくない？」

わたしの琉《る》ってそういう意味だったんだ。初めて知った。

「新婚《しんこん》旅行が沖縄《おきなわ》だったから、琉球《りゅうきゅう》と那覇《なは》から取ったんでしょ？」

少なくともわたしはそう聞いているし、それに何の疑問も抱《いだ》かなかった。リビングに飾《かざ》ってある新婚《しんこん》旅行の写真は沖縄《おきなわ》だし、家族旅行でも何度か行ってるし。説得力は十分。

「それだったら、普通《ふつう》、どっちかに統一しない？　琉実《るみ》が琉《りゅう》なら私は球とか、あとは那《な》と覇《は》にするとか――これは極端《きょくたん》だけど、別の沖縄《おきなわ》ワードも含《ふく》めてやりようは幾《いく》らでもあるでしょ。だから、沖縄《おきなわ》って大枠《おおわく》の中からそれぞれ選んだんじゃない？　そう考えると、琉《りゅう》を選んだのはお母さんだよ。私の名前は画数多いから、絶対にお父さんのセンス」

考えたことなかったなぁ。そんなこと。道理で那織《なおり》がお父さんに似るわけだ。

「琉実《るみ》は良《い》いよね。テストん時、名前さらっと書けるでしょ？　私より画数少ないじゃん」

「そんなことないって。琉《る》はいいけど、実はいっつもバランスが決まんない。逆に那織《なおり》みたいに画数多い方が、カチっと決まる気がするんだよね」

「そっか。わかんなくはないかも。画数多いメリットもあるっちゃあるのか」

帰ったら、お母さんに訊《き》いてみよう。本当に那織《なおり》の言っている通りなのか。

「それより、琉実《るみ》はいいの？」

「何が？　何の話？」

「純《じゅん》君のこと。あんなわけわかんない女に渡《わた》しちゃって」

「あー、そのことね。安心して。慈衣菜《しえな》なら大丈夫《だいじょうぶ》」

「その根拠《こんきょ》は何？　何を以《もっ》て大丈夫《だいじょうぶ》と言っているの？　証拠《エビデンス》は？」

「純《じゅん》みたいなのは、慈衣菜《しえな》のタイプじゃないから」

「なにそれ。弱っ。タイプじゃないから大丈夫《だいじょうぶ》？　そんな文目《あやめ》もわかない論理《ロジック》でよく言い切れるね。逆に凄《すご》い。じゃあさ、仮にそうだとして、純君《じゅん》は？」

「あいつが慈衣菜《しえな》に——ないない。ありっこないよ。そんなの那織《なおり》だってわかるでしょ？」

「それだって、絶対じゃないと思うよ。私達には隠《かく》してるだけで、本当はめっちゃギャル好きかも知《し》んないよ？　えっちな動画の履歴《りれき》はギャル物ばかりとか」

それは……大丈夫《だいじょうぶ》だと思うけど。そう言われると、ちょっと不安になってくる。純《じゅん》が慈衣菜《しえな》のこと——ないよね。うん、大丈夫《だいじょうぶ》だよね。てか、ギャル物のえっちな動画とか冗談《じょうだん》でもやめてよ。一瞬《いっしゅん》、想像しちゃったじゃん。

「あ、今、考えたでしょ？」

「考えてないっ！」

「純《じゅん》君がギャル物好きだったら、ちょっと付き合い考えよ。仮にそうだとしたら、絶対に教授の影響《えいきょう》。全部あいつが悪い」

「そう……だね。うん、森脇《もりわき》が悪い」

ないよね？　それは大丈夫《だいじょうぶ》だよね、純《じゅん》。

※　※　※

（白崎《しろさき》　純《じゅん》）


「もう飽《あ》きたっ！　息抜《いきぬ》きしないとムリっ！」

キッチン横のテーブルで、さっきまで静かに勉強していた雨宮《あまみや》が声をあげた。

土曜の——ほぼお昼。僕は例の如《ごと》く、雨宮《あまみや》の家に居た。もちろん今日も勉強だ。

昨日の別《わか》れ際《ぎわ》、明日はどこでやるか尋ねると、案の定「家がいい」の一点張り。別の場所を提示しても即却下《そくきやっか》。どうあがいても自宅が良《い》いらしい。あれこれ提案するのが面倒になって、僕が折れた。流石《さすが》に三度目ともなると、前ほどの抵抗《ていこう》はない。

「まだ一時間も経《た》ってないぞ。もうちょっと頑張《がんば》れ」

リビングのソファから立ち上がって、雨宮《あまみや》の進捗《しんちょく》を確認《かくにん》する。一応、進んではいる。

「ムリっ！　甘い物食べたいっ！　死ーぬー」

背もたれに体重を預けて、椅子《いす》ごとガッタンガッタンと暴れ出した。

「子供かっ！　さっき朝飯食ったばっかだろ」

「無理。お腹《なか》すいた。このままじゃザキに殺される。てか、もうお昼じゃんっ！」

「おまえが起きたのがそもそも遅《おせ》ぇんだよっ！」

　ここで甘い顔をしたらダメだ。昨日だって、それで一時間半も無駄《むだ》にしてしまった。

　とは言え、昨日の件に関しては僕にも責任がある。琉実《るみ》の誕生日がどうのと余計な話題を提供してしまった。その後、「まだ話し足りない」だの「もうちょっと交流を」だの言う雨宮《あまみや》を黙《だま》らせるのに手を焼いたが、何とか予定していた分は終わらせることが出来た。

　わざわざ要点を纏《まと》めたノートまで用意している以上、やってくれなきゃ困る。

　琉実《るみ》の仲介《ちゅうかい》とは言え、冷静になって考えると、この労力の先に何を得られるのか全く分からない。亀嵩《かめだけ》の件は、所詮《しょせん》副産物に過ぎない。この労力の結果、追試もダメでしたじゃ、いよいよ何の為《ため》にやっているのかわからない。だからこそ、追試は受《う》かって貰《もら》わなきゃ困る。

　雨宮《あまみや》もその辺は分かっているようで、昨日の夜――それはいいとして、勉強を教えていて分かったことがある。テストの大半を一夜《いちや》漬《づ》けでどうにかしてきたというだけあって、雨宮《あまみや》の記《き》憶力《おくりょく》は悪くない。とは言え、一夜《いちや》漬《づ》けでどうにかなるのは短期記憶《たんききおく》であって、長期記憶《ちょうききおく》ではない。記憶《きおく》を定着させるには、反復や関連性を見出《みいだ》して定着させる必要がある。

　落としたテストの科目を考えても、基本的な知識が定着さえすればどうにかなる。

　雨宮《あまみや》の家から帰ったあと、出そうな問題を更に絞《しぼ》ってまとめた。ヤマを張ると言えば聞こえは悪いが、情報に基《もと》づいてヤマを張るのは立派な戦略だ。学校のテストは、先生との腹の探《さぐ》り合《あ》いだ。この手の作業を僕が好きな理由である。

　もちろん、このやり方でカバー出来るのは平均点辺りまで。教科担当の先生達は、どこに平均点を持ってくるかを考えながら問題を作っているのだから当然だ。そこから先は応用力が必要になって来るところだが、雨宮《あまみや》に見せてもらった補習のプリントを見る限り、追試に応用力はそれほど必要ではない。基礎力《きそりょく》の定着確認《かくにん》だから当然だろう。

今、雨宮《あまみや》がやっているのは、まさに推定される範囲《はんい》を僕がまとめた物。作業的に覚えれば追試は何とかなるだろう。我ながらいい仕事をした。

「つーかさぁ、朝九時からってムリすぎるっしょ？　そんな時間から勉強するなんてありえない。何を食べるとそういう考えになるワケ？」

「食い物は関係ないだろ。つーか、学校全否定だな。そんなんで普段《ふだん》の朝はどうしてんだ？」

「寝《ね》てる」

「学校行けよっ！」

「行ってるよっ！　ちょっと間に合わないだけだし」

毛先をくるくると指に巻きながら、悪びれもなく言いやがった。事の重大さが全く分かっていないようだ。少し脅《おど》してやるか。

「そんなんじゃ留年するぞ」

「それはマジでムリ。ママに殺される」

ママに殺される、か。

そのママとやらは、一体どこに居るんだ？　こうして三日連続で来てるが、雨宮《あまみや》の家族には一度も会ったことがない。気にはなるが……尋《たず》ねる積もりはない。他人の家庭事情に首を突《つ》っ込《こ》むのは褒《ほ》められたものじゃないからな。言いたくなったら自分から言うだろう。

ただ、ひとつだけ訊《き》こうと思ったままにしていることがある。僕の勘違《かんちが》いでなければ、もしかしたら——雨宮《あまみや》は那織《なおり》や教授とうまくやれるかも知れない。

「じゃあ、殺されないように追試を頑張《がんば》んないとな。あと、ちゃんと朝は起きること」

「はいはい」雨宮《あまみや》が聞きたくないオーラ全開で下を向いた。

さて、僕は化学の問題を——「ねっ！」急に明るい声で呼び止められた。

「どうした？」

「チョコ食べたい。取って」

「自分で取れよ」

「勉強が忙《いそが》しい」

「ったく、こういう時ばっか——どこにあるんだ？」

「食器棚《しょっきだな》の一番下。エナの宝箱」

アイランドキッチンを回り込み、しゃがみ込んで食器棚《しょっきだな》の下を開ける。すると、チョコやらクッキーやらポテトチップスやら、大量のお菓子《かし》がドサドサっと零《こぼ》れ出《で》てきた。慌《あわ》てて手で受け止めようとしたが、どうにか出来る量ではなく、床《ゆか》にお菓子《かし》が散らばった。

すげぇ量だな。どんだけ溜《た》め込《こ》んでんだよ。どーせ、ネットで箱買いなんだろうな。

その中から、幾《いく》つか目ぼしい物を拾い上げ、「どれにするんだ？」と口にしながら立ち上がると——そこに雨宮《あまみや》の姿は無かった。リビングのドア目掛《めが》けて走る雨宮《あまみや》。

あいつっ！

走ってリビングを出ると、雨宮《あまみや》が奥の部屋に逃《に》げ込《こ》もうとしていた。

させるかっ！

警察や税務官がやるように、咄嗟《とっさ》にドアの隙間《すきま》につま先をねじ込んで、手でドアを押さえる。

「……残念だったな」

「ダメだったぁー」ドアの向こうで雨宮《あまみや》が項垂《うなだ》れた。

「エナの負け。リビングに戻《もど》るから、手、放して」

雨宮《あまみや》のことだ。こうして油断させておいてってことも考えられる。ドアにかかったテンションが緩《ゆる》まるのを見計らい、ドアを開け放つと——そこに広がる光景には、見覚えがあった。

まるで教授の部屋——いや、それ以上だった。

「おまえ……これ……」

「ダメッ！」雨宮《あまみや》が両手を広げて立《た》ち塞《ふさ》がるが、とても隠《かく》しきれる量ではない。

そこには、大量の漫画《まんが》やブルーレイ、ゲームが床一面《ゆかいちめん》に散乱していた。壁《かべ》にはポスターやタペストリー。その奥にはゲーミングチェアと大型の作業机。机の上には、大小合わせて五台のモニターと沢山《たくさん》のフィギュアやアクリルスタンドが鎮座《ちんざ》している。

つまり、誰《だれ》がどう見てもオタクの部屋だった。

「このこと、ぜぇぇぇっっっったい言わないでっ！　お願いだから、誰《だれ》にも言わないで」

ドアの脇《わき》にある本棚《ほんだな》に、赤い飛行機のミニチュアが置いてある。

やっぱり。思った通りだ。

「これ、ソードフィッシュだろ？」

「うそ、知ってんの？」雨宮《あまみや》が目を丸くした。

「カウボーイビバップだろ？　よくこんな古いアニメの――」

「マジ？　ザキ、ビバップ知ってんの？　すごっ。同世代で観てる人、初めて会った！　何、ザキってオタクなの？　こういうのわかるの？　っぽいなとは思ってたけど……」

「知り合いのおじさんが好きで、小さい頃《ころ》よく一緒《いっしょ》に観《み》たんだよ。ああ、おじさんってのは、那織《なおり》の……というか、琉実《るみ》のお父さんのことな」

ぽいって何だよと思いつつ、耐《た》える。自覚はあるからな。

「なにそれ、めっちゃ仲良くなれそう」

「かもな」

思った通りだった。アインって名前がずっと引《ひ》っ掛《か》かっていた。しかも、あのとき雨宮《あまみや》は、本当は犬が欲《ほ》しかったとも言っていた。

カウボーイビバップに出てくるウェルシュ・コーギー。名前はアイン。

コーギーに見立てるなら、ノルウェージャン・フォレスト・キャットじゃなくて、足の短いマンチカンを選ぶかも知れない。その線も捨てきれなかった。まずは、その辺りから探《さぐ》っていこうかと考えていたところだった。尤《もっと》も、雨宮《あまみや》とそういう物が結びつかなくて、勝手な勘違《かんちが》いだったら恥《はじ》をかく可能性が大きいと思い、確証が持てるまでは黙《だま》っている心積もりだった。

「しかし、意外だったな。まさか雨宮《あまみや》にこういう趣味《しゅみ》があったとは」

「やっぱ、ひく？　ちょっとガチっぽいよね？」

「これはガチだろ。けど、僕も同族だから、引くとかはない。寧《むし》ろ、羨《うらや》ましい。このソードフィッシュ、欲《ほ》しかったんだよ」

「へへ、イイでしょー。こっちにはスパイクやフェイのフィギュアもあるんだよー」

古いアニメのグッズって中々手に入らないのに。ぱっと目につく限り、他にも金田《かねだ》のバイクに攻殻機動隊《こうかくきどうたい》のフチコマ、マクロスのバルキリー、ボトムズのスコープドッグ、ゴジラやウルトラマンなんかの特撮《とくさつ》グッズ——明らかに女子高生の趣味《しゅみ》じゃない。しかも、アニメグッズだけじゃなく、謎《なぞ》の円盤《えんばん》ＵＦＯやら宇宙空母ギャラクティカ、あれはシークエストの潜水艦《せんすいかん》、ナイトライダーにエアウルフ、そして僕の大好きなエンタープライズ号がコンスティテューション級からずらっと並んでいる。それ以外にもまだまだ沢山《たくさん》、数え切れないほどのグッズが並んでいる。溢《あふ》れている。この量、おじさんの比じゃない。すげぇ。素直《すなお》にすげぇよ。端《はし》から見ていくだけで何時間も潰《つぶ》せるぞ。

この膨大《ぼうだい》なコレクションを見て、僕は確信した。そう、これは明らかに女子高生の趣味じゃない。幾《いく》ら雨宮《あまみや》がモデルとして働いていると言っても、この量を簡単に集められる訳がない。どれだけの金額と時間が注《つ》ぎ込《こ》まれたのか、見当もつかない。

つまり、僕にとってのおじさんのように、布教している人が居る。間違《まちが》いない。

「これ、すげぇよ。この部屋だったら何時間でも居られる。これ、全部自分で？」

「んーと、基本的にはパパの。この家はもともとパパの遊び場ってゆーか、籠《こも》って仕事する用なんだよね。そういうとこ、幾《いく》つかあるの。家はもともと都内だから、東京《とうきょう》以外でって。横《よこ》浜《はま》のマンションは、本ばっか。あそこはまだパパが使ってる。ママも使ってるけど。今いるこは、離婚《りこん》したときにママが貰《もら》ったの。小《ち》っちゃい頃《ころ》、このマンションでしょっちゅう遊んでたから。パパが仕事してる横で、お兄ちゃんと一緒《いっしょ》にアニメとか漫画《まんが》をよく見てた」

「そういうことだったのか」

僕の中で、雨宮《あまみや》の父親に対する興味がみるみる膨《ふく》れ上《あ》がっていく。

「だから、お兄ちゃんのグッズも幾《いく》つかは交ざってる。うちの家族の倉庫みたいになってるんだよね。だから、別の部屋も同じような感じ。グッズで溢《あふ》れてる」

どっかで聞いたことのある話だな。さしずめ、教授の上位互換《じょういごかん》ってとこか。

「お兄ちゃんは東京《とうきょう》の家にいるんだけど、配達先をこのマンションにしてくるんだよね。そんなだから、未開封《みかいふう》の段ボール、超溜《ちょうた》まってる。パパとママが別れる前はエナも東京《とうきょう》の家にいたんだけど、今はずっとこっち」

謎《なぞ》が解けてきた。

「じゃあ、ここにあるのは思い出の品ってことなんだな……」

「思い出があるのはそうなんだけど、離婚《りこん》したからって、うちはそーゆー重い感じじゃないから。単純にエナが好きで住んでるってだけ。このマンションは、子どもの頃《ころ》のエナにとって秘密基地みたいなとこだったから。うちの学校選んだのも、このマンションから通いやすいっていう理由。だから、ザキが想像してるような、深刻な感じじゃない。ママもふつーにパパと仕事してるし。てか、今、パパと一緒《いっしょ》にいるんじゃない？」

雨宮《あまみや》がジャージのポケットからスマホを取り出して、何やら操作する。

「ほら、ヨークシャーでパパとご飯食べてる」

雨宮《あまみや》がスマホの画面を見せてきた。映画に出てきそうなサングラス姿の男性が、テラス席でカップを持っていた。短く整えられた髪《かみ》と、見るからに高そうなジャケットが、まさに俳優っぽい。映画のワンシーンと言ってもバレないだろう。

「これが雨宮《あまみや》の父親なのか……めちゃめちゃカッコいいな」

「でしょー？　カッコいいよねー。超自慢《ちょうじまん》だもん。昔は俳優志望だったんだって」

「俳優志望か。納得《なっとく》だわ。で、今はデザイナーなんだろ？」

「お、よく知ってんじゃん」雨宮《あまみや》が目を丸くした。「そーそー、今のNedetto《ネデット》のデザインはパパがメインでやってる。デザイナーの才能があってよかった、俳優続けてたらホームレスだったってしょちゅう言ってる」

ネデット――正直、パッと分からない。だが、聞いたことあるような気もする。ファッションに疎《うと》い僕は、それがどれくらいの規模のブランドなのかピンと来ないが、幾《いく》つもマンションを持っていることを考えれば、成功している部類なんだろう。

「親がファッションデザイナーってのは聞いたことあったけど、本当だったんだな」

「ぶっちゃけ、親のコネみたいなとこあるけどね。立ち上げたのはおばあちゃんだし。その頃《ころ》は小《ち》っちゃいお店だったんだけど、パパがやり始めてからちょっとずつ有名になったって感じ。そういう意味では知られ始めたばかりのブランドだし、これからってとこじゃない？」

「それにしたって、十分凄《すご》い。日本にも出店してるってことだろ？」

「まーね。パパの念願だったし。見ての通り、パパはオタクだから。日本が大好きなの。けど、日本に店を出せたのはママの功績が大きいかな。なぁーんて、まだまだこれからだよ。もっと沢山《たくさん》の人に知ってもらわなきゃ」

「……もしかして、そういう理由でモデルの仕事をやってる、とかなのか？」

「モデルは楽しいからだけど――それもちょっとはあるかな」

必死に勉強していい大学に行って――そういうルートとは別の道。僕には想像も付かない。こんな話を聞くと、追試なんて些末《さまつ》な問題に思えてくる。雨宮《あまみや》が真面目に学校に通わない理由、なんとなく分かった気がする。僕なんかとは別の世界を見ているんだ。

「雨宮《あまみや》って、もっと刹那的《せつなてき》に生きてるのかと勝手に思ってた。すまんかった」

「何、せつなてきって。謝られる意味がわかんない。あと、今日話したこと、学校では言わないでね。エナもるみちーとのこととか言わないし」

「言わねぇよ。やっぱり、雨宮《あまみや》も将来はそういう道に進むのか？」

「わかんない。とりあえず、今はモデルが楽しいってだけ。さ、戻《もど》って続きやろっか」

雨宮《あまみや》がやってやるとばかりに肩《かた》をぐるぐる回す。

「なぁ」

「なにー？」

「この部屋にいても良《い》いか？」訊《き》くだけなら無料《ただ》。一応。

「だったらエナも勉強しないーっ！　ゲームするーっ！」

「あーっと、冗談《じょうだん》だよ、冗談《じょうだん》」

こんなものを見せられたら、また来たくなってしまうだろ。

※　※　※

（神宮寺《じんぐうじ》那織《なおり》）

《ちょっと出掛《でか》けない？》

微睡《まどろ》みと覚醒《かくせい》の狭間《はざま》を行ったり来たりしていると、部長からＬＩＮＥが入った。まだ眠《ねむ》りの余韻《よいん》を味わっていたい私は、既読《きどく》をつけない。今はまだそんな気分じゃない。もうちょっと曖《あい》昧《まい》な浮遊感《ふゆうかん》を楽しんでいたい。外界を遮断《しゃだん》するようにタオルケットを摑《つか》んで丸くなる。ここは私だけの聖域《サンクチユアリ》。何人《なんぴと》たりとも通さない。電磁波も通さない暗い闇《やみ》の中。

昨日は慣れないことして疲《つか》れた。私みたいな清廉潔白《せいれんけつぱく》な人間にとって、エルロイの登場人物かと見紛《みまが》う荒《あら》くれ者《もの》やならず者の相手は苦行でしかない。精神をとことん削《けず》られる。

精神を削《けず》られると言えば、この土日も純《じゅん》君はあの女に付き合うのかな。やだな。折角琉実《せっかくるみ》から解放されたのに、今度は訳の分かんない女の相手。いつになったら私の相手をしてくれるの？　私よりぱーぷりんの相手をする方が大切なの？

琉実《るみ》はああ言っていたけど、人の好みなんて不確か極《きわ》まりない。単純接触《せっしょく》効果だって無視できない。私だって、基本的には琉実《るみ》の意見に同意する。あの女は純《じゅん》君の好きなタイプじゃない、と思う。思うけど……そんなのわかんない。右と左を定義するのですら、コバルト六〇の崩壊《ほうかい》を持ち出さなきゃなんないんだよ。人の気持ちなんてわかりっこない。

昨日だって、純《じゅん》君に付いて行こうか限界まで煩悶《はんもん》した。行って確かめたい気持ちもあった。でも、私から行くって言いたくなくて、出来れば純《じゅん》君から声を掛《か》けて欲《ほ》しかった。本当は誘《さそ》って欲《ほ》しかった。「那織《なおり》はどうするんだ」って。ずっとそう思って待ってたけど、純《じゅん》君から連《れん》絡《らく》は無かった。だから私は——って、こんなこと考えてたら睡魔《すいま》に嫌《きら》われちゃうっ！

ほら、おいで。怖《こわ》くない。睡魔《すいま》ちゃん、一緒《いっしょ》に寝《ね》よっ。

睡魔《すいま》を呼び込もうと決めた刹那《せつな》、スマホがけたたましく鳴った。馴染《なじ》みの電子音。

あぁっもうっ。わかったって。はいはい。出ますって。出ればいいんでしょ？

築いたばかりの城壁《じょうへき》を崩《くず》して、スマホを取る。やっぱり部長か。

『もしもーし。起きた？』

「……おかげさまで」

『出掛《でか》けよ？』

「今から？　明日じゃダメ？」

『今日じゃなきゃダメ。やっと晴れたんだよ？　何分で支度《したく》できる？　四十秒？』

何分で？　急に言われても——「わかんない。起きたばっかだし。四十秒は無理」

『今ねー、先生の家の前に居るよ』

怖《こわ》っ！　ストーカーじゃんっ！

カーテンを開けて外を――うわっ、本当に居る……。部長だから良《い》いようなものの、シチュエーションだけ聞けばホラーじゃん。部長が私に気付いて手を振《ふ》った。

そろそろ、このパターンはやめて欲しい。「私に予定があったらどうするつもりだったの？」

通話をしながら階段を下りて、玄関《げんかん》のカギを開ける。少しドアを開けて、外に出すのは顔だけ。ひんやりとした玄関《げんかん》に、真夏かと疑うような熱がじわじわ染《し》みて来《き》た。

「おはよー。あ、こんにちは、かな？」

「……入れば」

私の言葉と同時にドアがガバっと開く。さっきまではためらいがちだった筈《はず》の熱気が、恥《はじ》も外聞もなく優雅《ゆうが》さとは無縁《むえん》の勢いで一挙に雪崩《なだ》れ込《こ》んできた。

「暑っ！　てか、眩《まぶ》っ！」

「先生、溶《と》けちゃう？　粉になっちゃう？　インタビュー・ウィズ・ヴァンパイア？」

「キルスティン・ダンストみたいな美少女でごめ……早く閉めて。本気で死にそう」

部長が「ごめんごめん。この暑さだと先生のキレもだるだるだね。まるで、その部屋着みたいだよ」と余計なことを言いながら、ドアを閉めた。「鍵《かぎ》、かけちゃうね」

「ん、お願い。で、どーする？　とりあえず、私の部屋？」

「そうだね。お家《うち》の人に迷惑《めいわく》かかっちゃうし」

「誰《だれ》も居ないから、そこは大丈夫《だいじょうぶ》」恐《おそ》らく、バスケとゴルフと買い物。

「先生の部屋がいい」

「分かった。ただ、シャワー浴びたいし、結構時間かかるよ？　いい？」

「押しかけの身ですから、それくらい待ちますよー」

「押しかけた自覚があって安心した。とりあえず上がりなよ」

「うん、お邪魔《じゃま》します」

二階に上がったら、部長を部屋に押し込んで着替《きが》えを――カシャッ。

今の音、何っ？　シャッター音っ？

咄嗟《とっさ》に振《ふ》り向《む》くと、部長が私の部屋着の裾《すそ》を捲《めく》って、スマホを構えていた。

「ちょっととっ！　何撮《と》ってんのっ！」

「やっぱり、下はパンツだけだった……先生、下くらい穿《は》こうよ。お腹《なか》冷やすのよくないよ」

起きたらハーパンが行方《ゆくえ》不明《ふめい》だったんだから仕方ないでしょっ！

「そんなことより、今、私のお尻撮《しりと》ったでしょっ！」

「ぷるぷるの太腿《ふともも》がふよんふよん揺《ゆ》れるから気になっちゃって。それに加えて、ちょうどお尻《しり》が見えるか見えないかくらいの丈《たけ》だったし、下は穿《は》いてるのかなぁ～って。先生的に言えば、ダチュラの極《きわ》みだった訳ですよ。作画資料ってことでここはひとつ――」

「消してよっ！　さもなくば一枚五千円だからねっ！」

「出世払《しゅっせばら》いじゃ、ダメ？」

「ダメ」

「でも、先生のお尻《しり》、すっごく良《い》い形してたし、消すのは勿体《もったい》ない……美尻《びじり》を拝んで私もシェイプアップに努め――シェイプアップしたら先生のお尻《しり》にはなれないか。秘訣《ひけつ》は？　その美尻《びじり》の秘訣《ひけつ》はやっぱりお肉なの？　動物性蛋白質《たんぱくしつ》？」

「褒《ほ》めるか貶《けな》すかはっきりしてっ！　ちなみに、今、お尻《しり》と秘訣掛《ひけつか》けた？」

「もちのろんでごじゃいますよ。何をおっしゃいますか」

「流出させたら許さないからね」しょうもない洒落《しゃれ》に免《めん》じてあげよう。

美尻《びじり》なんて言われたの、人生で初めて。

あとで、自撮《じど》りしてみよ。自分でも確認《かくにん》しなきゃ。

部屋に入るなり、部長が目をキラキラさせながら「久々の汚部屋《おべや》だぁ〜」とテンション爆上《ばくあ》げではしゃぎだした。私の部屋に来たいって言った時から、この反応は想定通り。相手をするだけ無駄《むだ》。そもそも、汚部屋《おべや》じゃない。認識《にんしき》が根本からズレてる。物が多いだけ。ちょいとばかし秩序《コスモス》を欠いただけで、混沌《カオス》には至っていない。

失礼極《しつれいきわ》まりないクレイジーサイコガールに、絶対零度《ぜったいれいど》ほどじゃないけどそれなりに冷えたお茶とゼリーを与《あた》えて、私はシャワーを浴びた。いつもより温度は低め。温かさの端々《はしばし》にだらしのない冷たさが混ざって気持ちいい。撥《は》ねたお湯がすぐに温《ぬる》くなる。

浴室から出て身体《からだ》を拭《ふ》きながら、洗面所の鏡に映った自分と目が合った。

——ほんとは気になってるんでしょ？

そう。あんたの言う通り。私は、純君《じゅん》とあの女のことが気になって仕方がない。今すぐにでも何をしているのか確かめたい。安心したい。だから——余裕《よゆう》が無い。

最近、どんどん嫉妬深《しっとぶか》くなる。我慢《がまん》しないって決めた途端《とたん》にこれだ。

髪《かみ》を乾《かわ》かしながら、温風で邪念《じゃねん》を吹《ふ》き飛《と》ばす。今日は部長と遊ぶ。部長と遊んでいる時は、頭を空っぽにできる。ふとした瞬間《しゅんかん》に思い出しちゃうかも知れないけど、今は忘れよう。

ドライヤーはめんどくさくて嫌《きら》いだけど、ミルボンの香りが辺りに広がる感じは好き。

お風呂上《ふろあ》がりに、外気で身体《からだ》が冷える感じは好き。

歯を磨《みが》いたあと、口の中が引《ひ》き締《し》まる感じは好き。

靴下《くつした》を穿《は》いた時の、遅《おく》れて足に馴染《なじ》む感じは好き。

私は私の好きを集めていく。少しでも忘れる為《ため》に。

よし。今日は遊ぶっ……えーと、お小遣《こづか》いあとどんくらいだっけ？

※　※　※

（白崎《しろさき》　純《じゅん》）

リビングに戻《もど》ってからの雨宮《あまみや》は、とても静かだった。カリカリという音が響《ひび》いている。集中している証拠《しょうこ》だろう。「ザキがうるさいから、気合入れっかー」と言いながら縛《しば》ったお団子が、殆《ほとん》ど揺《ゆ》れていない。たまに手が止まることもあるが、暫《しばら》くするとまた動き出す。問題を一通り解き終えたら、間違《まちが》った問題を僕が解説する。時間を置いて、間違《まちが》った問題を解きなおす。その繰《く》り返《かえ》し。

あらかた問題が片付いた頃合《ころあ》いで、「そろそろ休憩《きゅうけい》するか？」と提案した。

これだけ集中すれば文句などない。

「ザキ」

「なんだよ」

「その言葉を待っていた！　アフタヌーンティーする？　スコーン焼いちゃう？」

「なんでそんなに本格的なんだよ。今からスコーンを焼くのはさすがに……」

アフタヌーンティーか。口には出さないけど、ちょっとした憧《あこが》れはある。やっぱりイギリス文化のあれこれっていうのは、優雅《ゆうが》で良《い》い。本当は、その辺の話を雨宮《あまみや》に訊《き》きたい。

さっきの話を聞く限り、最初は小さい店から始めたって言ってたが、日本にも進出するくらいだ、父親の実家はそれこそ豪邸《ごうてい》みたいなところだろうし、手入れの行き届いた広大な庭と英国車を眺《なが》めながらティータイム――みたいな世界かも知れない。勝手な想像だけど。

追試が終わったら、あれこれ訊《き》きたい。アニメや映画についても話したい。

僕の中にあった雨宮《あまみや》のイメージは、完全に別の物となった。

「ちょっと思ったんだけど、るみちーのプレゼント候補見に行かない？　昨日の夜、そんな話したじゃん。そんで、外で軽く何か食べるってのはどう？」

昨日、一時間半も無駄《むだ》にした原因のひとつ。あろうことか、僕から話を広げてしまった。那織《なおり》は亀嵩《かめだけ》に探《さぐ》りを入《い》れて貰《もら》っているから良《い》いが、琉実《るみ》はその辺ノーマークだった。それがどうにも不公平な気がしていた。だが、琉実《るみ》の友達で僕と仲のいい奴《やつ》はいない。そして、別れた彼女にあげるプレゼントというのが殊更《ことさら》僕を悩《なや》ませる。

今までは、なるべく同じ物を色違《いろちが》いで、といった具合だった。しかし、あの二人の性格や趣《しゅ》向《こう》を考えると、それぞれ別の物を渡《わた》した方が良《い》いのではないかと思い始めた。それがここ数日、僕を悩《なや》ませている原因だ。別の物を用意するとなると、考える時間は二倍になる。

雨宮《あまみや》の存在は渡《わた》りに船――だったかも知れない。

「外、か。しかしなぁ。まだ完全に今日の分が終わったわけじゃないし……」

ざっと見積もってあと二時間分くらいか。何だかんだ言って、進捗《しんちょく》は悪くない。

「えー、まだあんのー？」

パラパラと残りを確認《かくにん》する。思いの外少ない。

「あとちょっとってとこだな――」

「じゃ、帰ってからやればイイっしょ？」

「ちゃんと帰ってからやるか？」

「やるやるー。だから、行こっ」

マンションの近くに大型のショッピングモールがある。雨宮《あまみや》がそこに行こうと言い出した。

人の多い所に行きたくはないが、テナントの種類は多種多様で数も多い。フードコートも充《じゅう》実《じつ》している。プレゼントを探すには効率的だと言わざるを得ない。

「じゃ、着替《きが》えてくるから、ちょっと待っててー」

そう言って消えた雨宮《あまみや》が戻《もど》ってきたのは、十分後だった。

お団子は解《ほど》かれ、金色の毛先がふわふわと揺《ゆ》れている。肩《かた》ががっつりと出たトップスに、ちょっとダボっとしたパンツ姿。ごてごてしているわけじゃないが、さすがモデル、たったそれだけでもオーラが凄《すご》い。シンプルにスタイルが良《い》いからなんだろう。最近、ジャージ姿ばかり見ていたから、新鮮《しんせん》というか妙《みょう》な違和感《いわかん》がある。

「そうやって私服姿を見ると、確かにモデルっぽい」

「っぽいって。ちゃんとモデルやってっから。雑誌見る？　持ってこようか？」

「いいって。悪かったよ」

胸元《むなもと》に下げたサングラスが、複合的な理由で目を引く。薄着《うすぎ》だと——何処《どこ》とは言わないが、インパクトが凄《すご》い。日焼け対策なのか、手には薄手《うすで》のシャツ。

外に出ると、容赦《ようしゃ》のない熱気が辺《あた》りを覆《おお》い尽《つ》くしていて、酸素が薄《うす》い気がした。久々の晴れ間、外はもう夏だ。お陰《かげ》で、モールに着く頃《ころ》にはすっかり汗《あせ》だくだ。

「こんなのがイイとかあるん？」

雨宮《あまみや》が店内に入るなり訊《き》いてきた。

「特に考えてないんだよな。雨宮《あまみや》だったら何を貰《もら》うと嬉《うれ》しいんだ？　化粧品《けしょうひん》とか服か？」

「うーん、コスメはないなー。だってるみちーの肌質《はだしつ》とか普段《ふだん》使ってる物とかわかるの？　肌《はだ》につけるものだし、肌《はだ》に合うとか合わないがあるからね。色だって、イエベとかブルべから考えないと合わなくない？　ネイルとかならその辺イイけど、色の好みは難しいからなー」

確かに、雨宮《あまみや》の言う通りだ。反論の余地が無い。あと、イエベとかブルべって何だ？　そう訊《き》こうと思ったが、慈衣菜《しえな》が話を続けたのでやめた。頭の片隅《かたすみ》に置いておいて、あとで調べてみよう。知らない言葉だ。

「服も微妙《びみょう》に重くない？　くれた人に会う時、着なきゃ感あんじゃん。そーゆーの、エナはダルいからイヤ。趣味《しゅみ》が合ってなかったら最悪だし。せめて小物くらいかなー。もち、変なデザインじゃなければばって感じ。でも、最終的には、誰がくれたかでそういうのも全部どーでもよくなるんだけどねー」

「参考になったような、ならないような。ふんわりしたまとめだな」

「プレゼントなんて、そんなもんじゃない？　こーゆーのは気持ちっしょ？」

「振《ふ》り出《だ》しに戻《もど》ったぞ。率直《そっちょく》に雨宮《あまみや》だったら何を贈ればいいと思う？」

「うーん、告るとかじゃないいんしょ？」

「当たり前だっ。それは説明しただろ」

「だったら、あんまり重くない感じがイイよーな気がするなー。軽めっていうか、ちょっと欲《ほ》しいけど、自分じゃ買わない、みたいな物がよくない？　そういうの貰《もら》ったらアガるよね」

なるほど。それは一理ある。買おうと思えば買えるけど、なんなら欲《ほ》しいけれど、買おうかどうしようか悩《なや》む物ってことだよな。

「頭いいな」

「ほら、エナは天才だから」

「じゃあ、是非《ぜひ》ともそれが何なのか教えてくれ。天才なんだろ？」

「え、えっと……」

ばっちり決めたギャルが明らかに動揺《どうよう》している。これはこれで面白《おもしろ》いので、もう少し泳がせておく。「あー」とか「うーん」とかひとしきり唸《うな》った後、ドヤ顔で「雑貨屋さんに行こう。答えはそこにあるっ」と雨宮《あまみや》が言い切った。

結論から言えば、「ちょっと欲《ほ》しいけど、自分じゃ買わない、みたいな物」という忠言以外、雨宮《あまみや》は役に立たなかった。雑貨屋では「これカワイイ、買っちゃおっかな」だの「へー、これの新作出てるんだー」だの、完全に自分のことにしか目が行っておらず、次第《しだい》に付き合うのが面倒《めんどう》になって、僕はひとりであれこれ考える方が有益だと判断した。

ちょっと欲《ほ》しいけど、自分じゃ買わない、みたいな物——心当たりが無いわけではない。昔から、琉実《るみ》は滅多《めった》に物を買《か》い替《か》えない。新しい物が欲《ほ》しいと心の中で思っていても、口を開けば「まだ使えるから。勿体《もったい》ないよ」と言う。おばさんや那織《なおり》や僕に言われて、渋々《しぶしぶ》買い替《か》える、みたいなことがままあった。

普段《ふだん》から使える物だし、そんなに重いものでもない。我ながら悪くない。

「どう、決まった？」

「おかげ様でな」

「やっぱ、エナと来て正解！　ってことでしょ？」

「自分の欲《ほ》しい物ばかり見ていた癖《くせ》によく言うな」

「へへっ。さーせん。久しぶりに外出たからテンションあがっちった」

「あの部屋を見た時、そうなんじゃないかって思ったよ。人のこと引きこもりだとか言っておいて、自分だって誘《さそ》われない限り、家から出ないタイプなんだろ？」

「そーゆーこと。いや、別に外嫌《きら》いじゃないんだよ？　ただ、やらなきゃいけないクエストとか……あと、デイリーのイベとか……その、忙《いそが》しいんだよねー。溜《た》まったアニメだって消化しなきゃだし、YouTubeだって……わかるっしょ？」

「そいつは大変だな」その手のゲームに興味はないが、後半は理解出来なくない。

「それより、るみちーのことばっかりだけど、那織《なおり》ちゃんはホントにイイの？」

「それは考えてるから大丈夫《だいじょうぶ》。心配には及《およ》ばない」

「ふーん。元カノへのプレゼントはエナに訊《き》くのにねー」

「随分《ずいぶん》と棘《とげ》のある言い方だな」

「そーゆーわけじゃないけど、なんだかなーって。ま、るみちーのプレゼント候補も決まったことだし――」

「何か食べるか？」

「その前に、もうちょっと服見ていい？　お腹一杯《なかいっぱい》だと、動けないじゃん？」

※　※　※

（神宮寺《じんぐうじ》那織《なおり》）


髪《かみ》を乾《かわ》かし終《お》わって部屋に戻《もど》ると、部長が私の下着を自分に当てていた。例のアレ。

「ななな、なにやってんのっ！」

「ご、ごめんっ！　で、でも勝手に漁《あさ》ったわけじゃないよっ。ぬいぐるみの隣《となり》に丸まった物が置いてあって、何だろうなって手に取ったら――どぎついTバックで……思わず」

ぬかった！　他の下着と一緒《いっしょ》にしておくと、洗濯物《せんたくもの》を仕舞《しま》いに来たお母さんに見られると思って、どうしよっかなーって悩《なや》んだまま置きっぱなしだったんだっ！　完っ全に忘れてた。

下着を当てたままフリーズしている部長からTバックを引《ひ》っ手繰《たく》って、机の抽斗《ひきだし》に仕舞《しま》う。

こういうイベントって、普通《ふつう》は意中の男子とやるものじゃないのっ⁉　嬉《うれ》し恥《は》ずかしどっきりイベントでしょ？　どうして私の場合は女友達相手なのっ⁉　しかも、部長っ！

「イベント無駄《むだ》にしたっ！」

「イベント……？」

「いい。こっちの話。気にしないで。メイクするからもうちょっと待ってて」

「はいはーい」

それから部長と適当に話しながらメイクして、「久しぶりに新都心《しんとしん》でもうろうろしない？」と言う部長にくっ付いていく。外に出ると、お風呂で清《きよ》めたばかりの身体《からだ》に汗《あせ》が浮《う》く。

暑いっ！　溶《と》けるっ！　梅雨入《つゆい》りしたんじゃないの？　季節感おかしいよっ！

早くも私は外に出たことを後悔《こうかい》した。何なら、部長の誘《さそ》いに乗ったことを悔悟《かいご》した。けど、何だかんだ言って部長のこういうやり方は嫌《きら》いじゃない。部長じゃなかったら、家に上げてない。ううん。違《ちが》う。部長相手じゃなかったら、私は電話にも出ていない。

今でこそこうして巫山戯《ふざけ》合える仲だけど、初めから意気投合したわけじゃない。

そもそも、私が本音で話せる人は、家族を除けば純君《じゅんくん》くらいだった。

小さい頃《ころ》はそれなりに周りの子と遊んでいたけれど、年を重ねるごとに色んなことが稚拙《ちせつ》に思えてきて仕方なかった。話が合わない。それが一番苦痛だった。こんなことして遊ぶくらいなら、本でも読んでいたいって。そればっかり考えてた。挙句《あげく》に「神宮寺《じんぐうじ》さんは頭が良《い》いから」とか「那織《なおり》ちゃんは可愛《かわい》くて良《い》いよね」とか。何それ。勉強すればいいじゃん。可愛《かわい》くなればいいじゃん。知らないよ。それを私に言って何になるの？

そう言ってやりたかった。ちょっとは言ったかも知れない。フルフルとのこともあったし、言ったんだと思う。あんまり覚えていない。あの頃《ころ》は色んなことに嫌気《いやけ》が差していた。

——那織《なおり》ちゃんは私達と違《ちが》うから。

違《ちが》くなんてない。あんた達が勝手に違《ちが》うって思い込んでいるだけ。そうやって簡単な言葉に騙《だま》されて、違《ちが》うという認識《にんしき》を持ったことに満足して、私を遠ざけていく。壁《かべ》を作っていく。

そう思っていたけど、みんなと会話を楽しめないのは私だけなんだって思ったら、私が異分子なんだって実感した。だから私は、みんなよりももっと高い壁《かべ》を作った。

そうやって作られた壁《かべ》は、ぼんやりとした寂《さび》しさ程度の理由じゃ破ることは出来なかった。

中学に入って——折角《せっかく》受験もしたことだし、幾何《いくばく》かはマシになるのではと淡《あわ》い期待を抱《いだ》いていたけど、みんな賢《かしこ》そうな顔をしていたけど、なんか違《ちが》うなって思った。

でも、私は莫迦《ばか》じゃない。中高一貫校《ちゅうこういっかんこう》で人付き合いを捨てようなんて愚《おろ》かなことは考えなかった。話くらい合わせる。作り笑いくらいしてやる。琉実《るみ》に出来て私に出来ない筈《はず》がない。

あ、運動は例外。あれは——そう、身体《からだ》の作りが違《ちが》う。だから仕方ない。

そうやって始まった中学生活は、そりゃ最初の内は精神をかなり磨《す》り減《へ》らしたけれど、毎日繰《く》り返《かえ》すことで鈍化《どんか》する。習慣になる。ただ、たまに大きな溜《た》め息《いき》が漏《も》れた。

本当はこう言いたい、こう返したい——分《わ》かって貰《もら》えないから別の言葉を用意する。好きに言えない歯がゆさ、好きな話が出来ないもどかしさは、どんどん純君《じゅん》に向かっていった。だから、一緒《いっしょ》に登校した。放課後も、純《じゅん》君の部活が終わるのを待った。学校でのもやもやを吐《は》き出《だ》せる大切な——貴重な友人だった。

そんな中等部一年生のある日、席替《せきが》えで『砂の器《うつわ》』みたいな苗字《みょうじ》の子と同じ班になった。元々席は近かったけれど、別の班だった。それまではちょっと話したことがある程度、だったと思う。正直、あんまり覚えていない。クラスメイトの内のひとりでしかない。

表面上はそれなりに上手《うま》くやっていた。理科の授業だったか、同じ班の男子が芸人の真似《まね》をして笑いを取っていた。芸人なんて興味なかったけれども、あの頃《ころ》は話題を合わせる為《ため》にテレビを観《み》ていたから、ネタは分かった。はっきり言って、その男子の真似《まね》は全然面白《おもしろ》くなかった。笑う振《ふ》りして、内心では莫迦《ばか》にしていた。目の前から消えないかなーって思ってた。

授業が終わって教室に戻《もど》る途中《とちゅう》、『砂の器《うつわ》』みたいな苗字《みようじ》の子に言われた。

――さっき、顔ひきつってたよ。もうちょっと練習しないと。

何この子。許さない。絶対に倒《たお》してやるって思った。

その日から『砂の器《うつわ》』みたいな苗字《みようじ》の子と会話する時は、表情筋の使い方に神経を集中させながら、言葉の端々《はしばし》に棘《とげ》を仕込《しこ》むことにした。意見が食《く》い違《ちが》えば、同意する振《ふ》りをして、少しずつ論調を変えた。論理的に言いくるめた。私のやり方に気付いた彼女は、次第《しだい》に理論武装するようになった。「これ知ってる?」と言わんばかりの知識をぶつけてくるようになった。

お互《たが》い、尋常《じんじょう》じゃないくらい負《ま》けず嫌《ぎら》いだった。

結果、純《じゅん》君以外に張り合える相手が生まれた。

あとは、喧嘩《けんか》して本音を言い合って終わり。

今でも、部長とこの時の話をたまにする。

部長曰《いわ》く、「あの時は本気で先生のこと嫌《きら》いだったなぁ。何でも適当に躱《かわ》して、それでいて美味《おい》しい所を持っていく感じが本当に嫌《いや》だった。しかも、ちょっとぶりっ子入ってる感じがあったから、男子からはちやほやされるし。担任の大林《おおばやし》先生だって明らかに態度違《ちが》ったよね。大人の男の人でもそうなんだって、すっごく悔《くや》しかった」と。

今じゃ部長からこんなこと言われても一言で返すだけ。「可愛《かわい》くてごめんね」

当時も内心はそう思ってたけど。口にしないだけ。

けらけらと笑いながらモールの中ではしゃぐ部長を見ていて、今の学校に行って良かったと心の底から思う。建て前とプライドが渦巻《うずま》く女子高生という生き物をやっていると、部長の有《あ》り難《がた》さを実感する。他にも仲の良い子は居るけど、それは基本学校だけ。学校の外で、余所行《よそい》きの猫《ねこ》を被《かぶ》らずに、遠慮《えんりょ》なく本音で言い合えるのは部長だけ。

「ね、先生。何ぼんやりしてんの？　ほら、これ見てよ」

「何？」

部長が不細工なマナティーのぬいぐるみを見せつけてくる。

「先生そっくりじゃない？」

「は？　こんな不細工じゃないから。私はもっと可愛《かわい》いでしょっ。ほら、これとか」

両手を挙げて威嚇《いかく》するミナミコアリクイ。手に取ってから思った。これ、部長っぽい。

「えー、先生はそんなこぢんまりしてないよ。もっとふてぶてしい――」

「よく見たら、これ部長っぽい」

「それっ、カワイイって言ってくれてる？」部長の顔が明るくなる。

「必死に身体《からだ》を大きく見せて虚勢《きょせい》張ってるとこが部長そっくり」

部長がこれ見よがしに嘆息《たんそく》して「……はぁ。先生のお腹《なか》を割《さ》いて鳥を詰《つ》めたいなー。先生でキビヤック作りたいなー」と明後日《あさって》の方を向きながら猟奇的《りようきてき》な事を口走った。
キ、キビヤック？　あのアザラシのお腹《なか》に鳥を詰《つ》めて熟成させる民族料理？
やっぱりクレイジーサイコガールだっ！　友人に言う台詞《せりふ》じゃないよっ！

「……ちゃんと責任もって食べるんだろうね？」

「それは勘弁《かんべん》して下《くだ》さい。私はキビヤックを作るだけで満足です」

「食べてよっ！　私のお腹《なか》で発酵《はっこう》させた海鳥の内臓をするところまでセットだからねっ！」

「うぇっ。想像しただけで気持ち悪い」

諸々《もろもろ》の前言を撤回《てっかい》したい。友達、間違《まちが》えたかな？　自信が無くなってきた。

「自分でキビヤックって言ったんでしょっ！」

「ごめんごめん。ふと思ったんだけど、キビヤックのぬいぐるみあったら可愛《かわい》くない？　お腹《なか》の中から鳥のぬいぐるみが出てくるの」

「……何その猟奇的《りようきてき》なぬいぐるみ。でも、嫌《きら》いじゃない。そういうの好き」

「だと思った」

手にしたミナミコアリクイを戻《もど》そうと——名残惜《なごりお》しい。怒《おこ》った部長感が絶妙《ぜつみよう》過ぎる。そうだっ！　部長の誕プレ候補にしておこう。うん、悪くない。ちらっと値札を確認《かくにん》。今日の手持ちじゃ破産するけど、そこまでじゃない。プレゼントとしても最適な価格帯。

ミナミコアリクイ君、ちゃんと冬まで生き残るんだぞっ。

「ね、次どこ行く？　ガチャガチャやる？　クレーンゲームやる？」

今日はテンション高いなぁ。はしゃぎっぷりが半端《はんぱ》じゃない。

「ガチャガチャからのヴィレヴァン？」ザ・定番ルート。

「それだっ！　そうと決まれば——ね、あれって……」

動きが止まる。おずおずと部長が指した方向を目で追って——あっ！

えっ！

なんで？

どうして？

ありえない！

バカっぽいオフショルのトップスを着たぱーぷりんと——純《じゅん》君。

「……白崎《しろさき》君と慈衣菜《しえな》ちゃん、だよね……って、先生っ！　般若《はんにゃ》みたいなお顔にっ！」

「……殺人って、刑法《けいほう》何条だっけ？　初犯は六年？」

「一九九条……って、ダメだよっ！　それはダメだよっ！　落ち着いてっ！」

部長が私の手を取ってぎゅっと握《にぎ》ろうとするが、私の拳《こぶし》は固く締《し》まってほどけない。

言わんこっちゃない。あの女、血祭りに上げてくれる。

※　※　※

（神宮寺《じんぐうじ》琉実《るみ》）


体育館の隅《すみ》で、汗《あせ》を拭《ふ》いて水筒《すいとう》を取る。ふぅ。冷えたスポドリが身体《からだ》に染《し》みていく。

バッグからスマホを出してチェックすると、那織《なおり》からラインが入っていた。

《緊急《きんきゅう》》

《バカ女と純君《じゅん》がデートしてる》

《どっかの誰《だれ》かさんは大丈夫《だいじょうぶ》って言ってましたよね？》

純《じゅん》と慈衣菜《しえな》がデート？　まさか。あの二人に限ってそれはないでしょ。ちょっと息抜《いきぬ》きに出《で》掛《か》けたとかそんな感じ……じゃないの？

「琉実《るみ》、どうした？　顔が険しいよ？」

麗良《れいら》が隣《となり》に腰《こし》を下ろした。体育座りをして、腕《うで》を投げ出したまま大きく息を吐《は》いた。

「ううん。大丈夫《だいじょうぶ》。それより、今日の練習はしんどいよね。わたしも結構疲《つか》れた」

「全然大丈夫《だいじょうぶ》じゃないけど、心配かけるのはアレだし、大丈夫《だいじょうぶ》って言っとこうって感じ？」

三年生の動きを目で追いながら、麗良《れいら》が言った。露骨《ろこつ》に雑談できる雰囲気《ふんいき》じゃない。

飲み物をぐびぐび飲んでいる麗良《れいら》に、「ちょっと、やめてよ。ほんと、そこまでじゃないから」と返す。わざわざ相談するほどのことじゃない。今のところ。

「そこまでではないけど、少しはあるんだ？」

初めて麗良《れいら》がわたしの顔を見た。ちょっとだけ優《やさ》しい目をして、「言いたくなったら遠慮《えんりょ》なく言いなよ。琉実《るみ》といい、可南子《かなこ》といい、溜《た》め込《こ》むのは悪い癖《くせ》だよ」と言って、わたしの頭をくしゃくしゃっと雑に撫《な》でて立ち上がった。

「さ、うちらもあとひと踏《ふ》ん張《ば》り。行くよー」

麗良《れいら》が声を出しながらコートに戻《もど》っていく。

敵《かな》わないなぁ。

こういうさり気なさ、ほんと惚《ほ》れそう。

わたしがこんなんじゃダメだ。よしっ。

膝《ひざ》に手をついて肩《かた》で息をしている可南子《かなこ》のお尻《しり》を叩《たた》く。

「水分取った？」

「まだ」

「行っといで」

さて、あとちょっと。気合入れないと。那織《なおり》のことは後回し。

練習が終わり、更衣室《こういしつ》で着替《きが》えながら、スマホを取り出す。通知を示す赤い丸がアイコンの上にあった。七件。開くと、五件は那織《なおり》。二件は亀《かめ》ちゃん。

那織《なおり》とのトークを開くと――、
慈衣菜《しえな》と純《じゅん》が、フードコートらしき所で食事をしている写真。

純《じゅん》のアイスを食べようと、身を乗り出している慈衣菜《しえな》の写真。

慈衣菜《しえな》が純《じゅん》にアイスを食べさせようと、あーんしている写真。

《どこが大丈夫《だいじょうぶ》なの？》

《仲睦《なかむつ》まじいデートに見えるけど》

完全に怒《おこ》ってる。あいつ、怒鳴《どな》り込《こ》んだりしてないよね？　あー、心配になってきた。

送られてきた時間を確認《かくにん》すると、最後のメッセージから既《すで》に二時間。

それにしたって、この写真は……幾《いく》らわたしでもちょっと思うところあるわ。生で見た那織《なおり》の気持ちがわからないでもない。でも、これは慈衣菜《しえな》だから何の意図もなくできているわけだし、その辺の基準がちょっと違《ちが》うっていうか……落ち着け。そうだ、落ち着こう。

ぷいっ。

頬《ほお》に人差し指がめり込む。

「また顔が強張《こわば》ってる。さっきの続き？」

「う、うん。そんなとこ」

「白崎《しろさき》関係？」

「それも多少はあるけど……うちの愚妹《ぐまい》にひいてる」

離《はな》れたところで着替《きが》えていた可南子《かなこ》が、「琉実《るみ》ー、このあとどーする？」と叫《さけ》んだ。

可南子《かなこ》の声に釣《つ》られて、みんながわたしの方を向く。

「ごめん。今日は帰るっ！」

みんなと夕飯を食べてる場合じゃない。なんかやらかす前に、那織《なおり》に会わなきゃ。

純《じゅん》とも話がしたい。慈衣菜《しえな》は——多分、大丈夫《だいじょうぶ》。ちらっと可南子《かなこ》に目をやる。

「ね、可南子《かなこ》」

「んー？」

「次は行くから。今日は、ごめん。みんなもごめんね」

改めて断りを入れてから、麗良《れいら》に向き直る。

「麗良《れいら》は……その、嫉妬《しっと》ってする？」

「い、いきなり何っ」珍《めずら》しく麗良《れいら》がうろたえた。

「たとえば、他の女の子と喋《しゃべ》ったりしてるのを見ちゃうとか」

「その程度ではしないかなぁ。もちろん、仲良さそうにベタベタしてると、ちょっとってなるけど……そもそも学校違《ちが》うし、そういう場面にあんまり出くわさないってのもある、かな」

なるほど。

「じゃあ、女の子と一緒《いっしょ》に出掛《でか》けてたら？」

「……理由によるかなぁ。百パーやだってわけじゃないけど……やっぱ、嫌《いや》かも。彼女を不安にさせることとしたら、理由がどーのじゃなくて、アウトでしょ？」

「だよね。仮に、どっちも好意がない、としたら？　そういう関係じゃない的な――」

「それこそ理由によるけど……事前に言ってほしいな。せめて」

そうだよね。そうじゃなきゃ、不公平だよね。

「貴重な意見、ありがと。助かる」

「こんなんで良かったの？」

「うん、十分だよ」

さて、那織《なおり》を捕《つか》まえて――もう家かな。まだ亀《かめ》ちゃんと一緒《いっしょ》に居る？　まさか慈衣菜《しえな》や純《じゅん》のところ……そう言えば、亀《かめ》ちゃんからも連絡《れんらく》が来ていたんだった。スマホを再び確認《かくにん》する。

《なおちゃんとそっちに行く》

《私は止めたけど、なおちゃんが聞いてくれない》

え？　那織《なおり》が来てんの？　学校に？

急がなきゃ。慌《あわ》てて身支度《みじたく》を整え、麗良《れいら》に「鍵《かぎ》とかもろもろ、よろしく」と伝えて、「じゃ、用事あるから先帰るねっ！」とみんなに言って更衣室《こういしつ》を飛び出した。先輩《せんぱい》の姿が見えて、ちょっとスピードを緩《ゆる》めて挨拶《あいさつ》。とりあえず、正門？　正門だよね？　ああっ、遠いっ。

走りながらスマホを取り出して、那織《なおり》に電話をかける。ようやく正門が見えてきた。

出ない。だったら、亀《かめ》ちゃんに——正門のところで、那織《なおり》が仁王立《におうだ》ちしていた。

あんにゃろっ。出ろっ！

呼び出しを切って、スマホを仕舞《しま》う。守衛《しゅえい》さんに挨拶《あいさつ》して正門を出る。

「あんた、電話に出なさいよっ！」

「だったら、既読《きどく》スルーしないで」

「それは……練習してたんだからしょうがないでしょっ！」

「えっと、その、神宮寺《じんぐうじ》の姓《せい》を持つお二人さん、ここで喧嘩《けんか》腰《ごし》の立ち話は悪目立ちするかと思うんですけど。如何《いかが》でしょう、場所を変えてみては」

亀《かめ》ちゃんが那織《なおり》の横からひょっこり顔を出した。

「そ、そうだね。どうしよっか？」

「琉実《るみ》ちゃん、ご飯はお家《うち》？　それとも外？」

「……考えてない」

お母さんに連絡《れんらく》するの忘れてたっ。外で食べるんなら、早めに連絡《れんらく》しなさいって言われてたんだった。あー、えっと……「亀《かめ》ちゃんは？」

「うーんと、まだそういう話は出来てないっていうか……先生、どーする？」

亀《かめ》ちゃんが那織《なおり》の顔色を窺《うかが》いながら、おずおずと尋《たず》ねる。

「外で良《い》いよ。夕飯代貰《もら》って出て来たし」

腕《うで》を組んだまま、那織《なおり》がぶっきらぼうに言った。ちょっと、その態度はなくない？

この状態の那織《なおり》は半端《はんぱ》なく面倒《めんどう》くさい。今のままだと落ち着いて話せそうにないけど、食べ物を与《あた》えれば機嫌《きげん》が戻《もど》るかもしれない。ただ、これだけは言わせて。

「またあんたはそうやってすぐねだる。ちょっとはやり繰《く》りを――」

「琉実《るみ》ちゃんっ！　気持ちはわかるけど、ここは抑《おさ》えて」

「ご、ごめん。じゃあ、わたしもお母さんに連絡《れんらく》する」

お母さんに〈晩ご飯は外で食べる。那織《なおり》も一緒《いっしょ》〉と送ると、《もっと早く連絡《れんらく》してよね。用意してないからいいけど》と返ってきた。用意してないのっ？　家で食べるって言ったらどうするつもりだったのっ⁉　と思いつつ、触《ふ》れないでおく。我が家は基本そんな感じ。

「じゃあ、どこにする？　亀《かめ》ちゃんは何食べたいとかある？」

「なんでもいいよー」

「どうしよっかぁ。結構お腹減ってるし――」

「ちょっとっ！　私にも訊《き》いてよっ！　さらっと無視しないでっ！」

さっきまでぶすっとして口をへの字にしていた癖《くせ》に、食べ物の話になるとこれだ。

「だってお肉が食べられれば満足でしょ？」

「先生は口を開けばそればっかだよねー」

「二人して私のことを飢《う》えた肉食獣《にくしょくじゅう》みたいに言わないでよ。お肉ばかりじゃないから。たまには草だって食べるよっ！」

「草」亀《かめ》ちゃんが反芻《はんすう》したのか、煽《あお》ってるのかわからない反応をする。

多分、後者だ。亀《かめ》ちゃんの煽《あお》りスキルは半端《はんぱ》じゃない。わたしの知る限り、那織《なおり》を徹底的《てっていてき》に追い込めるのは亀《かめ》ちゃんだけ。純《じゅん》やお父さんよりも、対那織《なおり》戦は亀《かめ》ちゃんの方が強い。

あとは、お母さん。我が家で最強。お母さんには、那織《なおり》の屁理屈《へりくつ》も通じない。

「わたしもお腹空《なかす》いた。今日はマジで疲《つか》れたし。ファミレスだったらお肉もあるでしょ？」

「私は何でもおっけーだよ。琉実《るみ》ちゃんとご飯なんて久《ひさ》し振《ぶ》り」亀《かめ》ちゃんが頷《うなず》いた。

「だね。いつぶりだろう」

後ろで那織《なおり》が「……昨日もファミレス……今日もファミレス……別のところがいい……せめて別系統のファミレス……段々とファミレスがゲシュタルト崩壊《ほうかい》してきた……」と延々ぶつぶつ言っている。ああ、うるさいなぁっ。「文句あるなら、別の案出してよ」

「文句はあるけど、案はない」

こいつ……と思っていると、亀《かめ》ちゃんがズバッと切り込んでいく。

「先生、そういうのは国会答弁だけにして欲しいな。ほら、なんか考えて。私は先生のお腹《なか》に訊《き》いてみるから」

亀《かめ》ちゃんが、那織《なおり》のお腹《なか》にいきなり耳を当てて「先生の胃袋《いぶくろ》は何を求めているの？　んー、なんだって？　よく聞こえな〜い。もしも〜し、聞こえてますか？」と言い出した。

「ちょっと、人のお腹《なか》に耳当てないで。なんか恥《は》ずかしい」

「先生がこの程度のことで恥《は》ずかしがっているっ！　超意外《ちょういがい》」

なにそれ。わたしも交ざりたいっ。「どう？　聞こえる？」

「このバカどもっ。二人して私のお腹《なか》に耳を当てないでっ！」

那織《なおり》がわたしたちの頭を押さえて、後ずさる。

「ね、亀《かめ》ちゃん。何か聞こえた？」

「聞こえなかったー。やっぱり、脂肪《しぼう》の壁《かべ》が──ふにゃっ」

バシンっという音。そして亀《かめ》ちゃんが頭を押さえる。

「ちょっとっ！　亀《かめ》ちゃんを叩《たた》かないでっ！」

「その小娘《こむすめ》が……人のお腹《なか》を捕《つか》まえて、失礼千万なことを口走るからだっ！」

「亀《かめ》ちゃん、ごめんね。うちの那織《なおり》が」亀《かめ》ちゃんの頭を抱《だ》くようにして、さする。

「琉実《るみ》ちゃん、先生は悪くないよ。悪いのは私なんだ。先生の地雷《じらい》を見付けると、どうしても踏《ふ》みたくなるこの私が全部悪いの……先生、ごめんね。私、先生とだったらどこのお店でも満足だよ。だから、先生の行きたいお店に付き合うよ」

「部長がそう言うなら……うし、間を取って、今日はイタリアン系のお店にしない？」

那織《なおり》がこれ以上ないくらい自信満々な──ドヤ顔で言った。

「「あいだ？」」

思わず亀《かめ》ちゃんと声が重なる。

どことどこの間を取ればイタリアンになるわけ？

「細かいことは良《い》いのっ！　そんなことより、気にするべきはあのぱーぷりんの件だよ！」

亀《かめ》ちゃんはシーフードのペペロンチーノ、わたしはサーモンとイクラの和風《わふう》。那織《なおり》はカルボナーラ。そして、サラダとピザを頼《たの》んで、みんなでシェア。イタリアン、正解だったかも。

なんとなく食べ終わったくらいで、それまで黙々《もくもく》と食べていた那織《なおり》が口を開いた。

「で、そろそろ本題に入りたいんだけど、いい？」

「うん」

姿勢を正して、口の中をハーブティーですっきりさせる。

「率直《そっちょく》に訊《き》くけど、あの写真を見てどう思った？」

「包《つつ》み隠《かく》さずに言っちゃうと、もやもやする。だから、那織《なおり》の気持ちもわかる。でも、わたしは二人には何もない……少なくとも慈衣菜《しえな》にそういうつもりはないって思ってる」

わたしは知っている。あの子——慈衣菜《しえな》はそうじゃない。人のそういうことを、いくら妹だと言っても勝手に言うのは抵抗《ていこう》がある。嘘《うそ》は言わずに、全部は言わない。

それは慈衣菜《しえな》に訊《き》いてからじゃないとダメ。友達として。

「なんでそんなこと言えるの？　乱脈《らんみゃく》な説明じゃ納得《なっとく》しないからね」

「……だって、慈衣菜《しえな》は……多分、好きな人が居る。そして、それは純《じゅん》じゃない」

那織《なおり》は驚《おどろ》いたそぶりも見せずに、「それはいつの話？　継続《けいぞく》してるの？」と畳《たた》みかけた。

「その話を慈衣菜《しえな》としたのは昨日今日じゃないから、はっきりとは言い切れないけど……那織《なおり》が心配するようなことはない……と思う」

那織《なおり》が頰杖《ほおづえ》をついて、眉間《みけん》に皺《しわ》を寄せながら目を伏《ふ》せた。

それまで黙《だま》っていた亀《かめ》ちゃんが、「そうだよ。先生、ちょっと落ち着いて様子を見るっていうのもいいんじゃない？」と那織《なおり》の腕《うで》に触《さわ》りながら言った。

よく見ると、那織《なおり》の腕《うで》をもみもみしている。亀《かめ》ちゃん、やっぱ変わってるわ。それについて那織《なおり》も何も言わないし、あれがあの二人の日常なんだろうなぁ。

「今日、白崎《しろさき》君と慈衣菜《しえな》ちゃんを見付けた時の先生ったら、夜叉《ヤクシニー》が降臨したのかと思っちゃった。今にも飛《と》び掛《か》かって喰《く》らい付《つ》くんじゃないかって。宥《なだ》めるの大変だったよー」

「それはお疲《つか》れさまでした。と言うか、ありがとね」

「何？　私が悪者の流れなの？」那織《なおり》がわたしを睨《にら》みつける。

「そこまでは言ってないじゃない。那織《なおり》の言うこともわかるよって」

「てか、最初から琉実《るみ》がそういうことを言ってくれていれば、多少は対応が違《ちが》ったと思うんだけど、それについて釈明《しゃくめい》はある？」

「……ごめん。確かに言葉足らずだった。けど、友達のそういう、話を人に言うのは、なるべくしたくなかったんだ。ごめん」

わたしがされたらイヤだから。

「結局、言ってるじゃん」嘲笑《ちょうしょう》混じりに那織《なおり》が言う。

「だって、あんた、納得《なっとく》しないでしょ？」

「今だって納得《なっとく》してないけどね」

「先生、そんなに怒《おこ》んないの。ぷんぷんしたい気持ちは分かるけど、琉実《るみ》ちゃんの言ってることは間違《まちが》ってないし、間に挟《はさ》まれた琉実《るみ》ちゃんだって色々悩《なや》んでたんだと思うよ」

亀《かめ》ちゃんがこっちを向いて、「ね？」とわたしに同意を促《うなが》してきた。

「ちょっとは……そうだね。わたしだって、純《じゅん》が引き受けると思ってなかったし」

「じゃ、純《じゅん》君が悪いってこと？」

「先生、誰《だれ》が悪いとかじゃないよ。慈衣菜《しえな》ちゃんにそういう気が無いってことがわかったんだし、今日の所はこれでいいじゃん。ね。気を取り直して、デザートでも食べよっ」

渋々納得《しぶしぶなっとく》した感じでもなく、ただただ気に入らないって顔のまま、那織《なおり》が黙《だま》った。

わたしが「那織《なおり》、ごめんね」と言っても、反応すらしない。でも、まだ言い足りないって顔じゃなくて――多分、感情的になってバツが悪いだけ。切《き》っ掛《か》けさえあれば、大丈夫《だいじょうぶ》。めんどうな妹だけど、こういうとこは今でも子どもっぽい。わたしとしては、安心するって言ったら変だけど、完璧超人《かんぺきちょうじん》でいられるよりよっぽどいい。成績が良くて、性格まで大人だったら、わたしなんてどうすればいいかわかんない。

「さぁ〜て、ドルチェはどれにしよーかなー」

亀《かめ》ちゃんが、恐《おそ》らくわざと明るく言って、メニューを広げた。

「わたしも食べる。亀《かめ》ちゃんはどれにする？」

「私は……このプリンとジェラートにしようーかなー」

「それ美味《おい》しそうっ。あっ、このティラミスとチーズケーキのヤツも捨てがたい……悩《なや》むなぁ。ほら、那織《なおり》はどうする？　那織《なおり》も食べるでしょ？　どれにする？　ティラミスとガトーショコラの組み合わせもいいよね」

バトンはわたしから渡《わた》す。

「私なら、そっちかな。ティラミスとチーズケーキは……チーズが被《かぶ》ってる」

真《ま》っ直《す》ぐこっちは見ないけど、話には乗ってきた。やっぱり。もう大丈夫《だいじょうぶ》。

「じゃあ――」

「……チーズケーキも捨てがたい」

すぐこれだ。けど、こういうとこも含《ふく》めて、わたしの妹。

「先生、全部載《の》ってるのもあるよ。ほら。これならどう？」

「だったらそれに……これだとプリンとジェラートが無い……」

「じゃあ、みんなで分け合う？」こういう時は、それが一番。

「そうしよ。先生、それならいいでしょ？」

「しょうがないなぁ。二人がそう言うなら」

なんであんたが仕方ない感出してんのっ――と言いたいとこだけど、今日はいい。

「琉実《るみ》」

「ん？」

「さっきの話だけど――私が勉強会に行ってもいいんだよね？」

「邪魔《じゃま》しないなら、いいんじゃない？」

「するわけないでしょ。気になるくらいなら、行っちゃった方が良《い》いのかなって」

「先生がそんなこと言い出すなんて、珍《めずら》しいね」

「この間、純《じゅん》君にも訊《き》いたんだよね。そしたら、純《じゅん》君も別に構わないって……」

「ほら。那織《なおり》が気にしすぎなだけなんだよ」ちょびっとだけ、自分にも言い聞かせて。

純《じゅん》がそう言っていた――その言葉を聞いて、さっきのもやもやが薄《うす》まっていく。

「よし。決めたっ。明日も純《じゅん》君が行くなら、私も行くっ！」

元気になったのはいいけど――騒《さわ》ぎは起こさないでよね。

心配だから純《じゅん》にも言っておこっと。

第四章

TITLE

今日限りで赤の他人だからな。もう帰れ
おう。解散だ、解散。

（神宮寺《じんぐうじ》那織《なおり》）

「旧約聖書を読んだことのない、罰当《ばちあ》たりな人間が好きそうな建造物《ジッグラト》だね」

今にも降り出しそうな曇天《どんてん》の中、あの女のマンションの前に私は居た。純《じゅん》君と。

ここは地獄《じごく》への入り口。アケロンは既《すで》に渡《わた》った。ウェルギリウスよ、案内してたもれ。

昨日、純《じゅん》君とあの女が入って行くとこは確認《かくにん》している。もちろんそれを言うほど愚《おろ》かではないので、初めて見た風《ふう》の感想を——既知《きち》であることを噯《おくび》にも出さず——従容《しょうよう》たる態度で述べておく。昨日、部長に言った感想まんまなんだけど。私ったら役者さんだね。

純《じゅん》君が今日も勉強をみるというので、観察対象者に接触《せっしょく》を試みることにした。琉実《るみ》から聞いた話が本当なのかはわからないけれど、私なりに反応を見ることは出来る。情報は多ければ多いほどいい。要《い》らないのはノイズと先入観。私のは直感です。誤解無きよう。

「構造物として高い建物は好きだけど、気持ちは分かる。高さを求める人間の業《ごう》は感じる。しかし、那織《なおり》が本当に来るとは思わなかった。雨宮《あまみや》も困惑《こんわく》してたぞ。どんな心境の変化だ？」

「心境が変化してないから来たの。前にも訊《き》いたでしょ？」

「そう言えばそうだったな。あと、もしかしたらだけど、雨宮《あまみや》は那織《なおり》が思っているようなタイ

プじゃない。案外、話が合うかも知れないぞ」

合うわけないでしょ。何を根拠《こんきょ》に？　適当なこと言わないで。

「さ、早く案内してよ。ちゃんと勉強してるのか見届けなきゃ」

地獄《じごく》の内部は、なんとまあ呆《あき》れるくらいセキュリティのしっかりしたマンションで、言語をかき乱されたシナルの民《たみ》は、これくらい対策しなければ安心できないのだろう。幾重《いくえ》にも張《は》り巡《めぐ》らされた防壁《ぼうへき》を突破《とっぱ》して、あの女が住む階に着く頃《ころ》には日付が変わるのではと思うほどだった。こんな面倒《めんどう》なとこになんて住みたくない。

昨日、ぱーぷりんの父親はネデットのデザイナーだと部長から聞かされた。最近、名前を聞くようになったハイブランド。ネットの記事やYouTubeの動画で見たことがある。まだ広く浸透《しんとう》しているとは言えないけど、支持している人はそこそこ居る。そんな印象。センスは良かった。けど、買えるような値段じゃないから、積極的に調べるとかはしていない。

そして、両親は離婚《りこん》しているとかなんとか。ナヴァロンの要塞《ようさい》みたいなこのマンションは、高額慰謝料《こうがくいしゃりょう》の成せるワザなのかも知れない。正直、どうでもいい。興味はない。

純《じゅん》君がなにかやり取りをして、部屋のドアが開いた。私は後ろから観察する。

ドアの向こうから、ふわふわした金髪《きんぱつ》の女が出て来た。服はひらひらしている。誘惑《ゆうわく》目的？　下はパンツだから違《ちが》う？　この前と違《ちが》って、露出度《ろしゅつど》は高くない。余りギャルギャルしていないではないか。ちょっといいとこの子然《ぜん》としている。

「お二人さんっ！　やっと来たね１」

「お邪魔《じゃま》しまーす」　純《じゅん》君が慣れた感じで中に入って行く。

靴《くつ》を脱《ぬ》ぐ純《じゅん》君の後ろで様子を窺《うかが》う。広い玄関《げんかん》。框《かまち》に大理石。据《す》え付《つ》けられた、服が掛《か》けられそうなくらい高さのあるシューズボックス。芸能人の家みたいないわゆる感満載《まんさい》の玄関《げんかん》だけど、案外殺風景。我が家のごちゃっとした玄関《げんかん》とは大違《おおちが》い。

「えっと、那織《なおり》ちゃん、でいい？　みんなは何て呼ぶの？　ね、教えて教えて」

「……那織《なおり》ちゃんとかなおちゃんとか。そんな感じ」

約一名、よく分からない呼称《こしょう》で呼ぶ不届き者が居るけど、語るに及《およ》ばず。

「ふむふむ。てか、今日の服、鬼《おに》カワイイっ！　スカートもイイ。シルエット綺麗《きれい》。てか、パーカーカワイイ。そのパーカーどこの？　エナはそういう感じ、あんま似合わないんだよねー。超羨《ちょううらや》ましい。いーな、いーな」

ぱーぷりんが私の服をじろじろ観察してくる。興味持たれないよりはいいけど、値踏《ねぶ》みされてるみたい。「……あ、ありがと」とりあえず、言っておく。余所《よそ》行《い》きモード。レベル１。

「やー、まさかにゃおにゃおが来てくれるとはっ。テンションあがるわー」

「にゃ、にゃおにゃおっ？」

待って。にゃおにゃおって何？　いきなり馴《な》れ馴《な》れし過ぎない？　にゃおにゃお。口の中で小さく繰《く》り返《かえ》す。マジか。呼ばれたことない。響《ひび》きが可愛《かわい》いだけに複雑。

「あ、ダメだった？」

「別にダメじゃないけど……お邪魔《じゃま》します」

にゃおにゃおの是非《ぜひ》は一旦審議《いったんしんぎ》！　一時、預かり。気に入ってはないからね。断じて。どこぞのたわけが言う肉布団《にくぶとん》先生よりは数百倍マシだけど。

「部屋はこっちだよー」ギャルギャルしい女がそう言ってから振《ふ》り返《かえ》って、「そだ。エナのことわ、気軽にエナって呼んでねー」と一言添《そ》えてから、部屋に入って行った。

先にあがった純《じゅん》君のシャツを引っ張る。

「ね、基本あんな感じなの？　純《じゅん》君、よく疲《つか》れないね？」

「慣れた。ただ、今日はいつもよりテンション高いな。珍《めずら》しくジャージじゃないし」

「え？　いつもジャージなの？」

「ああ。それも学校の」

気持ちはわかる。近くにあったら、学校のハーフパンツは普通《ふつう》に穿《は》く。楽だし。何なら我が家には同い年が二人居て、しかもその内のひとりは運動部で、普通《ふつう》の家の二倍以上の在庫がある。つまりはその辺に転がってる率が高い。故《ゆえ》に着用率も高い。超重宝《ちょうちょうほう》。

けど、男子が来る時にその恰好《かっこう》は——幾《いく》ら私でもしない……しない？

ごめん、穿《は》いてる。普通《ふつう》に純《じゅん》君の前で学校のジャージ穿《は》いてる……けどっ、前提条件違《ちが》うよね？　だって私の場合は、嬉《うれ》し恥《は》ずかし初めて同級生を自宅にお呼びする的なニュアンス皆《かい》無《む》だよ？　たまにうちで夕飯食べてるし、うちの両親とも仲良《なかい》いし。

油断してるとか言うなっ！　開き直ってなんて……ないよ？　別にジャージくらい見られてもなんて思ってないよ？　待って。そもそも、ジャージ姿なんて体育の時間に見られてるんだから、関係なくない？　あれ？　だったらジャージ着てても関係なくない？

ダメだ。これはよくない結論を導いてしまう。深追いは危険。

「学校のジャージはヤバいですね。お里が知れますわ」

「おまえが言うな。それを言うなら、那織《なおり》の女子力だって地を這《は》ってるだろ」

「は？　聞き捨てならないんだけど？　この私をして女子力が低い——だと？」

私の女子力は低くないっ！　ジャージの件は置いておいて。それは別件。女子力関係ないから。自宅くらい好きにさせてっ。そんなことより、今日着てる七分のマリンパーカー、結構イイヤツなんだよ？　セーラー感あって可愛《かわい》いじゃん。さっきぱーぷりんも可愛《かわい》いって言ってたじゃん。胸元《むなもと》のリボンだって可愛《かわい》いでしょ？　中に着てるブラウスだってそれなりのヤツだし、このサーキュラースカートだって可愛《かわい》いでしょ？　ネイルだってラメパウダー散らしたり、ホロだって貼《は》ったんだよ？　そりゃ、女子の家に行くんだし、沢《ま》してやぱーぷりん相手だし、ナメられたら負けってのもあるけど、メイクだって時間かけて……なんて言えない。

言いたくない。

男の子に自分の着てる服を解説するなんて、どんな地獄《じごく》？　これは女子同士で——玄関《げんかん》でのやり取りは無視するとして、社交辞令も含《ふく》めつつそれいいよねー等と言い合うものであって、男子相手にどうこう言うもんじゃない。

つねってやれ。このばかたれ。ちょっとくらい身なりに触《ふ》れやがれ。

脇腹《わきばら》をほんのひとつまみ。

「——痛っ！　なんだよ、にゃおにゃお」

「なんでもない。あと、次そう呼んだら、この前エロ動画観《み》てたこと学校でバラす」

「だから、あれは違《ちが》うって——」

「ちょっと、いつまで玄関《げんかん》にいるのー？　早く入りなよ」

ぱーぷりんがそう言ってドアから顔を覗《のぞ》かせた時——毛むくじゃらが走ってきた。

ねねねねね……ねこっ!!!!

猛《もう》スピードで走って来て、急にブレーキをかけて床《ゆか》をシャーっと滑《すべ》ったかと思うと、すごい勢いでカシャカシャと爪《つめ》で床《ゆか》を引《ひ》っ掻《か》きながら部屋に戻《もど》って行《い》った。なんと華麗《かれい》なVターン。

待ってっ！

「見知らぬ人が居て、驚《おどろ》いたんだな」

そんな解説いらないっ！

猫《ねこ》を追《お》い掛《か》けて厭味《いやみ》ったらしいほど広い部屋に入ると、まるで野球のボールを掬《すく》うみたいにして猫《ねこ》をキャッチしたぱーぷりんがほほ笑《え》んだ。「にゃおにゃお、猫好《ねこす》きなん？」

「うん、まぁ……」はよ。はよそのもふもふの塊《かたまり》に触《さわ》らせれ。

「はーい」後ろ足をだらーんとした恰好《かっこう》の猫《ねこ》が差し出される。

恐《おそ》る恐《おそ》る受け取って……ふおっ。私の腕《うで》の中にもふもふがっ。意外と重量感。顔を覗《のぞ》き込《こ》むと、しっとりと濡《ぬ》れた鼻がふしゅふしゅ言っている。目、超綺麗《ちょうきれい》。髭《ひげ》の生えてるとこ、つんつんしたい。肉球をふにふにしたい。肉球くらいなら——ぷにんぷにんしとるっ！　たまんない。

持って帰りたい。

「やっぱり双子《ふたご》だねー。るみちーもメロメロだったし」

あとから現れた純《じゅん》君が「だな」と言って、ソファに腰《こし》かけた。

「ね、見てみて。超可愛《ちょうかわい》くない？　この生き物、ヤバいよっ！」

耳と耳の間に鼻をうずめると、ちょっと獣臭《けものくさ》い。けど、癖《くせ》になる。耳がぴくぴく動いて、頬《ほお》にぱしぱしと当たる。それすら愛おしい。またしても母性が目覚めそうっ！

「可愛《かわい》いのは認めるけど、気を付けないと服が毛だらけになるぞ」

足元に置いた鞄《かばん》からノートや参考書を取り出しながら、純《じゅん》君が言った。

あの水を差すマンは何なの？　彼には人の心が無いの？

神よ。どうかその御名《みな》に於《お》いて、寂《さび》しき彼の饑渇《きかつ》した心に愛念の水を与《あた》え給《たま》え。

お猫様《ねこさま》が前足を突《つ》っ張《ぱ》って、私の顔から距離《きょり》を取ろうともがく。もう嫌《いや》がっちゃって。素直《すなお》じゃないなぁ。もっと私と仲良くなろうよっ。ほらほら、女子高生のお姉さんだよ〜。

「アイン、嫌《いや》がってるだろ？　放してやれよ」

「嫌《いや》がってないよっ！　戯《たわむ》れてるんだよっ」

顔をぐりぐりっとお腹《なか》に押し付けると——アインと呼ばれたお猫様《ねこさま》が、私の胸を後ろ足で思い切り蹴《け》って椅子《いす》の下に逃《に》げ込《こ》んだ。ちょっと、失礼過ぎない？　生まれて初めておっぱい蹴《け》られたんだけど。まったく、飼い主に似て礼節が欠けてるんじゃない？

「にゃおにゃお、あとで使って」ぱーぷりんが粘着《ねんちゃく》クリーナーを渡《わた》して来《き》た。

「猫《ねこ》の毛って、うわ、こんなとこにもってくらい付くから。マジ、気を付けて。エナなんて、この前、かにゃこにガムテで全身ペタペタされたかんね。そうそう、そん時、スクバもやばくってさー。アインったら、勝手にスクバに入り込んでたみたいで、もう全部毛だらけ。超大《ちょうたい》変《へん》だった。あ、あとこれ、アインと遊ぶ用」

めっちゃ喋《しゃべ》る！　てか、かにゃこって誰《だれ》？

やや気《け》圧《お》されつつ、棒の先にネズミの玩具《おもちゃ》がぶらさがった猫《ねこ》じゃらしを受け取る。

頭はアレだけど、悪い奴《やつ》ではないかも知れぬ。だがしかし、油断は禁物じゃ。

「……ありがと」

「那織《なおり》は猫《ねこ》に夢中だし、僕らは勉強始めるとするか」

「おっけー」

ふ。計画通り。私が猫《ねこ》に構っていれば、勝手に始めるであろうことは想定済み。浅はかな人間どもよ。ボロを出すがよい。

さぁーて、お猫様《ねこさま》――アイン君はどちらにっ？

遊んだ。たっぷり遊んだ。私としたことが、二人の動向そっちのけで遊んでしまった。悪魔《あくま》だ。猫《ねこ》は時間を盗《ぬす》む悪魔《あくま》だ。気を付けねば。だが、かなり仲良くなれた。もう親友と言っても過言じゃない。私的には。遊《あそ》び疲《つか》れて丸くなったアイン君を撫《な》でながら、振《ふ》り返《かえ》る。

キッチン近くのテーブルに座る二人。騒《さわ》いでなかったから集中してたっぽい。いやいや、私は騒《さわ》いでないから。騒《さわ》いでたのはアイン君だから。低俗《ていぞく》な邪推《じゃすい》はやめて頂きたい。

参考書を読んでいた純《じゅん》君と目が合った。

「進捗《しんちょく》はどう？」

少しは人間の相手もしてやらねば。ここに来た意味が無い。

「順調だよ。雨宮《あまみや》も、今日は珍《めずら》しく文句言わないしな」

「なにそれー。いっつもエナが文句言ってるみたいじゃん。このっ」

ぱーぷりんが純《じゅん》君の頬《ほお》を両手で挟《はさ》む。ちょっとっ！　馴《な》れ馴《な》れしいよっ！

やっぱり油断ならないじゃんっ！　琉実《るみ》の嘘《うそ》吐きっ！

純《じゅん》君がうざったそうにぱーぷりんの手をどけつつ、「いつも文句言ってるだろ。飽《あ》きただの寝《ね》たいだのお腹《なか》が空《す》いただの」と言った。演じてるって感じじゃなかった。心の底からうざい、やめろって感じだった。つまり、ぱーぷりんが一方的に絡《から》んでるだけ——？

「んなこと言《ゆ》ってないし」

「てか、ザキ、さっきにゃおにゃおのパンツ見てたでしょ？」

「は？　おまえっ、いきなり何を言い出すんだ」純《じゅん》君がいきなり大きな声を出した。

パンツ？「どういうこと？」

「さっき、にゃおにゃおがアインと遊んでた時、ちらっと見えちゃったんだよねー。にゃおにゃおのパンツだ、ラッキーと思って、ザキを見たら、めっちゃガン見してた」

「ガン見なんかしてねぇよっ！」

「えー、めっちゃ見てたじゃーん」ぱーぷりんが純《じゅん》君に突《つ》っ込《こ》んでから、私を見て「けど、安心して。見えっぱとかじゃなかったから」とフォローする。

いいですけど。この際、そこはいいですけど。

そうかそうか。ぱーぷりんの勉強を見つつも、純《じゅん》君は私のことが気になって仕方がなかったんだね。ぱーぷりん以上に私のことが気になってたんだね。私の事を見ていたんだね。そういう解釈《かいしゃく》でいいんだよね。私は相手にされていない訳じゃ無かった。興味を失われた訳じゃ無かった。私はぱーぷりんに負けてない。寧《むし》ろ、勝ったんだ。杞憂《きゆう》が少しずつ霧散《むさん》していく。来て良かった。来た甲斐《かい》があった。それを確認《かくにん》したかったんだもん。

純《じゅん》君の隣《となり》に腰《こし》かける。「ふーん。何色だった？　ほれ、私に言うてみ？」

「知るかっ」

「嘘《うそ》だぁ。ザキ、絶対見てたもん。ザキなんて、そーゆーの興味ないっぽい雰囲気《ふんいき》めっちゃかましてくんのに、やっぱ男子なんだねー。それとも、相手がにゃおにゃおだから⁇」

「おまえらしつこいぞっ。僕はたまたま那織《なおり》の方を見ただけだっ。それ以上でも以下でもねぇよ。ほら、勉強の続きを――」

「やっぱ見てんじゃーん。このセクハラ教師っ！」

ぱーぷりんに乗っかって、純《じゅん》君の耳元で「（セクハラ教師）」と吐息《といき》混じりで囁《ささや》いてあげる。

「だぁぁぁ、おまえら揃《そろ》いも揃《そろ》って何なんだよっ！　大体、那織《なおり》がスカートなのにやたらと飛《と》び跳《は》ねるから悪いんだぞ。女子ならスカートの裾《すそ》くらい気にしろよっ！」

「これは逆ギレっすわ」

ぱーぷりん――もといしえなと目が合う。心の中くらい名で呼んでやろう。「逆ギレだね」

「ちなみに、今、何やってんの？」

ふしゅーっと空気の抜《ぬ》けたセクハラ教師を放置して、幾何《いくばく》かしえなに興味を注ぐ。

「古文。意味不明。給ふは結局、尊敬語なの？　謙譲語《けんじょうご》なの？」

シャーペンを振《ふ》り振《ふ》りしながらしえなが答える。

「どっちも。ほら、ここに尊敬語は四段活用、謙譲語《けんじょうご》は下二段活用って書いてあるでしょ？」

「でも、〝へ〟がダブってんじゃん。つーか、尊敬語と謙譲語《けんじょうご》がそもそもよくわかんない」

このレベルから行くの？　尊敬語と謙譲語《けんじょうご》なんて、中等部でもやったじゃん。

そうだっ。

「ちょっと待って」私はソファに戻《もど》って、鞄《かばん》からある物を取り出した。

ふふふ。今日の為《ため》に秘密兵器を持って来たのだ。

いでよっ！

「どう？」

眼鏡装備っ！

人に勉強を教えるには必要でしょ。これぞ女教師でしょ？　教える気は無かったけどね。うん、ほんとに。ただ、もしかしたらってこともあるから、念《ねん》の為《ため》、ね。そう、念《ねん》の為《ため》。

「にゃおにゃお、鬼《おに》似合ってる！　にゃおにゃおって普段《ふだん》、メガネなん？」

「違《ちが》う違《ちが》う。PCグラス。ブルーライトカットの。頭良さそうじゃない？」

お父さんから貰《もら》ったまま、ずっと眠《ねむ》っていた秘密兵器。ブルーライトカットとか言われても、薄《う》っすら色味の付いた眼鏡でしょ？　サングラスみたいなもんでしょ？　モニターの輝度《きど》を落とすから要《い》らない。なんて思って使わなかったけど、これでようやく日の目を見た。

伊達《だて》眼鏡って言うとアイテム感あるけど、PCグラスって言えば実用感出るよね。

「めっちゃ頭よさそうっ。てか、にゃおにゃおは勉強できるじゃん」

へへ。出来ますとも。今日は眼鏡付きだし。「で、何だっけ？　尊敬語と謙譲語《けんじょうご》？」

「そーそー」

「尊敬語も謙譲語《けんじょうご》も意味は一緒《いっしょ》だよ。主体に使うか客体に使うかの差なんだって」

「しゅたい？　きゃくたい？」

えーと、そこから、か。あーっ、もうっ。どっから説明すれば——。

気の抜《ぬ》けていた純《じゅん》君が横から、「主体ってのは、動作しているヤツだ。食べたり、飲んだりしているヤツ。誰々《だれだれ》が○○した、の誰々《だれだれ》のことだよ。主語のことだと思っていい。客体っての は……ざっくり言えば、相手のことだ。私は誰《だれ》それに対して○○した、の誰《だれ》それ。例えば雨宮《あまみや》が偉《えら》いヤツだったとして、《雨宮《あまみや》が那織《なおり》に猫《ねこ》じゃらしをあげた》の場合は雨宮《あまみや》に対して尊敬語を使う。《那織《なおり》が雨宮《あまみや》に猫《ねこ》じゃらしを渡《わた》した》だったら雨宮《あまみや》に対して謙譲語《けんじょうご》を使う。尊敬語とか謙譲語《けんじょうご》を使う相手は同じなんだよ。ここは変わらない。だから、文中で尊敬語とか謙譲語《けんじょうご》が使われている相手が出てきたら、そいつをチェックしておけばいい。動作の主体なのか客体なのかで、尊敬語か謙譲語《けんじょうご》か決まるだけだ。追試程度ならパターンで暗記した方が早い。ここに纏《まと》めてある尊敬語と謙譲語《けんじょうご》を覚えれば何とかなる」と語り出した。

ちょっと、横取りしないでよ。あと、なんでしえなと私で、しえなの方が位高いの？　おかしくない？　納得いかない。まぁ、よい。白崎君、君の手柄《てがら》は有り難《がた》く頂戴《ちょうだい》しよう。

「つまり、そういうこと。わかった？」

「にゃおにゃお、さすがっ！　なんかわかった気がする！」

「おいっ！　説明したのは僕だろっ。なんで那織《なおり》の手柄《てがら》になってんだよっ！」

「ちょっとは私を立ててくれてもいいじゃん。パンツ見たんでしょ？」

「いや……それはさっきも言ったようにたまたま――」

白崎《しろさき》君、この期《ご》に及《およ》んでそれはちょっと無理がありますわよ。

視線を逸《そ》らして、俯《うつむ》こうかとしている純《じゅん》君の顎《あご》に手を添《そ》えて、こっちを向かせる。

「見たんだよね？」私至上最高の笑顔《えがお》でお送りしました。

「……はい」

なにこれ。超気持《ちょうきも》ちいいっ。人を傅《かしず》かせるのって、たまんない。ぞくぞくする。

今度、教授辺りを捕《つか》まえて――教授と言えば、全然役に立ってないじゃん。すっかり忘れてたけど、なんかしえなとのこと、邪魔《じゃま》するとか息巻いてたよね？　何もしてなくない？

お仕置きですね。

お仕置《ダチュラ》き決定です。折檻部屋《せっかんべや》にご招待です。

「ザキ、ざっこ」

「うっせぇ！　大体、おまえがバラすから――」

「白崎《しろさき》君、雨宮《あまみや》さんに給ふの活用を教えてあげて下さるかしら？」

首を傾《かし》げつつ、眼鏡をくいっと。那織《なおり》女教師バージョンでお届けしております。

「那織《なおり》……てめぇ、あとで覚えてろ……」

「なんか言った？」

「……言ってないです」

「じゃあ、あとよろしくね。白崎君」

※　※　※

（神宮寺琉実《じんぐうじるみ》）


午前の練習が終わり、みんなより早くお昼を食べ終わったわたしは、自販機《じはんき》コーナーでアイスココアを買って、日陰《ひかげ》のベンチで時折吹《ふ》く風に当たっていた。

那織《なおり》が慈衣菜《しえな》と喧嘩《けんか》してないか、ふと不安になる。純《じゅん》にそれとなく訊《き》いて――スマホを取り出したところで、通りがかった瑞真《みずま》に声を掛《か》けられた。

「何、黄昏《たそが》れてるんだよ」

「何しようがわたしの勝手でしょー。てか、今日の男バスめっちゃ気合入ってるね」

「まーな。それは女バスだって一緒《いっしょ》だろ？」

「だね。お互《たが》い、金曜は頑張《がんば》らないと」

金曜日は総体――今日を入れて試合まであと五日。第一試合を突破《とっぱ》して、第三試合まで残れば県代表。つまりインターハイ。

どっちの部も気合が入るのは当たり前。それは他の部も一緒《いっしょ》。だから、今日の体育館はピリピリしている。中等部の体育館を練習に使っている部もあるくらい。

「おう。そういや、白崎《しろさき》って慈衣菜《しえな》に勉強教えてんのか？」

野球部でもない癖《くせ》に、瑞真《みずま》がボールを投げる真似《まね》をしながら言った。

んん？　どうして瑞真《みずま》が知っているんだろう——と思ったけど、純《じゅん》から聞いたのかも。

何か知らないけど、仲イイんだよね。あんまり合うタイプだとは思わないけど、友達ってそういうもんでもないし。何かにつけて瑞真《みずま》から絡《から》んでるって印象はあるけど。

「ちょっとー、うちの琉実《るみ》を口説かないでよー」

後ろから可南子《かなこ》の声がしたと思ったら、ベンチの背もたれ越《ご》しに抱《だ》き着《つ》かれた。

「もう、瑞真《みずま》がしつこくてー。可南子《かなこ》が来てくれて良かったー」

「口説いてねぇし。口説くなら、もっとお淑《しと》やかで守ってあげたくなるような子にするわ」

「はいはい。どーせわたしはお淑《しと》やかじゃないですよ」

那織《なおり》みたいに——と口から出かかったけど、やめた。あの子を引き合いに出すのは定番の流れだけど、もうしない。瑞真《みずま》がそうなのかは別として、一部の男子は那織《なおり》のことを完全に勘違《かんちが》いしている。というか、騙《だま》されている。

――引《ひ》っ込《こ》み思案《じあん》で口下手な守ってあげたくなる可愛《かわい》いオタ女子。


初めて聞いた時は、耳を疑った。ありえないでしょ。

見た目の印象だけならわからなくはないけど……口下手で守ってあげたくなる、は無理がある。それなのに、那織《なおり》のことをよく知らない男子から、「琉実《るみ》は妹と違《ちが》って――」みたいなことを何度も言われた。最初の内はそんなことないからみたいに返していたけど、いつの頃《ころ》から面倒臭《めんどうくさ》くなって、自分から那織《なおり》を引き合いに出すようになってしまった。

よくないって思いつつ。だから、もうやめる。

ちなみに、那織《なおり》本人は気付いてないかもしれないけど、女の子には結構見抜《みぬ》かれてる。あと、うちのクラスの男子の何人かも気付いてる。あいつ、純《じゅん》や森脇《もりわき》の前では素で話すから、そういうのを見た人たちから「琉実《るみ》の妹って、あんな感じなんだ」と何度か言われた。

猫被《ねこかぶ》って上手《うま》くやってると言いながら、脇《わき》が甘いのがなんとも那織《なおり》らしい。

――わたしも人のこと言えないけど。純《じゅん》と付き合ってたことバレてたし。

「琉実《るみ》はお淑《しと》やかじゃないかもしんないけど、こー見えて、ガチめに乙女《おとめ》なんだよ？」

「ちょっとっ！　可南子《かなこ》っ！」

「ふーん、琉実《るみ》が乙女《おとめ》ね。いいじゃん。そういうキャラでいけば？　モテるかもよ？」

「瑞真《みずま》、うっさい。早くどっか行って」余計なお世話だっての。

「そーだそーだ。ガールズトークの邪魔《じゃま》しないで」

「んだよ。後から来た癖《くせ》に」

可南子《かなこ》に向かって捨《す》て台詞《ぜりふ》を吐《は》いて、瑞真《みずま》が自販機《じはんき》の方に去っていった。

「ね、さっき聞こえたんだけど、白崎《しろさき》が慈衣菜《しえな》の勉強見てんの？」

可南子《かなこ》がわたしの隣《となり》に座る。そしてアイスココアを奪《うば》って、ひと口。

「ちょっと、全部は飲まないでよ」

「味見味見。そんな飲まないって——で、マジなの？」

「うん。なんか話の流れでそうなったんだよね。最初は、那織《なおり》に頼《たの》むって話だったんだけど、あの子はそういうの嫌《いや》がるだろうし、どうしようかと思ってたら——」

「白崎《しろさき》がご指名されたってこと？」

「そういうこと。純《じゅん》も、最初は断るつもりだったみたいなんだけどね」

「まー、白崎《しろさき》もそういうの嫌《いや》がりそうだわ。そんな感じがする。しかし、慈衣菜《しえな》があんたの妹に勉強を教えてもらいたい、ねぇ。それが意外。まるっきりタイプ違《ちが》うじゃん」

「でしょ？　そりゃ確かに成績はいいけどさ。合うタイプじゃないよね」

「それを言い出したら、白崎《しろさき》だって同じじゃない？　って言うか、琉実的《るみてき》にはいいわけ？」

「んー、慈衣菜《しえな》だし、そんな心配はしてない」

「あいつはね。男に興味ないし。けど、白崎《しろさき》がってこともあるでしょ？」

みんな、それ言うよね。あいつはそんな惚《ほ》れっぽくないでしょ……って思ってるのはわたしだけ？　確かに、慈衣菜《しえな》はモデルだけあってキレイだし、スタイルいいし、性格だって明るくてノリが良くて——うん、心配にならなくはないか。

けど、何となくそうはならないだろうなっていう気がしてて、これぱっかりはうまく言えないっていうか、長い付き合いだからそう思うって感じ。那織《なおり》だって、純《じゅん》がどうこうってより、慈衣菜《しえな》が誘惑《ゆうわく》したらみたいな言い方だったたし。それこそありえないけど。

「どうかな。そうはならないんじゃない？」

「何、その私はわかってます感。わかり合えてるようで羨《うらや》ましいっすねー」

「付き合い長いから、多少は」

「別れたくせに」

な、なんてことをっ！　ちょっとは気を遣《つか》いなさいよっ！

「うるさいなぁ。ほっといてよ。わたしにだって色々あんの」

「ま、なんでもいいけどね。てか、うちは知ってるから遠慮《えんりょ》しなくていいよ」

「ん？」

「慈衣菜《しえな》のこと。聞いてるんでしょ？」

可南子《かなこ》が言っているのは、恐《おそ》らくさっきの言葉。

――慈衣菜《しえな》は男に興味がない。

それをわたしは本人の口から聞いた。去年、同じクラスだった時、代わる代わる色んな男子から言い寄られる慈衣菜《しえな》に、「どうして誰《だれ》とも付き合わないの？」と訊《き》いたことがある。慈衣菜《しえな》がモテるとは噂《うわさ》に聞いていたけれど、はっきり言って想像以上だった。中には恐《おそ》れ多《おお》くて話しかけられないって男子もいたけれど、先輩後輩《せんぱいこうはい》関係なく、とにかく色んな男子から声を掛《か》けられていた。カッコイイ男子もいた。でも、慈衣菜《しえな》は誰《だれ》とも付き合わなかった。

最初のうちは、仕事のこともあるし、そういうのは止められているのかなと思っていた。けど、慈衣菜《しえな》の話だと、知り合いのモデルはみんな彼氏《かれし》がいるって言うし、どうやらそういうことじゃないみたいだった。

好きな人でもいるのかな？　そんな好奇心《こうきしん》からだった。わたしは慈衣菜《しえな》に理由を尋《たず》ねた。

慈衣菜《しえな》はちょっと照れくさそうに、苦笑いしながら、「るみちーだから言うけど、エナ、男の子をそういう対象に見れないんだよねー。昔っからそう。気になってる人がいるってのもあるけど。あ、これは誰《だれ》にも言っちゃダメだかんね」と言った。

「そっか。だったら断るしかないよね」そんな風《ふう》に返した気がする。

別に驚《おどろ》きもなかったし、だからと言って慈衣菜《しえな》との付き合いが変わるわけでもなかった。そういうのは人それぞれだと思ってるし、保健体育や家庭科でもそう学んだ。

だから、「ああ、そうなんだ」くらいにしか思わなかった。もちろん、このことは誰《だれ》にも言っていない。慈衣菜《しえな》にしてみれば、わたしに話すのだって勇気が必要だったはず。あれこれ詮《せん》索《さく》して、慈衣菜《しえな》にそう言わせた自分を反省した。

純《じゅん》と付き合ってる時だったから、舞《ま》い上《あ》がっていた。人の恋《こい》バナに今まで以上に興味があったから。それ以来、わたしは余計な詮索《せんさく》はやめた。麗良《れいら》みたいに自分から相談してくれる相手だったらあれこれ訊《き》くけど、そうじゃない人には訊《き》かなくなった。

「前に慈衣菜《しえな》から聞いた」

「うん。慈衣菜《しえな》から聞いてる。だから、うちには言っても大丈夫《だいじょうぶ》」

わたしが言いやすいように、可南子《かなこ》は気を遣《つか》ってくれたんだ。

「わざわざ気を遣《つか》ってくれてありがとう。大丈夫《だいじょうぶ》。さっきも言ったように、そういう心配はしてないから。純《じゅん》と慈衣菜《しえな》に限って、それはない」

「琉実《るみ》が納得してるならいいけど。それよりこの前の練習でうちが鼻血出したこと、慈衣菜《しえな》には言ってないよね？」

「うん、言ってないよ」

「あいつ、そういうのやたら怒《おこ》っからさー。麗良《れいら》に迷惑《めいわく》かかるとイヤだし、黙《だま》っといて」

慈衣菜《しえな》は可南子《かなこ》のことが絡《から》むとマジになる。

わたしは、今の今まで、慈衣菜《しえな》は可南子《かなこ》のことが好きなんじゃないかと思っていた。半端《はんぱ》ないくらいスキンシップ多めだし、可南子《かなこ》に何度も「一緒《いっしょ》に住も。うちは親が殆《ほとん》どいないし、いけるって」とマジな顔で言っていた。とは言え、女子の場合、普通《ふつう》に仲が良《い》いだけってこともあるから、確信があったわけじゃなくて、何となくそうなのかなくらい。

でも、可南子《かなこ》が知っているなら、それは違《ちが》う気がする。もしそうなら、可南子《かなこ》に打ち明けるって凄《すご》く勇気がいることだろうから。

確かなのは、慈衣菜《しえな》にとって可南子《かなこ》は大事な友達ってこと。それだけは間違《まちが》いない。

「めっちゃ愛されてんじゃん」

「違《ちげ》ぇし。言っとくけど、別にうちらはそういうんじゃないからね。いくら琉実《るみ》でも――」

「そうじゃなくて。ただ、友達として愛されてるなーって」

「愛されてるってか、あいつは、うちのことを小動物かなんかだと思ってじゃれてるだけなんだよ。自分の背がデカいからってバカにしてんの」

「それはさすがにないっしょ」

「マジだって。昔、学校にボストンバッグ持って来て、『今日はこれにかにゃこを詰《つ》めて帰る』とか言ってたからね。ふざけてんだよ」

それは、言いそう。ってか、やりそう。

「なにそれ。いつの話？　初めて聞いたんだけど」

「えっと、中二ん時かな。結局、学校のあと遠くで撮影《さつえい》だかで、そのまま行く用にボストン持って来てただけだったんだけどね。てか、あいつは――そっか。そういうことね」

何か思い付いたように可南子《かなこ》が言った。

「ん？　何が？」

「ううん、こっちの話。そんなことより、あんたこそ、なんで白崎《しろさき》と別れたの？　そろそろ詳《くわ》しく教えてくれてもいいんじゃない？」

「長くなるから、今度ね」

「ふーん。そう言って逃《に》げるんでしょ。いいよ、麗良《れいら》に聞くから。どーせ、麗良《れいら》にはあれこれ相談してたんでしょ？　そりゃ、うちは彼氏《かれし》いないし、相談しても参考になりませんけど」

「別にそういうわけじゃ……」そういうわけです。可南子《かなこ》ごめん。

だって、可南子《かなこ》は口を開けば彼氏《かれし》欲《ほ》しいしか言わないし、周りに知られたくなかったし、誰《だれ》かに言い出せばキリがないし、だから――彼氏持《かれしも》ちの麗良《れいら》にしか言ってなかった。

「何話してんの？」

どうやら麗良《れいら》も飲み物を買いに来たらしい。タイミングすごすぎでしょ。

「お、噂《うわさ》をすればご本人登場。ね、ちょっと訊《き》きたいことあんだけど」

「どんな噂《うわさ》だか。何？」

「琉実《るみ》ってなんで白崎《しろさき》と別れたの？　知ってるっしょ？」

本人目の前にして話を始めないでよ。ま、麗良《れいら》は言わないだろうからいいけど。

「あー、それ。なんて言うか、琉実《るみ》がバカなんだよね。未《いま》だに白崎《しろさき》のこと好きなくせに――」

「ちょっと麗良《れいら》っ！　何普通《ふつう》に話し始めてんのっ！」

「もう部のみんなにはバレてんだから、よくない？」

――そりゃそうだけど……せめてわたしのいないところで話してくんないかな。

「よくないっ！　そういう問題じゃないのっ！」

※　※　※

（白崎純《しろさきじゅん》）

今日はともかくやりづらい。ことある毎《ごと》に教師を気取った眼鏡装備の那織《なおり》が出てきては、茶々を入れてくる。邪魔《じゃま》なことこの上ない。眼鏡まで用意しているのなら、自分で教えろよと言いたくなるが、そういうわけにもいかない。

那織《なおり》は昔から人に物を教えるってのが苦手だ。相手のレベルに合わせることが出来ない。恐《おそ》らく、相手が何を分からないのかが分からない。那織《なおり》にもそういう時はあった筈《はず》なのだが、あいつは物事を自分で解決してどんどん先に進む。そうやって周囲をどんどん置いて行く。

僕と琉実《るみ》が那織《なおり》を推《お》さなかったもうひとつの理由はこれだ。琉実《るみ》に至っては、那織《なおり》に勉強を教《おし》えて貰《もら》うのを本気で嫌《いや》がっていた。その度《たび》に、分からないとこを僕が教えてやった。思えば、あれが復習になっていたんだろう。

僕は基本的に分からない側の人間だ。人より時間を掛《か》けただけだ。その結果、効率的なやり方を身に着けただけに過ぎない。那織《なおり》とは根本的にタイプが違《ちが》う。

例によって、雨宮《あまみや》お手製のお昼を食べた午後、時間の流れがゆるりと遅《おそ》くなる。

慈衣菜《しえな》の作ったスープハンバーグに感激しまくった那織《なおり》は、お腹《なか》が満たされた満足感と燥《はしゃ》ぎ過《す》ぎた疲労感《ひろうかん》に襲《おそ》われたのだろう、ソファで横になって寝息《ねいき》を立てている。眼鏡を掛《か》けたままだったので、そっと外してテーブルの上に置いた。黒いセルフレームの眼鏡。ブルーライトカットのレンズが、光を反射してほんのりと青紫色《あおむらさきいろ》に染まった。

PCグラスなんて持っていたんだな。知らなかった。那織《なおり》の眼鏡姿なんて、子供の頃《ころ》に僕の眼鏡を掛《か》けたいとか言って騒《さわ》いだ時以来だ。案外、似合う――

「優《やさ》しいじゃん。てか、にゃおにゃおの寝顔超《ねがおちょう》カワイイ」

いつから見ていたのか、トイレから戻《もど》った雨宮《あまみや》が言った。

寝顔云々《ねがおうんぬん》には触《ふ》れずに、「寝返《ねがえ》り打ったらフレーム歪《ゆが》むだろ」と返す。

「あー、ザキも中等部の頃《ころ》はメガネしてたもんね?」

「ああ」コンタクトにしたのは去年の冬。厳密に言えば、中等部の最後は眼鏡じゃない。

そんなことより、雨宮《あまみや》は中等部の頃《ころ》から僕のことを認識《にんしき》していたのか。この前、琉実《るみ》と付き合って云々《うんぬん》と言っていたし、それでだろうか。去年は琉実《るみ》のクラスにもあまり顔を出さなかったのによく眼鏡を掛《か》けてるなんて知ってたな。

「そー言えば、ザキって――」雨宮《あまみや》が言いかけた時だった。

玄関《げんかん》の方でドアの開く音。続けてガサガサっと音がしたかと思うと、「エナちゃ――ん、ちょっと手貸して――」という女性の大きな声がした。

誰《だれ》だ？

そう尋《たず》ねようとした瞬間《しゅんかん》、「ママだっ！」と叫《さけ》びながら雨宮《あまみや》が部屋を出て行った。

ママ？　雨宮《あまみや》の母親が帰って来たのか？

やばい。那織《なおり》を起こさないと。寝《ね》たまんまってわけにはいかないだろ。

「那織《なおり》、起きろ」

那織《なおり》の肩《かた》を揺《ゆ》さぶるが、「んー」と唸《うな》るばかりで起きない。熟睡《じゅくすい》してると簡単に起きないんだよな……なんて言ってる時間はない。かくなる上は――僕は那織《なおり》の鼻を摘《つ》まんで口を塞《ふさ》いだ。

しばし経《た》ったあと、那織《なおり》が「んんっ！」と騒《さわ》ぎながら暴れ出した。

「ちょっとっ！　私のこと殺す気なのっ？　血中の酸素濃度《のうど》低下は――」

「話はあとだ。雨宮《あまみや》の母親が来て――」

部屋のドアが開き、軽い感じで「どーもー」と言いながら、パーティー帰りのようなひらひらっとした、レース付きのドレス姿の女性――雨宮《あまみや》の母親が結《ゆ》った髪《かみ》を解《ほど》きながら入って来た。

ひと目でわかる圧倒的《あっとうてき》なまでの美人。雨宮《あまみや》とは違《ちが》う、もう少し大人っぽい容貌《ようぼう》。それでいてどこか人懐《ひとなつ》っこい雰囲気《ふんいき》がある。ありきたりな言い方をすれば、芸能人みたいだ。

この母親とあの父親の娘《むすめ》——見た目は約束されたようなもんだわ。納得《なっとく》だよ。

「この男の子が慈衣菜《しえな》ちゃんの言ってた子？　この子に勉強教えてもらってるの？　あら、結構カワイイ顔してるじゃない。これくらいの年の男の子っていいわよねー。ちょっと生意気そうで、プライドも高いのに、ぐいぐいっと押したらころっと——」

「ちょっとママ、冗談《じょうだん》でもそーゆーこと言わないでよ」

やべぇのが来た。

名乗る間すら与《あた》えられねぇ。余りの強キャラに、那織《なおり》も完全に圧倒《あっとう》されている。

「あ、ごめんごめん。もう若い子見ると、つい。で、こっちの女の子は？」

「これはにゃおにゃお。ザキの友達」

両手いっぱいに下げた、母親のであろう荷物を部屋の隅《すみ》に置きながら、雨宮《あまみや》が答える。

「あら、あなた、やるわねー。女連れで来たの？　若いうちは体力でどうにかなるかも知れないけど、歳《とし》を取るとそれだけじゃやっていけないわよ。今のうちにテクニックを——」

「だから、ママっ！」

「あっと、これはこれは。ううん」軽く咳払《せきばら》いをして、雨宮《あまみや》の母親が「慈衣菜《しえな》の母の、慈穂《しほ》です。エナちゃんがお世話になっているみたいで。あ、そうだ。お土産《みやげ》っ！　なんかイイのあったかなぁ。ね、その茶色い紙袋《かみぶくろ》ん中、なんかない？」

言われるがまま荷物の所に行く雨宮《あまみや》を眺《なが》めつつ、このタイミングを逃《のが》してはならないと思い、すかさず挨拶《あいさつ》をする。

「白崎純《しろさきじゅん》です。僕の方こそ、雨宮《あまみや》さんには色々とお世話になって――」

「そんなの全っ然気にしないで。っていうか、あの子が世話するなんてあり得ないから。大《だい》丈夫《じょうぶ》、大丈夫《だいじょうぶ》。あと、私のことは慈穂《しほ》さんでよろしくね」

マジで話聞かねぇ。このタイプの大人は初めてだぞ。しかも下の名前呼びかよ。

「いやいや、そんなこと無いですって。雨宮《あまみや》さんには料理をご馳走《ちそう》になったりして。あ、あと僕らのことはお構いなく――」

「ねぇ、ママ。なんかわけわかんない物しか入ってないけどー」

土産《みやげ》は要《い》らないって言おうとしたのに、部屋の隅《すみ》から聞こえる雨宮《あまみや》の声に遮《さえぎ》られた。

「え？　そんなことないでしょ？」

雨宮《あまみや》の所に行こうとした慈穂《しほ》さんに、後ろから声を掛《か》ける。

「いや、あの、全然大丈夫《だいじょうぶ》ですから。気にしないで下さい」

「ダメよー。エナちゃんがお世話になってるのにー」

「ほんと、気にしないで下さい。と言うか、私達はここら辺で――」

ようやく那織《なおり》が口を開いたその時、不意に慈穂《しほ》さんが那織《なおり》に抱《だ》き着《つ》いて「そんな寂《さび》しいこと言わないで〜。ほら、美味《おい》しいお菓子《かし》でも一緒《いっしょ》に食べましょっ！」と言って頰《ほお》ずりをした。

完全に那織《なおり》の苦手なタイプだ。雨宮《あまみや》以上だ。その証拠《しょうこ》に、那織《なおり》の表情が死んだ。

「そだっ。美味《おい》しいお菓子《かし》で思い出したっ！　エナちゃんっ！」

いきなり抱《だ》きしめられて感情の死滅《しめつ》した那織《なおり》が、今度は突然《とつぜん》解放された勢いでソファに倒《たお》れ込《こ》みそうになったところを、なんとか支えてやる。ダメだ。完全に精気を失っている。

「なーに？」雨宮《あまみや》が紙袋《かみぶくろ》を幾《いく》つか引《ひ》き摺《ず》りながら、戻《もど》って来《き》た。

「今夜は家族みんなでご飯を食べますっ！」

「みんな？」

「そ。パパも一緒《いっしょ》に日本に来てるの。今はまだ仕事してるけど、夜には合流できるから。私はこのあとお兄ちゃんのとこに寄って、そのあと一件打ち合わせすれば終わり。ＯＫ？」

「パパも来てるの？　わかったっ！」雨宮《あまみや》の顔が一気に明るくなる。

これは完全に帰った方がいい流れだな。

感情を失った那織《なおり》にこそっと「(ここらで帰るか)」と耳打ちする。

「うん、早く帰ろ。死んじゃう。ここから逃《に》げないと、私は貝になっちゃう」

慈穂《しほ》さんが「ちょっとトイレ」と言って席を外したタイミングで、雨宮《あまみや》に「今日はこの辺で帰るよ。お母さんが帰って来たんだ、部外者は消えた方が良いだろ？」と言った。

「うん……でも……」

「私達のことは気にしないで。純《じゅん》君的には、課題さえやってあれば満足なんでしょ？」

一刻も早くここから立ち去りたい那織《なおり》が、すかさずフォローを入れる。

「那織《なおり》の言う通りだ。僕らは帰るけど、勉強はしとくんだぞ」

「別《わか》れ際《ぎわ》のセリフとしては最低の部類だよね、それ」雨宮《あまみや》が苦笑《くしょう》した。

「後学《こうがく》の為《ため》に教えてあげるけど、このガリ勉にそういうのを期待しても無駄《むだ》だよ」

はいはい。どうもすみませんね。

廊下《ろうか》に出ると、ちょうど慈穂《しほ》さんが出て来て「あら、帰っちゃうの？」と声を掛《か》けられたが、何だかんだと理由を付けて逃《に》げるようにして雨宮家《あまみやけ》を去った。

久々に家族と会ったんだから、どう考えても最優先だ。僕らが居れば動きづらいし、遠慮《えんりょ》だってするだろう。雨宮《あまみや》はそんなタイプじゃないと思っていたが、ここ数日、一緒《いっしょ》にいて分かった。あいつはきちんと周りを見ている。踏《ふ》み込《こ》まない領域をちゃんと持っている。

那織《なおり》と打ち解けるのも時間の問題だろう。そんな気がする。

「ねーねー」

雨宮《あまみや》のマンションを出た所で、那織《なおり》が僕の服を引っ張った。

「ん？」

「このまま帰る？　どっか寄ってく？」

「行きたいとこでもあるのか？」

そうは言いながらも、駅に向かって歩き出す。

「そういう訳じゃないけど、帰るには早くない？　まだ四時だよ」

「そうだな……ってか、四時か。確か、雨宮《あまみや》の母親って昨日ヨークシャーに居たんだよな」

「え？　昨日イギリスに居たの？　早くない？　確か、飛行機で半日くらいかかったよ？　そもそも、ロンドンからヨークシャーまでそれなりにあるよ？」

小学生の時、那織《なおり》はイギリスに行ったことがある。僕もおじさんに誘《さそ》われたが、我が家は親《しん》戚《せき》と広島《ひろしま》旅行の予定があったから、イギリス行きは叶《かな》わなかった。今思い出しても、複雑な気分だ。当時、親に「僕もイギリスに行きたい」と散々せがんで困らせた覚えがある。広島《ひろしま》の大和《やまと》ミュージアムには行きたかったけれど、貴重度で言えばイギリスに軍配が上がる。

表面上、那織《なおり》はそれほど喜んで居なかったが、内心ではかなり楽しみにしていた筈《はず》だ。琉実《るみ》と「ハリー・ポッター」シリーズを何度も観《み》ていたから間違《まちが》いない。キングス・クロス駅の9と3／4番線の例の柱のとこで撮《と》った写真を見《み》せて貰《もら》ったけど、喜色満面《きしょくまんめん》だった。

「だよな。空港からまっすぐ埼玉《さいたま》に来るにしても、結構かかるはず」

「それだけ移動して、あのテンションはヤバい。娘《むすめ》以上じゃん。私なんて余りの勢いに無そのものだった。まさにnull《ヌル》だね。感情のスイッチ切らないと、とても対応出来ない」

「対応してなかっただろ。なすがままって感じだったぞ」

那織《なおり》が顎《あご》に指をあてて、「んー、死《し》んだ振《ふ》り？」と小首を傾《かし》げる。

「何が死《し》んだ振《ふ》りだよ。死んでただろ」

「んもーいちいち細かいなぁ。細かい男は――」

「嫌《きら》われるんだろ？」

「わかってるならよろしい。精進《しょうじん》したまえ」那織《なおり》が僕のお尻《しり》を軽く叩《たた》いた。「そんなことより、降られなくて良かったよね。でも、ここまで傘《かさ》を持ってきた労力を返して欲しい。降って無くて良かったんだけど、勝負には負けた気分。超複雑《ちょうふくざつ》」

「使わないに越《こ》したことはないだろ？」

空を見上げると、雨はすぐそこという感じがする。雨宮《あまみや》の部屋から外を見た時、山の方は煙《えん》雨《う》に霞《かす》んでいて、白く塗《ぬ》り潰《つぶ》されたようだった。雨雲がこっちに来るのは時間の問題だ。

「そうだけど、片手が塞《ふさ》がったストレスはどうしてくれるの？　超邪魔《ちょうじゃま》」

「ほら、代わりに持ってやるから文句言うなって」

那織《なおり》の手から傘《かさ》を抜《ぬ》き取《と》る。言わんこっちゃない。家を出る時、那織《なおり》がえらく小さい鞄《かばん》と普《ふ》通《つう》の傘《かさ》で現れたから、「もっと大きい鞄《かばん》にして、折《お》り畳《たた》みにしたらどうか」と助言したのに、「可愛《かわい》くないから嫌《いや》」と言って一蹴《いっしゅう》しやがった――あっ、僕のリュックに那織《なおり》の折《お》り畳《たた》みを入れてやれば良かったのか。全く思い付かなかった。気が利《き》かないと言われても仕方がない。こういう所が、僕はダメなんだろうな。最近、反省することばかりだ。

今まで、どれだけ二人に気を遣《つか》えていなかったのか――それを考えると恥《は》ずかしくなる。

「ありがと。これで手が自由になった。やっぱり、人間はこうじゃないと。手を使うために直立二足歩行してるんだから。それに、ほら」那織《なおり》が僕の空いている方の手を取った。

「手だって繋《つな》げるよ。これこそヒトの営みだと思わない？」

ハリソン・フォードみたいに口《くち》の端《はし》を曲げて、那織《なおり》が目を細めた。

「そうだな」猿《さる》も手を引いて行動するぞ、なんて無粋《ぶすい》なことは言わない。

「もうすぐ晴れるよっ！」

何をいきなり訳の分からないことを——それはいつもか。完全に平常運転に戻《もど》ったって感じだな。これくらいの方が、那織《なおり》らしくていい。

「晴れねえよ。あの厚い雲を見ろ」ヒトの営みの外側の力だろ、それは。

「つまんない反応ー。ね、折角《せっかく》こっちまで来たんだし、ちょっと本屋にでも寄って行こうよ」

「おう、いいぞ。何か欲《ほ》しい本でもあるのか？」

「んー、これと云《い》って何か欲《ほ》しい訳じゃないけど——本屋行くのに理由は要《い》らなくない？」

「確かに。当てもなくぶらつくのが一番楽しい」

「でしょ？　じゃ、決まり」

那織《なおり》と二人で本屋か。こういう時間が、ひどく懐《なつ》かしい気がする。そんな筈《はず》ないんだけど。

雨宮《あまみや》の母親に遭遇《そうぐう》した翌日、すなわち月曜日。僕と教授は学校終わりにららぽーとに来ていた。誕生日プレゼントを買うためだ。

雨宮《あまみや》には、今日は無しと伝えてある。あいつにとってもその方が良《い》いだろう。珍《めずら》しく家族揃《そろ》っているんだ、僕に団欒《だんらん》を邪魔《じゃま》する権利なんてない。

「マメだよな、白崎《しろさき》は。それがあの双子《ふたご》に好かれる為《ため》のテクニックなのか？」

「小さい頃《ころ》からずっと続けてて、やめ時を逃《のが》しただけだよ」

半分は本当で、半分は言い訳。

二人の喜ぶ顔は好きだ。だが、わざわざ何かをするのは照れくさい。こういうイベントでもないと、あの二人に改まって何かをあげることなんて無いだろう。僕はマメなんかじゃない。決まったイベントとして組み込まれているから、忘れずに居られるだけだ。

「俺もついでに何か買うかなぁ」

「いいんじゃないか？　那織《なおり》も喜ぶだろ」

「どーだかな。あいつのことだ、『何が目的なのっ？　物で釣《つ》ろうたってそうはいかないよっ！　見くびらないで』とか言ってきそうじゃね？」

思わず笑ってしまう。「ははっ。確かに言いそうだ。容易に想像がつく」

「しかし、こう畏《かしこ》まって何かをあげるとなると、難しいな。デキる男は何を贈るんだ？」

「出来る男じゃないんだから、何だっていいだろ」

「お？　早速《さっそく》、喧嘩《けんか》売ってんのか？　俺がデキる男じゃなかったら、白崎《しろさき》なんて久々に開いた漫画《まんが》に挟《はさ》まってる陰毛《いんもう》レベルの小物だからな。汚《きたね》ぇ。あっち行け」

教授がふざけてふーふーと息を吹《ふ》きかけてくる。

「喩《たと》えが理解に苦しむわ。どういう発想をすればそうなるんだ？」

「でも、わかるだろ？」

「分かるけど……分かるけれど、あれって、腋毛《わきげ》だろ？」

「んなワケねぇだろ。どう考えたって妖怪《ようかい》チン毛散らしの仕業——なぁ、もしかしてだが、女子にも同じ現象が起きてるんじゃないか？　ありえるよな？　絶対そうだよな？」

どうあっても陰毛《いんもう》ってことにしたい理由はそれか。教授の言う陰毛論《いんもうろん》に立脚《りっきゃく》すればそうかも知れないが——何だよ、陰毛論《いんもうろん》て。こっちまでバカになるわ。

「知らねぇよ。脇《わき》の毛だとしたら、無いんじゃねーの？」

「おまえはあの双子《ふたご》の部屋に行ったことあるだろ？　どうなんだ？　落ちてたりしないのか？なぁ、頼《たの》むから教えてくれ。いや、落ちてたって言ってくれ。俺に夢を与《あた》えてくれるのは白崎《しろさき》しか居ないんだ。なぁ、頼《たの》む。この通り」

モールの通りで立ち止まり、教授が僕に手を合わせて頭を下げる。

「頼《たの》むからやめてくれ。そんなことで拝むんじゃねぇ」

顔を上げながら、「じゃあ、せめて俺の望む言葉を——」と教授が懇願《こんがん》する。

「安心しろ。一度も無《ね》ぇ」

二人の部屋に頻繁《ひんぱん》に行くわけじゃないし、近頃《ちかごろ》は殆《ほとん》ど行ってないが——僕の知る限り、そんなもん落ちてない。借りた本に挟《はさ》まってたこともない。

……気になってはないからな。決して。

「俺、おまえと友達やってくの無理だわ。音楽性の違《ちが》いで解散しようぜ」

何を白けた風《ふう》に言ってんだよ。こっちの台詞《せりふ》だわ。

「縮れ毛に対する認識《にんしき》の違《ちが》いだけどな。一層《いっそ》のこと除毛クリームでもプレゼントしろよ」

「は？　おまえにはデリカシーとかそういうのは無いのか？　ありえないだろ」

教授が目をぱちぱちとさせて、口をぽかんと開ける。

何だよその反応っ！　こっちの冗談《じょうだん》は流さないのかよっ！

「おう。解散だ、解散。今日限りで赤の他人だからな。もう帰れ」

「いいか白崎《しろさき》、よく聞け。俺はおまえが陰毛《いんもう》を見付けるその日まで、解散などしないっ！」

どっちだよっ！　勝手にしろ。

ひとりで下らないことを言っている教授は無視して、スポーツ用品が売っているテナントに向かう。真面目に付き合ってたら用事を済ます前に疲《つか》れ果《は》ててしまう。

「ちょっと待てよ。なぁ。雨宮《あまみや》ってハーフだろ？　あっちの人って全部剃《そ》るんだよな？　もしかして、雨宮《あまみや》も全部剃《そ》ってるのか？　おまえはどう思う？」

「……いつまでその話を続けるんだ。知りたかったら自分で訊《き》けよ」

「んなこと訊《き》けるか。よく考えてから物を言え」

「そっくりそのままお返しするわ。本当に教授は幸せそうでいいよな」

「バカ言うな。俺だって抱《かか》えきれないほどの悩《なや》みに、日々頭を痛めてるんだ。今日だって、神《じん》宮寺《ぐうじ》に呼び出されてたんだぞ？　それを、こうして白崎《しろさき》の為《ため》にだな――」

「那織《なおり》に？　何かあったのか？」

「知らねぇよ。ちょっと用事あるっつったら、じゃあ今度でいいって言ってたわ。そんなことより、神宮寺《じんぐうじ》に訊《き》いたのか？　前に言ったよな？」

「ん？　何の話だ？」

「胸のサイズだよ。忘れたのか？」

「自分で訊《き》け」

「訊《き》けるわけねぇって何度言わせれば……待てよ。誕プレに下着をあげる体《てい》でサイズを訊《き》けば、合法的に訊《き》けるんじゃないか？　俺、天才かも知れねぇ」

「男子から下着のプレゼントはキモいだろ」

「一理あるな。キモがられるのは勘弁《かんべん》だから、この話は忘れてくれ」

「一理ある？　そんなレベルの話じゃないだろ。絶対に忘れないからな」

「それより、何買うんだ？」テナントの中を軽く見渡《みわた》しながら教授が言った。

僕は目当ての物を取って、教授に示す。

「今週末には試合だろ？　これなら使うだろうし、ちょうど良くないか？」

「無難だな。無難すぎてつまらんが、そのつまらなさが白崎《しろさき》らしくていいんじゃね」

どこまでも腹の立つ野郎《やろう》だな、おい。

那織《なおり》といい、教授といい、どうして僕の周りには口の悪い奴《やつ》しか居ないんだ。

教授にイラだちつつも会計を済ませ、次は雑貨屋に足を向ける。那織《なおり》へのプレゼントは、亀嵩《かめだけ》から案を貰《もら》っている。なかなかトリッキーな代物《しろもの》だったので、本当にそんな物が欲《ほ》しいのか疑問に思いつつ、目当ての物を探す。だが、これで買い物は終わりじゃない。

僕にはもうひとつ探さなければいけないものがある。

第五章

TITLE

キスして。昔みたいに

KOI WA FUTAGO DE WARIKIRENAI

（神宮寺《じんぐうじ》琉実《るみ》）


明日は総体。練習は終わった。やることはやった。

純《じゅん》や那織《なおり》は明日も授業——授業と言っても、復習というか自主学習的なものらしい。わたしは試合。バスケ部に限らず、運動部は大体同じ。吹奏楽部《すいそうがくぶ》やチア、応援団《おうえんだん》とかも。試合に備えて今日は早く帰らなきゃ。練習のあとにみんなでご飯食べたりとかは、部活命令で禁止。なんかあったら困るもんね。まだまだ喋《しゃべ》り足《た》りないけど、仕方がない。

女バスのメンバーと部室を出る頃《ころ》、まだグラウンドの照明は煌々《こうこう》としていた。

どこの部も気合入ってるなぁ。当たり前か。

駅でみんなと別れ、麗良《れいら》と電車に乗る。途中《とちゅう》までは麗良《れいら》と一緒《いっしょ》。

「ね、麗良《れいら》はどこに着ける？」

わたしは、みんなで作ったお揃《そろ》いのお守りをカバンから取り出した。中等部の頃《ころ》から続く、女バスの伝統。簡単な手作りのお守りだけど、あるとないとじゃ全然違《ちが》う。

「悩《なや》むよねー。とりあえずカバンかなー。ただ、カバンに着けてて、何かの拍子《ひょうし》に切れちゃったりしたらイヤなんだよね」

「ね。わたしもそれが怖《こわ》くて、とりあえず仕舞《しま》ったんだけど」

「カバンの中でもいいんじゃない？　失《な》くすよりはよっぽどいいでしょ」

「だよね。はぁ、緊張《きんちょう》する。明日、大丈夫《だいじょうぶ》かな」

「一年で唯一《ゆいいつ》のスタメンがそんなんでどーすんの。うちらの分まで暴れてきてよ」

「暴れてって……そうだね。暴れてくる。わたしがやられたら、代わりに麗良《れいら》が暴れてね」

　そういう麗良《れいら》にだって、ユニフォームがある。

「任せて。琉実《るみ》の骨は拾ってあげる」

「任せた。そう言えば、彼氏《かれし》とはどう？　一応、仲直りしたんでしょ？」

　麗良《れいら》の彼氏《かれし》も明日は試合のはず。

「まあね。さすがに向こうから謝ってきた。普通《ふつう》に受け入れても良かったんだけど、ここで甘い顔したら今までと同じだなーって思って、結構キツめなこと、沢山《たくさん》言ってやった」

「麗良《れいら》らしいわ。けど、あんまりへこませて試合に響《ひび》いたら、恨《うら》まれるよ？」

「仲直りしてるからよくない？　その程度のメンタルじゃ先が思いやられるって。私としては、やっぱりバスケしてる姿がカッコよくて好きになったようなもんだし、そこは頑張《がんば》ってくれないと、今後の関係を考え直さなきゃいけなくなる」

「でもさ、今はバスケだけじゃないでしょ？　他にも良《い》い所《ところ》っていうか――」

「もちろんあるよ。その分、相手の嫌《いや》な所《ところ》も沢山《たくさん》ある。付き合うってさ、うまく言えないけど、好きなとこと嫌《いや》なとこのバランスを見極《みきわ》める、みたいなとこない？　我慢《がまん》できるのはどこまでか的な感じっていうの？　もちろん我慢《がまん》ばっかはしてらんないから、我慢《がまん》できないところは言い合ったりして。だからこそ、好きの切《き》っ掛《か》けは大切だと思うんだよね」

大人すぎない？　わたしとの差、ヤバくない？　本当に同い年っ？

わたしなんて純《じゅん》がはっきりしないとか悩《なや》んで——うん、麗良《れいら》との差はそこだ。わたしは純《じゅん》に自分の気持ちを伝えなかった。嫌《きら》われたらとか……そこまでじゃなくても、ウザがられたらとか考えて、自分の気持ちに蓋《ふた》をしたままだった。せっかく付き合えたのに別れるのが怖《こわ》くて、何にも言えなかった。怯《おび》えてばかりいた。純《じゅん》に。そして那織《なおり》に。

それが辛《つら》くなって、純《じゅん》がわたしのことをイヤになる前に——別れを告げられる前に、わたしは自分から別れる決意をした。

純《じゅん》を解放してあげるんだって自分に言い聞かせて。那織《なおり》の為《ため》だって自分に言い聞かせて。

わたしは逃《に》げただけだったんだ。言い訳ばかりして、幸せが怖《こわ》くなって、色んなものを失うのが耐《た》えられなくなって、純《じゅん》と那織《なおり》から逃《に》げだしただけだ。

麗良《れいら》は凄《すご》いな。敵《かな》わないよ。全っ然、敵《かな》わない。

「やっぱ麗良《れいら》は凄《すご》い。尊敬しちゃう。わたしはそうやってぶつかって来なかったから」

「ぶつかってばかりだと、疲《つか》れるよ。でも、琉実《るみ》だってまだ終わったわけじゃないじゃん。あんたの妹がチャンスをくれたわけだし。私からすれば、あんた達姉妹《しまい》のがよっぽど凄《すご》い」

「なんか、最後のは褒《ほ》められてる気がしない——けど、麗良《れいら》の言う通りだよね。まだ終わったわけじゃないよね。今からやり直せばいいだけ」

わたしに足りないのは、覚悟《かくご》。それはわかってる。踏《ふ》み出《だ》す勇気が足りないんだ。

「そういうこと。もっと気楽に考えなって。一度別れたって言っても、白崎《しろさき》とはまだ繋《つな》がってるんだし、同じクラスだし、なんなら隣《となり》の家でしょ？　私みたいに、電車に乗らなきゃ会いに行けないわけじゃないんだから」

「だね。ありがと。なんか、元気もらっちゃった。麗良《れいら》の彼氏《かれし》のとこも勝《か》ち抜《ぬ》けるといいね。うちと違《ちが》って強豪《きょうごう》だから大丈夫《だいじょうぶ》だと思うけど」

「そうは言っても、油断はできないっしょ。事実シード取れなかったんだし。プレッシャー半《はん》端《ぱ》ないと思うよ。でも、心配してる余裕《よゆう》はないかな。だって、明日は初戦だよ？」

麗良《れいら》がちょっとわたしに寄って「彼氏《かれし》にはとても言えないけど」と呟《つぶや》いてから、笑った。

それからしばらく無言で電車に揺《ゆ》られていた。明日のことが不安で、心細くて、麗良《れいら》の手を握《にぎ》る。握《にぎ》り返《かえ》してくれたのも束《つか》の間《ま》、麗良《れいら》が降りる駅に着いてしまった。

「じゃあ、また明日。頑張《がんば》ろうね」

「うん。麗良《れいら》も」

麗良《れいら》と別れて、一気に寂《さび》しさと不安と焦《あせ》りが襲《おそ》ってくる。準備はちゃんとした。イメトレだって何度もした。それでも、まだ何かやり忘れたことがあるような気がして、試合はもう明日なのに、気持ちがはやって落ち着かない。気を紛《まぎ》らわそうとスマホを取り出す。

純《じゅん》からラインが入っている。ちょっとだけ心の波が落ち着いた気がした。

通知をタップして、トークを開く。

《練習は終わった？》

〈今、帰りの電車〉

〈もうちょいで駅〉

《ちょっと時間あるか？》

〈あるけど……どうしたの？〉

なんだろ。明日の応援《おうえん》かな？　それなら本当に嬉《うれ》しい。

《大した用じゃないけど。駅に着いたら教えてくれ》

〈わかった〉

わたしは心が走るのを感じる。声を聴《き》きたくて、寝《ね》る前に通話しようかと思ってたから、余計に。あと数駅がもどかしい。駅に止《と》まる度《たび》、ドアが閉まるまでが長く感じる。ドアが開いて、人が乗り降りして、閉まる。あと一駅。なんとなくトークを開いて、閉じる。繰《く》り返《かえ》し。充《じゅう》電《でん》が減って、もどかしさだけが増していく。

駅に着いて、〈着いたよ〉と送る。やっと押せた。電車を降りて、階段を小走りで上がっていく。最後の方は一段飛ばし。気付くと、わたしは走り出していた。さっきまで疲《つか》れていたのに、身体《からだ》がとても軽い。カバンが揺《ゆ》れに合わせて身体《からだ》に当たるけど、全然気にならない。脚《あし》と呼吸《こきゅう》がリンクする。公園まであと少し。スピードを落として、呼吸を整える。

走ってきたなんてダサい。まるで会いたかったみたい。

ふぅー。長く吐《は》き出《だ》して、大きく吸う。久しぶりに呼吸をしたみたいに、夏を纏《まと》った重たるしい空気でも新鮮《しんせん》で美味《おい》しい。高まった心拍数《しんぱくすう》を落ち着かせる。

よし。遅《おそ》めに歩いて、公園を目指す。意識して、ゆっくりと。

公園に入ると、いつもの東屋《あずまや》に人影《ひとかげ》が見えた。後ろから近付いて驚《おどろ》かせてやろうか。そんなことを考えられるくらいには落ち着いた。

さっきよりも意識して、少しずつ足を——ジャリッ。しまった。

音に気付いた純《じゅん》が振《ふ》り返《かえ》る。「早かったな」

あとちょっとだったのにっ。

「そう？」取《と》り繕《つくろ》いながら。ちょっと声が上ずった感じがして、咳払《せきばら》い。ベンチの端《はし》にカバンを下ろして、Tシャツ姿の純《じゅん》の隣《となり》には——まだ座らない。

「用って何？」ベンチに座る純《じゅん》を見下ろし気味に。

「いいから座れよ」

顔を上げずに、純《じゅん》が言った。

「うん」

隣《となり》に座って純《じゅん》の顔を見る。

なんだか表情が硬《かた》くて、空気が重くて、耐《た》え切《き》れずにわたしから話題を振《ふ》る。

「そう言えば、今日って追試でしょ？　慈衣菜《しえな》、大丈夫《だいじょうぶ》だったかな？」

「そこそこ出来たっぽい。ちょっと前にLINEが来た。あとは明日の化学で最後。無事に終わってくれれば、お役御免《やくごめん》だ。あいつの面倒《めんどう》を見るのも終わり」

純《じゅん》の言葉は、あんまり突《つ》き放《はな》した感じには聞こえなかった。そう言っておかなきゃみたいな、義務感雑じりな言い方だった。こいつも大概、素直じゃないんだよね。

「慈衣菜《しえな》、イイ子だったでしょ？」

「思ってたよりは、な。あの手のタイプは苦手だと勝手に判断していたが、雨宮《あまみや》はちょっと変わってるというか、独特だった。何事も、先入観は良くないな」

「そうだね。たまには相手、してあげて。多分、気に入《い》られてると思うから」

「そうか？　それはそれとして、たまに話すくらいは良いかもな」

「そだね。で、何か用あるんでしょ？」

「まぁ、な」

言葉の続きを待ったけど、純《じゅん》は黙《だま》ったまま。そんな雰囲気《ふんいき》出されると、ちょっと身構えちゃうんだけど。何？　わたし、なんかした？　してないよね？

「んっと、言いにくいこと……？」

「そういうんじゃなくて、えっと……明日、その……試合だろ？」

「うん」

「試合出るんだろ？　頑張《がんば》れよ」

「ありがと。それを言うためにわざわざ――」

「これ。ちょっと早いけど」そう言って純《じゅん》が大きめの包みを脇《わき》から取り出した。

「……もしかして、誕生日だからってこと？」

そっか。そのために。この公園に呼び出したんだ。やめてよ。効きすぎるって。

「那織《なおり》にはまだ渡《わた》してないんだからな。言うなよ」

そんなこと言わないでよ。期待しちゃうじゃん。

「見ていい？」

「おう」

静かな公園に包みを開けるガサガサっという音が響《ひび》く。中には、ラッピングされた細長い箱が入っていた。箱を取り出したはいいものの、包装紙を留めてるテープが剝《は》がれない。試合に備えて爪《つめ》を短くしてるからもどかしい。破きたくなるところだけど、絶対に破きたくない。そっと力を込《こ》めて、テープを切る。やっと取り出すと、中からスポーツボトルの箱が現れた。

「使うだろ？　今使ってるの、中等部の時からだよな。そろそろ新しいの――」

「ありがとっ。明日から使う。絶対これ使う」

思わず抱《だ》き着《つ》きそうになる……けど、我慢《がまん》しなくていいよね。今日はいいよね。

「ね？　抱《だ》き着《つ》いてもいい？」

「勝手にしろ」

無理。好き。超好《ちょうす》き。

純《じゅん》の胸に顔を埋《うず》めて、腕《うで》を背中に回して力いっぱい身体《からだ》を引き寄せる。ずっとこうしていたい。過去がどうとか、今がどうとか、どうでもいい。そんなことどっちだっていい。

この瞬間《しゅんかん》だけは、誰《だれ》にも渡《わた》さない。渡《わた》したくない。那織《なおり》にだって。

「那織《なおり》には悪いと思ってる。本当は同時に渡《わた》すべきだって思ってる。だけど、どうしても試合前に渡《わた》したかったんだ。僕にはこれくらいしかできないから」

「そんなことない。嬉《うれ》しい。本当に嬉《うれ》しい。ありがとう」

「明日は行けないけど、日曜日は応援《おうえん》に行く。だから、必ず勝てよ」

「うん。勝つ。絶対に勝つ」

負けるもんか。

お守りはこの水筒《すいとう》のストラップに付けよう。それがいちばん効く気がする。

「お願い、もっと言って」

「ええと……相手がどんなに強そうでもビビるなよ。絶対、琉実《るみ》の方が強い。保証する」

「うん。他には？」

今のはちょっと微妙《びみょう》。嬉《うれ》しいけど。

「他にはって……そうだな、僕は琉実《るみ》がバスケしてるとこ、凄《すご》く好きだ。シンプルに恰好良《かっこうい》いと思って見てる。だから、明日勝ってくれないと困る。琉実《るみ》の試合が見られないから」

純《じゅん》にカッコイイって言われたの初めて。

わたしのこと、そんな風《ふう》に見てたんだ。

なんで付き合ってる時に言ってくれないかなぁ。もっと早く言って欲しかった。

「わがまま言っていい？」

覚悟《かくご》――踏《ふ》み出《だ》す勇気。待ってるだけじゃ、ダメなんだ。バスケと一緒《いっしょ》。自分でボールを取りに行かなきゃ、試合は動いてくれない。わたしだって試合がしたい――もう一度。

「なんだ？」

「キスして。昔みたいに」……言っちゃった。

「バ、バカ。何を――」

「そしたらもっと頑張《がんば》れるから」

那織《なおり》とはこの前したんでしょ。しかもディープ。そう言いたくなったけど、言わない。言っちゃいけないし、わたしに言う資格はない。それはわかってる。

神様、もう少しだけ勇気を下さい。ほんの少しでいいから。

お願いしたって、純《じゅん》からしてくれないこと――わかってる。

純《じゅん》の顔に手を添《そ》えて――だからわたしは、自分から。


家に帰ると、那織《なおり》が二階に上がるところだった。

「あ、やっと放蕩娘《ほうとうむすめ》が帰って来た。あんまりにも遅《おそ》いから、先にご飯食べちゃった」

放蕩娘《ほうとうむすめ》って……でも、今日だけは何も言えない。

那織《なおり》、ごめ――ううん。これじゃ前と同じ。それはもう考えない。少なくとも、今日は。

「ごめん。明日のミーティングとかしてたら遅《おそ》くなっちゃった」

玄関《げんかん》に那織《なおり》が下りてくる。

「それはそれは遅《おそ》くまでご苦労なこって。明日だって早いんでしょ？　そういう時は、ミーティングやらは先に済ませておく方が賢《かしこ》いと思うよ」

「うるさいなぁ。いいでしょ、そんくらい。それより、今日のご飯は――」

「トンカツ。訊《き》くまでも無いでしょ？」当然でしょとばかりの口ぶり。

ついいつもの癖《くせ》で訊《き》いちゃった。我が家のゲン担《かつ》ぎは昔からトンカツ。

うん、訊《き》くまでもない。

「わたしのお陰《かげ》で大好物が食べられて良かったじゃない」

「まーね。感謝しとく。あと……」

「ん？」

「明日、頑張《がんば》って」那織《なおり》が再び階段を上がっていく。

「……あ、ありがと」

面食らって、反応が遅《おく》れてしまった。わたしの言葉が届いたのかはわからない。二階で扉《とびら》の閉まる音がした。調子が狂《くる》う。やっぱ。ダメだ。無かったことになんてできない。

わたしはそのまま那織《なおり》の部屋に向かった。リビングからわたしを呼ぶ声が聞こえる。ごめん。お母さん、ちょっと待ってて。心の中で謝って、那織《なおり》の部屋の前に立つ。

「入るよ」ドアを開けると、那織《なおり》が机の上に頬《ほお》を付けて窓の外を見ていた。

「もう入ってんじゃん」

「何してんの？」

「これくらいの目線の頃《ころ》って、何歳くらいだったかなーって」

那織《なおり》が身体《からだ》を起こし、背もたれに身体《からだ》を預けてこっちを向いた。

「もう、カーテン閉めなさいよ。外から丸見えじゃん」

動く気のない妹に代わって、カーテンを閉める。本当に、我が妹ながら何を考えているのかよくわからない。それはいいとして──言わなきゃ。

「あのさ」

「ん？」

「さっき、純《じゅん》と……その」

勢いで言おうと思ったのに、言葉に詰《つ》まった。その先が言えなかった。

「何？　てか、会ってたの？」

「うん。明日、頑張《がんば》れって……」

「良かったじゃん。別にそんなこといちいち言わなくたっていいよ」

「でも……那織《なおり》も、その、さっき応援《おうえん》してくれた、から」

「流石《さすが》に何も言わないっていうのも、ね。それより、ご飯食べて来たら？」

「う、うん。そうする」

結局、言えなかった。ううん、わたしは言わなかったんだ。

せめて――「那織《なおり》」

「んー？」

「ありがとね」

「ん」

ちょっと早い十六歳のプレゼントは、ずっと仕舞《しま》っておかなければいけない。

※　※　※

（神宮寺那織《じんぐうじなおり》）

お昼休み、私は教授を呼び出した。いゝ、いゝ、しえなの件で何の働きもしてくれなかったあの男に、一言物申してやろうと思った。文句を言ってやらねば。純君《じゅん》がしえなに勉強を教えるのを妨害してくれるって言ってたのに、全くと言っていいほど役に立たなかった。蓋を開けてみれば、純《じゅん》君はしえなに勉強を教えたし、私は自ら乗り込んで実地調査まで行《おこな》った。女子との約束を反故《ほご》にしたままはよくない。結果だけを見るなら、教授の助けなんて要《い》らなかったんだけど、言うべきことは言っておかないと。

そう思っていたのに、本当はもっと早く言うつもりだったのに、教授は月曜日の誘《さそ》いを断った挙句《あげく》、風邪《かぜ》を引いたとかで休んでいたのだ。軟弱者《なんじゃくもの》め。気合が足らんのじゃ。溜《た》め込《こ》んだ教授への呪詛《じゅそ》で胃潰瘍《いかいよう》になるところだった。

普段《ふだん》使われることのない、倉庫と化した第三会議室の扉《とびら》に手を掛《か》ける。少しだけ開けて中を覗《のぞ》くと、ホワイトボードやパーティションが幾《いく》つも並んでいる。その前に、会議用の長テーブルが一脚《きゃく》あるのみ。テーブルの上には大小様々な段ボールが載《の》せられていて、薄《う》っすらと埃《ほこり》を被《かぶ》っている。お昼時と雖《いえど》も、ここで食べる人は居ないみたい。読み通り。

「おい」

ふぉっ。

「びっくりするから、背後から話しかけないでっ！　いつも言ってるでしょっ！」

「そりゃ、すまねぇ。そんなに驚《おどろ》くと思ってなかったからよ。で、何の用だ？　病《や》み上《あ》がりをこんな埃《ほこり》っぽいとこに呼び出して。愛の告白でもしてくれんのか？」

「バカじゃないの？　一兆回転生しても有り得ない」

中に入って、比較的綺麗《ひかくてききれい》な、スポンジの飛び出していないパイプ椅子《いす》を選ぶ。立《た》て掛《か》けてあったお陰《かげ》で、座面に埃《ほこり》はあんまりついていない。

「一兆一回目は？」

私みたいに確認《かくにん》するでもなく、手前の椅子《いす》を取りながら教授が言った。

「うざ。子供の頃《ころ》、『それって地球が何回まわった時？』とか言ってたでしょ？　回数にばっか拘《こだわ》ってると、いつまで経《た》ってもデータ取り終わんないよ？　級内相関係数って言葉知ってる？　標準偏差《ひょうじゅんへんさ》とか共分散くらいは――」

「わかったわかった！　俺が悪かった！」

「もう、しょうもないこと言わないでよね。そんなことより、先週の話なんだけど――」

「ちょ、ちょっと待ってくれ。話の前に……これ。明日、誕生日だろ？　やるよ」

そう言って教授が小さい紙袋《かみぶくろ》を渡《わた》してきた。よく覚えてるね。純《じゅん》君の入《い》れ知恵《ちえ》？

「何？　なんか頼《たの》み事《ごと》でもあるの？」

「違《ちげ》ぇよ。ほら、素直《すなお》に受け取れって」

まぁ、貰《もら》える物《もの》なら貰《もら》うけど……。「ありがと。開けていい？」

「おう。早く開けてくれ」

「なんでそんなに自信満々――なにこれ」

中から出てきたのは、血に染まった様な柄《がら》の、タオル地のハンカチだった。待って。その自信満々な顔は何？　どこからその自信が出てくる訳？

「見て分かるだろ。どー見ても、肉だ。好きだろ？」

思いっ切り要《い》らないんですけど。こんなハンカチ、人前で使えないじゃん。この血飛沫《ちしぶき》みたいなハンカチで、「今日は暑いわ」とか言いながら汗《あせ》を拭《ぬぐ》うの？　ねぇ？　完全にシリアル・キラーじゃん。何、この巫山戯《ふざけ》切ったタランティーノみたいなセンス。お肉は好きだけど、そも、食べられないし。食べられないお肉に興味なんてないんですけどっ――言わないよ。流石《さすが》に、本人にそんなことは言わない。

「これを貰《もら》った私の反応は、どういう想定だったの？」

「俺のシミュレーションだと、『わぁ、お肉だぁ、美味《おい》しそうっ！　これでいつでも焼肉気分を味わえるよ。教授、ありがとうっ。大好き』だな。どうだ？　嬉《うれ》しいだろ？」

無理。我慢《がまん》の限界。

「バッッカじゃないの？　シミュレーション、全っ然出来てないじゃん。ポンコツそのものじゃん。ねぇ、教授の脳は何ビットなの？　私がこのハンカチを見て、『わぁ、お肉だぁ、美味《お》《い》しそうっ！』なんて言う訳ないでしょっ！　ヤバい。シンプルにヤバい。例えば同じクラスの女の子がだよ、この柄《がら》のハンカチ使ってたら正気を疑うでしょ？　挙句《あげく》に、『ね、これ美味《お》《い》しそうじゃない？』って言いまわるんでしょ？　ただの奇行《きこう》じゃん。ヤバい奴《やつ》じゃん」

「わかったよっ。ネタに走ったのは認める。いいよ、俺が使うから。ほら、返せ」

「それは嫌《いや》だ。もう私のだもん。無理」

「意味わかんねぇぞ。気に入ったのか、気に入ってないのかはっきりしろ」

「気に入ってはないけど、なんかに使えそう」

部長辺りはきゃっきゃ言ってくれそうだし。しれっと洗濯機《せんたくき》に入れて、お母さんの反応を試《ため》すってのも悪くない。ちゃんとネタにはしてあげる。学校じゃ絶対に使わないけど。

変な柄《がら》のハンカチだったら、いっそのことギーガーの絵が描《えが》かれたハンカチ――そんなハンカチ見たこと無いけど。あったら欲《ほ》しい。そっちのがよっぽど欲しい。

「じゃあ、喜んで受け取ったと解釈《かいしゃく》していいんだな？」

「好きにしたら。けど、これを受け取ったってことは、教授の誕生日にも何か用意しなくちゃいけないのかぁ。それが一番の憂鬱《ゆううつ》。間違《まちが》いなく頭痛の原因になる」

去年は話の流れで誕生日がどうのってなって、お菓子《かし》を貰《もら》っただけだった。それくらいが一番気軽。お菓子《かし》を返せば良《い》いし。お肉のハンカチに対抗出来《たいこうでき》るような、絶妙《ぜつみょう》に要《い》らなそうなネタを探さなきゃいけない……って、これじゃ教授と同じ考えに陥《おちい》ってない？

いやいや。ここはネタ返しでしょ。ネタにはネタを。

「思ってても、憂鬱《ゆううつ》とか口にするんじゃねぇよ。けど、期待してっぞ」

教授が憎《にく》たらしいくらい、気持ちよく笑った。

「その顔がムカつく。絶対、変な物あげるんだからねっ！」

「楽しみにしてるわ。で、話って何なんだ？　悪いな、先に時間使って」

「もういい。どーでも良くなった」

「何だよそれ。人のこと呼び出しておいて」

「結果的に良かったでしょ？　そんで、教授って誕生日いつ？」

「は？　覚えてねぇのっ⁉　こんだけ友達やってて？」

知ってるけどね。知っているって思われたくない。

「俺は二月九日だ。いい加減覚えろ」

「もう覚えた。間違《まちが》いない。完璧《かんぺき》。今際《いまわ》の際《きわ》にも思い出せる。辞世の句で詠《よ》んであげる」

「そういうことを言えば言うほど、胡散臭《うさんくさ》いんだよ」

「まあまあ。少しは私を信じなさい。ちなみに、このお肉ハンカチ、いつ買ったの？」

「ああ、それはこの間白《しろ》さ――」教授が慌《あわ》てて自分の口を塞《ふさ》いだ。

　愚《おろ》か者《もの》め。簡単に引《ひ》っ掛《か》かりおって。準備無しでも対処出来るようにならなきゃ、いつまで経《た》っても私は出し抜けないよ？　率爾《そつじ》に対応出来ないポーカーフェイスなんて、武器にもなんないからね。でも、お陰《かげ》で情報がひとつ増えた。やっぱり、一緒《いっしょ》に買いに行ったんだ。

「教授は浮気出来《うわきでき》ないね。秒でバレる……そんな甲斐性《かいしょう》はないか。そもそもモテないし」

「それは聞き捨てならねぇ。いいか、俺はモテないんじゃねぇ。彼女を作らないだけだ」

　ふーん。ご愁傷様《しゅうしょうさま》です。いつまでそう言い続けられるのか見物だね。

「なんだよその目は」

「何も言ってないでしょ」

「目が言ってるんだよっ！　だから、その『この人可哀想《かわいそう》』みたいな目やめろっ！」

「はい、話は終わりっ。じゃあね。ばいばい。さよな――」

「さよならをいうのはわずかのあいだ死ぬことだ、だろ？」

　教授の口からマーロウ？

「覚えたんだ」教授が得意気《とくいげ》な顔をした。

　生意気な。

「フランス人《エドモン・アロクール》に感謝しないとね」そう言い置いて、私は会議室を後にした。

　放課後、明日のことについて部長と簡単に話して別れたあと、純《じゅん》君のクラスに足を踏《ふ》み入《い》れる。窓際《まどぎわ》の席に目を遣《や》ると、しえなが何やら話しているのを網膜《もうまく》が捉《とら》えた。

だる。絡《から》みたくない。そりゃ確かに、話す前よりは苦手じゃない――違うな。苦手は適当じゃない。まるで私が負けてるみたい。苦手とかじゃなくて、関わる必要がなかったから近付かなかっただけ。話も通じないようなウミウシくらいの知性だと思っていたし。

この前、しえなの家に行って、会話が出来る程度の知性があるってことは理解した。そこは情報を更新した。したけど、私はしえなと友達になったわけじゃない。ちょっと会話しただけで、「うちらは友達だから」みたいに言う奴《やつ》の気が知れない。友達の概念《がいねん》とは！　親しくしている人？　どこからどこまでが親しいの定義？　そこから問《と》い質《ただ》したい。

しえなは知人。話してもいいけど、まだ私から話したくなるような相手じゃない。

出直そうかとしたところで、こっちに気付いたしえなが「にゃおにゃおー」と手を振《ふ》った。

クラスに残っていた生徒の視線が、私に集中した。

やめてよ。めんどくさい。

仕方なしに「雨宮《あまみや》さんも居たんだぁ」と、諸々《もろもろ》をぐっと堪《こら》えて柔《やわ》らかく返す。注目が集まっている以上、これが最適解。純《じゅん》君の生暖かい目を、そっと睨《ね》め付《つ》ける。これでいいの。余計なこと言ったら、地獄の業火《ヘル・ファイア》をお見舞《みま》いするからね。私は弱みを握《にぎ》ってるんだよっ！

「ちょっとぉ、雨宮《あまみや》さんなんてやめてよー。エナでいいってー」

しえなが走り寄って来て、バっと抱《だ》き着《つ》いてきた。んもうっ、暑苦しいっ！

「えっと——どうしてここに？　今日は追試じゃないの？」

じりじりとしえなを引《ひ》き剝《は》がしつつ、軽く棘《とげ》を見舞《みま》う。要約「あっち行け」。

「そうなのー。だから、ちょっとその前に、ザキに確認《かくにん》しておきたいことあってー」

「そっか。確認《かくにん》は済んだ？」確認《かくにん》が済んだなら、とっととあっち行け。

「うん——って、ヤバっ、始まっちゃう。じゃあね、にゃおにゃおっ！　ザキもっ！」

そう言って、しえなが走り去っていった。私の真言《マントラ》が通じたっ！

「何なの、あれ」

「僕に言うな。けどまぁ、やる気になってるだけ成果はあったってとこだろ」

「ふーん。殊勝《しゅしょう》なことですね」

帰《かえ》り支度《じたく》を始めた純《じゅん》君が「さ、帰るか」と言って、鞄《かばん》のファスナーを閉めた。

「うん」


今朝、珍《めずら》しく純《じゅん》君が一緒《いっしょ》に帰ろうなんて口にした。一緒《いっしょ》に帰ることは何度もあったけど、態々《わざわざ》約束を取り付けるのは珍《めずら》しい。誕生日《たんじょうび》絡《がら》みのあれこれって感じで誘《さそ》ってくれたなら良《い》いんだけど、昨夜のことが邪魔《じゃま》をする。私の思考をどんよりとした方に引《ひ》き摺《ず》って行《い》く。

——昨日の琉実《るみ》は何かを隠《かく》していた。言《い》い淀《よど》んでいた。

何かあったんだろうなと猜疑《さいぎ》を抱《いだ》きつつも、追及はしていない。試合前に問《と》い詰《つ》めるほど私は薄情《はくじょう》じゃない。だから、もやもやする。そんなタイミングで誘《さそ》われたから、純《じゅん》君から聞きたくない話をされるのでは無いかと云《い》う狐疑《こぎ》が拭《ぬぐ》えない。反面、知らないままにしておけない私も居る。与《あずか》り知《し》らないまま何かが動き出すのは嫌《いや》。それだけは絶対に嫌《いや》。

ぼんやりした不安——芥川《あくたがわ》じゃないから私は死なない。うん、不安まではいかない。私の知らない何かを聞かされるんじゃないかって云《い》う沈鬱《ちんうつ》な感覚。仕舞《しま》い込《こ》んだ寂寞《じゃくまく》な想《おも》いを掘《ほ》り返《かえ》されることに対する抵抗《ていこう》。

十分、ぼんやりした不安かも。

学校を出て、駅に着くまでこれと云《い》った話はしなかった。外は篠突《しのつ》く雨《あめ》。傘《かさ》に当たる雨音が五月蠅《うるさ》くて声もよく聞こえない。信号待ちで昨日の慈衣菜《しえな》の追試はどうだったのか訊《き》いたけど、本人曰《いわ》く大丈夫《だいじょうぶ》とのことらしい。気になってた訳じゃないし、当《あ》たり障《さわ》りのない会話として丁度良かっただけ。正直、どうでもいい。その会話に意味は無い。

「なぁ、このあといつもの喫茶店《きっさてん》に行かないか?」

駅に着いて、電車を待つ間、純《じゅん》君が改まって言った。誘《さそ》った理由を、そこで話す積《つ》もりなんだろう。どんな話をするのか、何を思って純《じゅん》君がそう言ったのか、私には分からない。

明日は私の誕生日なのに、どうしてこんなにもやもやしなきゃいけないの?

ホームを駆《か》ける繁吹《しぶ》き雨《あめ》が、私の身体《からだ》を濡《ぬ》らした。服が体に張り付いていく。

部長、ノーブラ絆創膏《ばんそうこう》なんてやる気分じゃないよ。今の私は。

喫茶店《きっさてん》でも良かった。

でも、私は言った。「私の部屋に来ない？」

（白崎純《しろさきじゅん》）

那織《なおり》の部屋に入るのはいつ振《ぶ》りだろう。この家に上がることはあっても、今では二人の部屋に入ることは殆《ほとん》どない。付き合っていた時、琉実《るみ》の部屋に入ったことは何度かあるけれど、この前のことを除けば、暫《しばら》く入っていない。そもそも、この家に来た時は、いつもおじさんとばかり喋《しゃべ》っているから、殆どないってのはその通り。那織《なおり》の部屋なんて尚更《なおさら》だ。

「まあまあ綺麗《きれい》でしょ？」那織《なおり》がデスクチェアに座った。

部屋のあちこちに本が積まれていて、カラーボックスや本棚《ほんだな》の上にぬいぐるみが無造作に並んでいるのは、昔の印象と変わらない。記憶《きおく》の中にある那織《なおり》の部屋は、そこら中に服が散らかっていて、本や漫画《まんが》が散乱していた。服が散乱していないだけ、綺麗《きれい》かも知れない。

ただ、この状態は長く続かない。断言する。

「そうだな」

余計なことは言わず、床《ゆか》に座った。帰りしな甚雨《じんう》に見舞《みま》われ、スラックスの裾《すそ》がぐっしょりと濡《ぬ》れてしまった。那織《なおり》に借りたタオルで身体《からだ》を拭《ふ》きながら、カバンをすぐ近くに置いて、プレゼントの無事を確認《かくにん》する。こんなこともあろうかと、ビニールに入れておいて正解だった。

カバンの口をそのままにして、中からプレゼントを取り出しやすくしておく。

誕生日は明日だ。だが、琉実《るみ》には既《すで》に渡《わた》してしまった。那織《なおり》には申し訳ないと思いつつ、どうしても試合前に渡《わた》したかった。応援《おうえん》の意味も含《ふく》めて。

だから、那織《なおり》にも早く渡《わた》したかった。当日までは待てなかった。琉実《るみ》を贔屓《ひいき》したつもりは無いが、それに似た罪悪感が僕を囃《はや》し立《た》てた。そんな意図は無くとも、理由はどうあれ、「琉実《るみ》にだけ渡《わた》したんだろ」ともうひとりの自分が言う。

「それにしても酷《ひど》い雨だったね。靴下《くつした》、びちょびちょだったもん」

家に上がってすぐ靴下《くつした》を脱《ぬ》いだ那織《なおり》が、生足をタオルで拭《ぬぐ》いながら言った。脚《あし》を組んでいるから見えることは無いが、下着が何度か見えそうになって、僕は下を向いてスラックスの裾《すそ》を引っ張りながら、タオルでぽんぽんと挟《はさ》むしかなかった。那織《なおり》のブラウスが濡《ぬ》れて肌《はだ》に張り付いているのは言わずもがな。まじまじと見るつもりはないし、指摘《してき》もしない。

「僕も裾《すそ》が大分濡《ぬ》れたよ」

そう言って誤魔化《ごまか》しつつ、このままプレゼントを渡《わた》した方がいいのではと思い始めた。タイミングを逸《いっ》して出《だ》し辛《づら》くなるより、早めに渡《わた》した方が得策だ。そうしよう。

「那織《なおり》、これ。ちょっと早いけど、誕生日おめでとう」

ふたつあるプレゼントのうち、リボンの付いた袋《ふくろ》を取り出して渡《わた》す。

「ありがとう」ちょっと屈《かが》んで、那織《なおり》がそれを受け取った。「見ていい？」

「おう」

ガサガサっと音を立てながら、那織《なおり》が中からぬいぐるみを取り出した。

「海豹《あざらし》？　可愛《かわい》い」

「良かった。欲《ほ》しかったんだろ？」

「ん？　海豹《あざらし》を？　そんなこと言ったっけ？　けど、これ可愛《かわい》い。目が×になってて、口もむにゃむにゃっとしてて——このやられてる感好き」

もしかして、気付いてない？　想定よりテンションが低い。

「そのアザラシ、お腹《なか》のとこにチャックがあるだろ？」

「ほんとだ。なんだろ？」那織《なおり》がジジジっとチャックを開ける。「小さい鳥さんが何羽《なんわ》か入ってる……待って。え？　これ、もしかしてキビヤック？　本当にあったの⁉」

那織《なおり》の声が一段高くなった。その反応を待っていた。

キビヤック——北極圏《ほっきょくけん》に住むイヌイットの民族料理。内臓を取ったアザラシのお腹《なか》に海鳥を詰《つ》めて、土の中に埋《う》めて発酵《はっこう》させる。埋《う》めておく期間は数ヶ月から数年。シュールストレミングなんかと並んで、臭《にお》いが強烈《きょうれつ》で知られている料理。亀嵩《かめだけ》に言われるまで、キビヤックのぬいぐるみがあるなんて想像もしなかった。

「ああ。キビヤックのぬいぐるみ――」

「これ、部長の入《い》れ知恵《ぢえ》でしょ？　このセンスは絶対に部長」

「ルール違反《いはん》かとは思ったんだけどな。プレゼント渡《わた》すなら、欲《ほ》しい物の方が良《い》いと思ったんだ。キビヤックのぬいぐるみ、欲《ほ》しかったんだろ？」

「欲《ほ》しかったって言うか、部長と話の流れで――ううん、欲《ほ》しかったよ。まさか本当にあるとは思わなかった。軽く感動してる。だから嬉《うれ》しい。ありがとう」

アザラシのお腹《なか》に海鳥を詰《つ》めたり出したりしながら、那織《なおり》が笑った。最初の反応が薄《うす》かったから、要《い》らないのかと思って心配になった。喜んでくれて良かった。

「実はもうひとつあるんだ」

僕はもうひとつのプレゼントを取り出した。琉実《るみ》に先渡《さきわた》しした負い目でもう一つ用意した訳じゃない。那織《なおり》には最初から二つ渡《わた》すつもりだった。どちらかと言えば、こっちが本番。

亀嵩《かめだけ》にヒントは貰《もら》ったけれど、自分で考えて選んだ物。

「え？　もうひとつ？」那織《なおり》がそれを受け取って、おずおずと包装を解いていく。

「ありがとう。これは……眼鏡ケース？」

那織《なおり》が取り出したのは、金属製のメガネケースだ。高い物ではないし、有《あ》り触《ふ》れたデザインの物だ。特筆すべき物ではない。が、故《ゆえ》に、探すのが大変だった。

「ほら、この前PCグラスを持っていただろ？　別のケースを使ってるとは思うけど」

メガネケースをまじまじと見ながら、「ねぇ、これって」と那織《なおり》が呟《つぶや》いた。

「ああ。僕と同じヤツだ」

正直、気取ってる感があって、恥《は》ずかしさもある。けれど、那織《なおり》のプレゼントをどうしようか相談した時、亀嵩《かめだけ》から言われた言葉がどうしても忘れられなかった。

——なおちゃんにもお揃《そろ》いの物あげたらどう？

言われるまで考えもしなかった。那織《なおり》とお揃《そろ》いの何かを買った覚えはない。琉実《るみ》とは、付き合っていた時にこまごました物——例えば色違《いろちが》いのシャーペンとかキーホルダーを持ったりした。最初はその程度だった。だが、のちに勢いで買った目立つ物がひとつだけある。靴《くつ》だ。別れてからは、何となく気まずくて余り履《は》かなくなった。琉実《るみ》が履《は》いている所も見なくなった。だが、最近は履《は》いている姿をたまに見る。この前もそうだった。

亀嵩《かめだけ》はそういうことに気付いていたのだろう。亀嵩《かめだけ》と那織《なおり》の間でそういう会話がされたのかは知らない。ただ、琉実《るみ》と同じ家に住む那織《なおり》が気付いていないわけがない。

「これ、お揃《そろ》いってこと？」

「ああ。高いヤツとかじゃないけどな」

「琉実《るみ》は持ってるの？」

「いいや。持ってない」

「私だけ？　私だけが持ってるお揃《そろ》いってこと？」

「そうだよ」

那織《なおり》が顔を背《そむ》けた。一瞬《いっしゅん》、那織《なおり》の顔が綻《ほころ》んだように見えた。そう見えただけかも知れない。部屋に暫《しば》し静寂《せいじゃく》が訪《おとず》れた。やっぱり似合わないことをしてしまったのだろうか。

「那織《なおり》、もし要《い》らなかったら、筆箱にでも——」

「そんなことないっ！」

叫ぶように言って、那織《なおり》が身体《からだ》ごとこっちを向いた。ガバっと開かれた脚《あし》から咄嗟《とっさ》に目を逸《そ》らし、那織《なおり》の顔を見る。怒《おこ》っているでも泣いているでもなくて、敢《あ》えて形容するなら留守番を言い付けられた子供みたいな、影《かげ》を潜《ひそ》ませた寂《さび》しそうな表情をしていた。

「ねぇ、正直に答えて。昨日、琉実《るみ》にプレゼント渡《わた》したでしょ？　私より先に。違《ちが》う？」

気付いていたのか。流しで見知らぬ水筒《すいとう》を見掛《みか》けたのかも知れない。そんなことで気付くかは分からないけど、そこを質《ただ》しても仕方がない。問題は、恐《おそ》らくそこには無い。

「すまん。どうしても、試合前に渡《わた》したかったんだ。那織《なお》よりも琉実《るみ》の方が、とかそういう理由じゃない。ただ、今日の試合を頑張《がんば》って欲《ほ》しくて——」

那織《なおり》が椅子《いす》から下りて、僕の前に座る。

「やっぱりそうなんだ。ねぇ、どうしてそう言ってくれないの？　なんで私に隠《かく》すの？」

言葉が出なかった。なんて言えば良《い》いか、続きを紡《つむ》ぐことが出来なかった。

「私、知ってたよ。琉実《るみ》とお揃《そろ》いの物を幾《いく》つか持ってること。二人でこそこそしてさ。けど、あの時は付き合ってたから仕方ない。嫌《いや》だけど、分かる。だから、何も言わなかった。二人だけで何かしてても、何も言えなかった。でも、今は違《ちが》うよね？　二人は付き合ってる訳じゃないよね？　それなのに、どうして今も私《わたし》抜《ぬ》きでこそこそするの？」

「ごめん」

那織《なおり》がにじり寄って、僕の唇《くちびる》を指でなぞった。「本当にそう思ってる？」

「……思ってる」

言い終わると同時に、那織《なおり》が僕に抱《だ》き着《つ》いてきた。人の重さと、人の熱が冷えた身体《からだ》に伝わって来る。喜んでくれると思っていた。浅薄《せんぱく》にもほどがある。一体、僕は何を勘違《かんちが》い――

「だったらさ、もっと私に構って。もっと私の相手をして。今まで琉実《るみ》に使ってた分、私にも時間を使って。変な女に勉強を教えるなんてしないで。琉実《るみ》と二人であれこれ決めないで。私にも声を掛《か》けて。お願いだから、もう仲間外れにしないでよ。もっと趣味《しゅみ》の話しようよ。ほら、前みたいに本とか映画の話しよ。ゴールデンウィークの時は一杯《いっぱい》したじゃん。琉実《るみ》のことを考えて、純《じゅん》君のことを考えて、いっぱいいっぱい考えてああしたのに、また私だけが仲間外れになっちゃうの？　どうして？　私が間違《まちが》っていたの？　どうすれば……良かったの？」

那織《なおり》の声が身体《からだ》に響《ひび》いて来《く》る。心に響《ひび》いて来《く》る。

そんな風《ふう》に考えていたなんて、思ってもみなかった。那織《なおり》は強くて、言いたいことを言えて、物事を効率的に進められて、自分のやりたいようにやって――そう、決めつけていた。違《ちが》う。僕は那織《なおり》に甘えていたんだ。

そういう事とは距離《きょり》を置く――その言葉を盾《たて》にして、甘えていたんだ。

――いいか白崎《しろさき》、おまえは選択しないことを選んだんじゃない。選択《せんたく》を放棄《ほうき》しただけだ。

――それを履《は》き違《ちが》えるな。

教授の言っていた意味が漸《よう》く分かった。何にも分かっていなかった。僕は自分の言葉に寄《よ》り掛《か》かって立ち止まったつもりだった。宣言したから無関係のつもりだった。

二人はそうじゃない。立ち止まってなんか居ない。

「本当にごめん」――そんなつもりじゃなかったんだ。僕はその言葉を飲み込んだ。

耐《た》え切《き》れずに那織《なおり》の頭を抱《だ》いた。那織《なおり》にこんなことを言わせてしまった。気が利《き》かないとかそんな話じゃない。自分の甘ったれた決め事の所為《せい》で、幼い頃《ころ》から一緒《いっしょ》に育った大切な女の子のことを――那織《なおり》のことを追《お》い詰《つ》めていた。傷付けていた。何をやってたんだよ、僕は。

「二人して私のことを蔑《ないがし》ろにした癖《くせ》に。これ以上、いじめないでよ」

そう言って那織《なおり》が、僕の肩《かた》を服の上から嚙《か》んだ。濡《ぬ》れたシャツが那織《なおり》の歯に擦《こす》れて、動物が鳴くみたいにキュッと音を立てた。「痛っ」

「仕返しだよ。私はもっと痛いんだから。ほんとは血が滲《にじ》むくらい嚙み締《し》めて痕《あと》を付けたい。一生残る傷を付けたい。これくらいで我慢《がまん》した私のことを褒《ほ》めてよ」

那織《なおり》に嚙《か》まれた肩《かた》が熱を帯びていく。私はもっと痛い、か。そうだよな。

本当にすまない。那織《なおり》、ごめん。

「もっと沢山《たくさん》遊ぼうな。もっと喋《しゃべ》ろうな」

「約束だよ？」

「ああ」

「破ったら阿部定《あべさだ》だからね」

「それだけはやめてくれ」チョン切られるのは流石《さすが》に――危うく想像するところだった。

「破らなきゃ何の問題もないのに、どうしてそう云《い》うこと言うの？」

僕の手をすり抜《ぬ》けて、那織《なおり》がじっと目を覗《のぞ》き込《こ》んでくる。

「だな。完全に僕の失言だ。すまん」

「今日はずっと家《うち》に居てくれる？」

「それは……」うちの親が夕飯を用意してるだろうし、今からずっとってのは……。

「ふーん。即答出来《そくとうでき》ないんだ。さ、鋏《はさみ》か包丁を――」

「待て待て。落ち着けって。ほら、明日っ！　明日なら――」

「明日は先約があるって言ったでしょ……って冗談《じょうだん》だよ。試《ため》す前に切ったりしないって」

「試《ため》すっておまえ……」

「へへ。いつかそうなる日が来ることを望んでる」

ようやく、那織《なおり》が心の底から笑った。三日月みたいに目が細くなる。

「そだ。夜、電話してもいい？」

「ああ。もちろんだ。最初におめでとうって言うよ」

「絶対だからね」

エピローグ

TITLE

EPILOGUE

KOI WA FUTAGO DE WARIKIRENAI

（神宮寺《じんぐうじ》那織《なおり》）


「先生、誕生日おめでとう！」私に向けた祝福の言葉が、部長の部屋に放たれた。

そう、今日は偉大《いだい》なる同志、那織様《なおりさま》の誕生日ぞ。盛大《せいだい》に祝うのじゃ。

「こんなに色々取《と》り揃《そろ》えてくれて、ありがとう！」

テーブルの上には、ケーキ屋さんの箱。ジュース。色とりどりのお菓子《かし》。それらを待ち受けるお皿とコップ。ああ、早く宴《うたげ》をっ！　お皿に仕事をさせてあげないとっ！

「でしょ？　大将、ようやくわっちの有《あ》り難《がた》さに気付きましたな」

「部長、最高っ！　大好き」

そう言って部長に抱《だ》き着《つ》くと、「いくちゅになったんでちゅか？」と言《い》い乍《なが》ら私の頭を撫《な》で、どさくさに紛《まぎ》れて胸をわしわしと揉《も》んでくる——仕方ない、今日は許す。

「部長の一個上だかんね。先輩《せんぱい》だぞっ。敬《うやま》うんだぞっ！」

「年齢《ねんれい》だけでマウント取ってくる人、苦手～」

「それ。私も嫌《きら》い」うん。これはガチで嫌《きら》い。

部長が私を引《ひ》き剝《は》がして、「だったらそういうこと言っちゃダメでしょ。そんなんだから白《しろ》崎《さき》君に性格がぐじゅぐじゅのカサブタ呼ばわりされるんだよ」と失礼な——ほんとに失礼！

「絶対言ってないでしょっ！　今、作ったでしょ？」

「え？　言ってなかったっけ？　ま、そんなことより、ケーキ食べよ。おっきいケーキはお家《うち》で食べるだろうから、小さいのを何種類か用意したんだぁ」

流されたけど、今日はいい。私も流す。早くケーキ食べたいもんっ！

部長が箱を開くと、中にはモンブランやシャルロット、ミルフィーユ、マリトッツォ、フロマージュ、カヌレが鎮座《ちんざ》している。ふぁぁぁ。きらきらしとるよ。かがやいとるよ。スター・デストロイヤーの艦隊《かんたい》を眺《なが》める銀河皇帝《パルパティーン》の気分。

「先生、どれにする？」

「どうしよどうしよ。どれも美味《おい》しそう。めっちゃ悩《なや》む。えっと……モンブラン！」

「はい、どうぞー。私はこっちのフロマージュにしよー。あ、そだ。先生、これ」

部長が小ぶりな紙袋《かみぶくろ》を取り出した。おおっ。本命の登場。誕プレ《デス・スター》だっ！

「ありがと。見ていい？」

「いいよー」

口を止めているシールを切ると、中には白い箱。「これネットで見たことある。お風呂《ふろ》の？」

「そそ。バスミルク。香《かお》り違《ちが》いのもあって——こっちは琉実《るみ》ちゃんに」

そう言って、部長がもうひとつ紙袋《かみぶくろ》を取り出した。

「え、琉実《るみ》の分もあるの？　二つも買ったら結構するでしょ？」

「先生だけにあげるってわけにはいかないじゃん。いいのいいの。気にしないで」

凄《すご》い凄《すご》い！　これなら香《かお》り違《ちが》いで楽しめるっ！　琉実《るみ》はせっかちだからお風呂《ふろ》なんて烏《からす》の行水《ぎょうずい》だし、香りを楽しむ風情《ふぜい》も無いだろうけど、これだったら長風呂《ながぶろ》するかも——やっぱしないで。うん、迷惑《めいわく》だから。私が楽しむ時間が減っちゃう。ちゃっと身体《からだ》洗って、ぱっと匂《にお》い嗅《か》いでお風呂《ふろ》を明《あ》け渡《わた》して欲《ほ》しい。その分、私がゆっくり浸《つ》かるっ！　もち肌《はだ》待ったなしだね。お風呂《ふろ》読書が楽しみで仕方ない。防滴《ぼうてき》スピーカーも導入しなきゃだねっ！

「部長の誕生日、ちゃんと琉実《るみ》にも用意させるね。倍返しだよっ！」

「十倍返しでも百倍返しでも……って、倍にはならなくない？」

「なんないね。完全に勢いで言った。めんご」

「そう言えば、琉実《るみ》ちゃん、昨日の試合どうだったの？」

「勝ったみたい。機嫌《きげん》よかった」

「みたいって……けど、勝って良かったね。じゃあ、次の試合は明日？」

「そ。今も学校で練習してる。負けてどんよりムードにならなくて良かったよ」

試合前にあれこれ問《と》い詰《つ》めなかった私の精神力の御蔭《おかげ》だからね。琉実《るみ》には感謝《かんしゃ》して欲《ほ》しい。

「まあね。負けてたら、誕生日もちょっと暗くなっちゃうよね。良かった良かった」

日付が変わったと同時に純《じゅん》君からおめでとうって言われて、琉実《るみ》の出掛《でが》けにお互《たが》いおめでとうって言い合って、例年通り簡単なプレゼントを渡し合って、両親から祝福されて、お祖父《じい》ちゃんとお祖母《ばあ》ちゃんからおめでとうの連絡《れんらく》が来て、こんなに幸せな誕生日にけちが付かなくて本当に良かった。
から、勝つ義務がある。試合に負けるなんて、私が許さない。負けたら家から追い出してた。
琉実《るみ》が試合に負けてたら、こうはいかなかった。先に純《じゅん》君からプレゼントを貰《もら》ってるんだ
それに、私の誕生日を完璧《かんぺき》な物にするのも、姉としての責務《せきむ》だよね。
「さぁて。部長が用意してくれた抹茶《まっちゃ》モンブランを登頂しますか」
緑の頂きを掬《すく》って――んんんんっ！　美味《おい》しいっ！　ほどよい甘さっ。「超《ちょう》美味《おい》しい」
「今、めっちゃいい顔してたねぇ。スマホで撮《と》れば良かったー。そこまで幸せな顔してくれる
と、用意した甲斐《かい》があるってもんですよ。どうですか？　うましですか？」
部長がストローをマイクに見立てて、こっちに向けてくる。
「うましですっ！」
「はい、出ましたっ。ここのケーキずっと食べたかったんだ。ネットの評判も良くて気になっ
てたの。いつ買おういつ買おうってずっと狙《ねら》ってたんだよー。よし、私も食べよっ」
それから暫《しばら》くは無我夢中《むがむちゅう》で糖分を摂取《せっしゅ》です。お互《たが》いのケーキを味見して、プリンも食べて、
お菓子《かし》もあれこれつまんで、貪《むさぼ》ると云《い》う形容が相応《ふさわ》しいくらい、ノンストップで喰《く》らい付《つ》きま
した。人間に群がるリビング・デッド状態。満足です。これ以上ないくらい満足です。

しかも、今夜、我が家でもご馳走《ちそう》が待ち構えている。食べ過ぎで死んじゃうかも。

太りますねぇ。これは太ります。ま、明日からセーブすればプラマイゼロだから。

これはカロリーを前借りしただけです。何の問題もありません。セーブ出来ない呼ばわりする人は片《かた》っ端《ぱし》からダチュラです。左様なら。あっちの世界でもどうかお元気で。

「そう言えばさぁ、これ見てよ」

私はポケットから、血塗《ちまみ》れのハンカチを取り出す。

「何その気持ち悪いハンカチ。あ、もしかして、それお肉?」

「うん。ご明察。もう分かったと思うけど――」

「そのセンスは教授君だね」

「まさしく。部長はバスミルク。教授は血塗《ちまみ》れのハンカチ。この差よ。こうして部長に見せたら、このハンカチの存在意義はほぼほぼ消滅《しょうめつ》したような物だよ」

「教授君らしくていいじゃん。先生の好みをよくわかってるようだし」

「食えないお肉に用はないのっ!」

「ほら、こういうのは気持ちだから。ね。気持ちはわかるけど……うん、その柄《がら》はないね。全然要らない。普段使《ふだんづか》いなんてとても出来ないもん」

部長《い》がパスタのフリットをポリポリとかじる。

「でしょ? そうでしょ?」

「いや、お肉先生だったら普段使《ふだんづか》いいける……かも。ほら、隙《すき》を見せるとすぐお肉とか言うじゃん。そういう時にそのハンカチを口に入れてもぐもぐすれば、少しは気が――」

「紛《まぎ》れる訳《わけ》ないでしょっ！　騙《だま》せるのは視覚だけじゃんっ！　てか、ハンカチじゃ視覚すら騙《だま》せないよっ！　どう見ても布だよっ！　あと、しれっとお肉先生とか言うな」

「Hunger is the best sauce.《空腹は最高のソース》って言うじゃん」

はい、出た。スルー。

「そういう問題じゃないでしょっ！　お腹《なか》が空いてても布は布だよっ！」

「そうだよね。うん、ごもっともです。まぁ、実際、こうやってネタにするのが正しい使い方だよね……けど、教授君なりに気を遣《つか》ったんじゃない？　ガチすぎても重いし」

私もそれは分かってる。そこは汲《く》んでる。だからこそ、ちゃんとネタとして使ってあげたんだ。もうお役目終了《しゅうりょう》しちゃったけど。使ったからいいよね？　ほら教授、これで満足？

「たしかし。教授もネタとして扱《あつか》って貰《もら》えれば本望《ほんもう》だろうしね」

「そだね。それより、白崎《しろさき》君の方はどうなの？　何か貰《もら》った？」

「まあね。それなりに。てか、部長、変な入《い》れ知恵《ちえ》しないでよ。何なのキビヤックって」

「あ、白崎《しろさき》君、バラしちゃったんだ」

「言わなくたって分かるよっ！　明らかに部長のセンスじゃん。幾《いく》ら純《じゅん》君が変人だからって、キビヤックのぬいぐるみを買ってくるようなタイプじゃないよっ！」

「嫌《きら》いじゃないって言ってたよね？　そういうの好きって言ってたよね？」

「うん、言った……」

「可愛《かわい》かったでしょ？」

「可愛《かわい》かった」

「だったら問題なしだよ。私の的確なアドバイスが役に立ったようで何より。白崎《しろさき》君と言えば、慈衣菜《しえな》ちゃんとのあれこれはどーなったのかな？　知ってる？」

「んー、普通《ふつう》に追試出来たっぽいよ。だから終わりなんじゃない？」

「あら、意外とあっさり。私なんて、先生が慈衣菜《しえな》ちゃんと喧嘩《けんか》するんじゃないかって、冷や冷やしてたんだからね。何事も無くて本当に良かった」

「する訳無いでしょ。聞き分けの悪い子供じゃあるまい」

「え？」

　フリットに伸《の》びた部長の手が、宙で止まった。

「え？　その反応は何？」

「先生、今、聞き分けの悪い子どもじゃないって言った？」

「言ったけど……いやいやいや、違《ちが》うでしょ。私は聡明叡智《そうめいえいち》で可愛《かわい》いピチピチの女子高生じゃん。プリティでキュアじゃん。そこらのじゃりん子と一緒《いっしょ》にしないでよ」

「聡明叡智《そうめいえいち》で可愛《かわい》いピチピチの女子高生？　プリティでキュア？　先生、自分で言ってて恥《は》ずかしくないの？　その図太い神経って、何処《どこ》に行けば手に入るの？　教えて」

「ごめん。ちょっと盛った。自分でも言い過ぎ——てないっ！　だって事実だもん」

「すべて女はやはらかに心美しきなむよきって源氏物語にあるでしょ？　女性にとって大切なのは、心が美しいことなんだよ。先生はどう？　胸に手を当てて考えてごらん」

当てる胸は大きいけど、その分心臓まではちょっと遠いかも。だから、わかんない。

部長、ごめんね。

「紫　式部《むらさきしきぶ》は、女の身はみな同じ罪深きもとゐぞかしとも書いてるけどね。私は罪深い女の自覚がある分、まだマシでしょ？　無自覚じゃないもん。意図的だもん」

「そうだね。先生はそうだよね。うん、今日は誕生日だし、褒《ほ》め褒《ほ》めでいくよ。今から、私は全肯定《ぜんこうてい》で行きます！　先生は聡明叡智《そうめいえいち》で可愛《かわ》いむちむちの女子高生っ。プリムチだっ」

「早速《さっそく》、改竄《かいざん》してるじゃんっ！」でも……事実？　今日一日でむち度アップ？

ぢっと己《おのれ》の脚《あし》を見る。ふむ。もちもちしてて、お肌《はだ》のコンディションは悪くない。以下略。

「誉《ほ》め言葉《ことば》だよ、先生♡」

「はぁ。いいよ。そういうことにしておこう。ね、それより、ちょっと考えたんだけどさ」

「なぁに？」

「部活でも作ろうかと思うんだけど、どうかな？　純《じゅん》君も巻き込んで。そうすれば、この前みたいな厄介事《やっかいごと》も無くなるんじゃないかなって」

ここ最近、ずっと考えていた。好きなことについて、延々と語り合える場を作っちゃえばいいんじゃないかって。純《じゅん》君の放課後を、公的に拘束《こうそく》してやるんだ。

うちの学校は部活や同好会が多い。予算を貰《もら》えなさそうで、かつ活動内容すら怪《あや》しい部活も存在する。道路の勾配《こうばい》を調べる勾配部《こうばいぶ》や架空《かくう》の時刻表を作るスジ部みたいな、どんな手を使って顧問《こもん》を見付けたのか分からないような部まである。同好会レベルで言えば、エナジードリンク同好会とかファミレス同好会なんてのもあった。そんなのが許されるなら、好きなことについて語り合うだけの団体だって許される筈《はず》。つまり、ハードルは限りなく低い。私立万歳《ばんざい》。

「部活かぁ。考えもしなかったなぁ。でも、どんな部活――」

部長のスマホがけたたましく鳴って、言葉を遮《さえぎ》った。「ごめん、ちょっと電話」

電話から漏《も》れ聞《き》こえるのは、女の声だ。部活の誰《だれ》かかな。私もスマホを取り出して、テーブルの上の幸せが渦巻《うずま》いた光景を写真に撮《と》る――華《はな》やかだと思って撮《と》ったけど、画面で確認《かくにん》すると、ただ食い散らかしただけにしか見えない。ま、いいや。純《じゅん》君に送ったれ。

「先生、ごめんね。話の途中《とちゅう》で」

「んー、大丈夫《だいじょうぶ》」よし、送信。

「ちょっと席外すね。すぐ戻《もど》って来《く》る」

「はーい」

なんだろう。トイレかな。

さて、既読《きどく》はついたかな。流石《さすが》に未《ま》だつかないか。そのままネットであれこれ見ていると、玄関《げんかん》の方で音がした。そして、「お邪魔《じゃま》します」の声。

え？　あの声って——「にゃおにゃお、誕生日おめでとうっ！」

ドアが開くなり、しえなが大声をあげながら入って来た。

どういうこと？　なんでこの女がここに居るの？

後ろから現れた部長に苛立《いらだ》ちを孕《はら》んだ慨嘆《がいたん》の視線で説明を求めると、「慈衣菜《しえな》ちゃんも先生の誕生日をお祝いしたいんだって」とにこやかに返された。

待って。全っ然分かんない。どうして部長の家で誕生日会をしてるって知ってるの？　慈衣《しえ》菜《な》と部長って知り合いなの？　仲良いの？　情報が無さ過ぎて、混乱する。

「はい、これ。にゃおにゃおにっ！」

隣《となり》に座ったしえなが、GELISTA《ジェリスタ》と書かれた紙袋《かみぶくろ》を渡《わた》してきた。この前、部長が欲《ほ》しがってたポーチのブランド。高校生が友達にあげるような価格帯のブランドじゃ無かった。

これ、袋《ふくろ》だけだよね？　幾《いく》ら私でも、そこまで仲良くない人から高い物は貰《もら》えない。

恐《おそ》る恐《おそ》る中を覗《のぞ》いてみると、小さい箱が二つ入っていた。

「それ、ひとつはるみちーにあげて」

「う、うん。ありがと」

小箱をひとつ取り出してみる。リボンが結ばれた箱にもGELISTA《ジェリスタ》の文字がある。

「早く開けてっ」

そう急《せ》かすしえなに「こんな高い物貰《もら》えないよ」と返した。

箱のサイズ感で分かる。中身は指輪とかネックレスみたいなアクセサリー。

「いいからいいから。気にしないで。ほら、早く開けてっ」

言われるがまま、仕方なしにリボンを解《ほど》いて、箱を開けると——眠《ねむ》る猫《ねこ》をあしらったネックレスが入っていた。やばい。超《ちょう》カワイイ。左甚五郎《ひだりじんごろう》の眠《ねむ》り猫《ねこ》みたい。

「可愛《かわい》いっ！　これ、すっごく可愛《かわい》いっ！」

「でしょでしょ？　それ、エナがデザインしたのっ！」

「デザインしたって何？　どういう繫《つな》がりで？　仕事の関係？」

「慈衣菜《しえな》ちゃんのお母さん、ジェリスタのデザイナーさんなんだよ」

ん？　父親がネデットのデザイナーで、母親がジェリスタのデザイナー？　私のHPを極限まで減らしてくれた、あのぶっ飛んだおばさんがデザイナー？　やっぱ、デザイナーって変人の職業ってこと？　そういう理解でいいってこと？　慈衣菜《しえな》の登場から今に至るまで、ありとあらゆる話がいきなりすぎて、いまいち飲み込めない。

「えっとねー、GELISTA《ジェリスタ》はママが立ち上げた新しいブランドなの。Nedetto《ネデット》のセカンドラインン。ちょっと若者向けみたいな感じ。例に出すには格が違《ちが》いすぎるけど、Prada《プラダ》とmiu miu《ミュウミュウ》みたいな関係って言えば、わかりやすい？」

父親のブランドが高いから、若者向けにちょっと価格を落としてってことか。ブランドを広く浸透《しんとう》させるには妥当《だとう》な戦略――って、納得《なっとく》しちゃったけどっ！　何か色々と追い付いてないけど……もう考えるのはやめよう。真面目に取り合ってたら疲《つか》れちゃう。

「え？　どういうこと？　プラダとミュウミュウって何か関係があるの？」

「ミュウミュウは、プラダ創業者の孫――ミウッチャ・プラダが作ったブランドだよ」

「そうなんだ。知らなかった。先生に一本取られちゃった」

「それはそれとして、このネックレス、し……慈衣菜《しえな》がデザインしたってほんと？」

「ね！　慈衣菜《しえな》ちゃんがデザインなんて、超凄《ちょうすご》いよっ！」

「すごいっしょー。これはアインをモチーフにしたのっ。どう？　カワイイっしょ？」

「か、可愛《かわい》いけど……高いんでしょ？　さすがにそれを貰《もら》うのは……」

「まだ商品になってないヤツ――そう、試作品だから気にしないで。そんなことより……」

やや視線を落として、慈衣菜《しえな》がもにょもにょと言《い》い淀《よど》んだ。

「……初めて名前で呼んでくれたね」慈衣菜《しえな》が上目遣《うわめづか》いでもじもじしながら零《こぼ》した。

「何？　どうしたの？」

その付き合いたてのカップルみたいな反応は何っ⁉　やめてよっ！　こっちまで恥《は》ずかしくなって来るんだけど。誕プレくれたし、ちょっとは歩み寄らないとって思っただけだからっ！

それ以上の意図なんて無いんだからっ。知人と友人の間くらいには昇格《しょうかく》してあげるって思っただけだし。って、部長っ！　にやにやしながらこっちを見るなっ！

「そだ、にゃおにゃおには特別にもうひとつプレゼントがあるんだっ！」

さっきとは打って変わって声を弾《はず》ませた慈衣菜《しえな》が、何やらバッグをごそごそと漁《あさ》る。慈衣菜《しえな》の手に握《にぎ》られていたのは、猫耳《ねこみみ》のカチューシャ——それを、何の断りもなく、異常な速さで、あろうことか私の頭に無理やり……止める暇《ひま》すら無かった。

ちょちょちょ、ちょっととっ！　勝手にそんなアイテムを着けないでよっ！

「にゃおにゃお、鬼《おに》カワイイ。写真撮《と》っちゃおっ！」

「部長っ！　にやにやしてないで、説明してっ！」

スマホを構えてカシャカシャ連写している慈衣菜《しえな》を、蝿《はえ》を払《はら》うが如《ごと》く手で制しながら、私は部長に抗議《こうぎ》した。雰囲気《ふんいき》に流されて慈衣菜《しえな》の存在を受け入れそうになってたけど、そもそも何でここにいるのっ！　そっからでしょっ！　どう考えても、説明責任は部長にあるっ！

「先生、本当に可愛《かわい》い。私も写真撮《と》っちゃお——」

「撮《と》っちゃおじゃないっ！　一回、整理させてっ！　どうしてここに慈衣菜《しえな》が居るのっ！」

「エナ、いちゃダメ？　めーわく？」

迷惑《めいわく》と云《い》うか……そう来られると、ちょっと言葉に詰《つ》まる……って、そういうことじゃないっ！　どうして慈衣菜《しえな》が私の誕生日を祝っているのかが、全く以《もっ》て分からないんだってばっ！

「ううん、慈衣菜《しえな》ちゃんは迷惑《めいわく》じゃないから。安心して。それより、先生。私は告白しなきゃならないことがあります。静聴《せいちょう》して頂《いただ》けると幸いなんですけど、よろしいですか？」

「も、もちろん。てか、何を改まって……」

「あのね、実は、慈衣菜《しえな》ちゃんから、先生と仲良くなりたいって相談を受けてたんだよね。けどさ、先生って、興味ない人にはとことん興味ないじゃん。だから、慈衣菜《しえな》ちゃんに言ったの。『先生に勉強を教《おし》えて貰《もら》えるよう、琉実《るみ》ちゃんにお願いしてみたら』って」


はぁぁぁぁぁぁぁぁっっっっっ!!!!!!!!!?????????


待って。全く以《もっ》て意味分かんない。すべては部長の差し金だったってこと？　黒幕は部長？

何それ。どういうこと？　何がどうなって、そうなったの？　無理無理。意味わかんない。

部長が銀河皇帝《パルパティーン》に見えてきた。

「もちろん、琉実《るみ》ちゃんが素直《すなお》に先生を紹介《しょうかい》するとは思ってなくて、恐《おそ》らく白崎《しろさき》君に話が流れるんじゃないかなって予想してたんだけど――案の定、そうなったって流れなんだ」

「ごめんね。ちょっと整理させて。つまり、最初から部長の思惑通《おもわくどお》りってこと？」

「慈衣菜《しえな》ちゃんが白崎《しろさき》君に勉強を教《おし》えて貰《もら》うことになったら、先生、絶対気になるじゃん。そうすれば、何もない所からよりは、友達になれる確率が高いって思ったの。ほら、私達だって最初は仲悪かったじゃん。先生と仲良くなるにはそっちの方がいいかなって」

悪魔《あくま》じゃん。何この子。怖《こわ》いんだけど。でも、まだ慈衣菜《しえな》とは友達になってないし。読みが外れましたね。残念でした。思い通りになんてなるかっ！

「そんなの、最初に言ってくれれば――」私だって。

「無理だよ。先生は絶対に聞く耳を持ってくれない」

「にゃおにゃお、騙《だま》したみたいでごめんね」

「みたいって、騙してるじゃん。全然みたいじゃないよっ！」

部長が立ち上がって、慈衣菜《しえな》の隣《となり》に移った。

慈衣菜《しえな》が部長を目で追いながら、「ちょっとりりぽん、にゃおにゃお怒《おこ》っちゃったじゃんっ！　だからもっと違《ちが》うやり方がイイんじゃないって言ったのにー。そりゃ、エナもちょっと調子乗っちゃったけどさー」と責め立てる。

りりぽん？　待って。ほんとにどんな関係なの？

「えっと、部長って、そもそも慈衣菜《しえな》とどういう――」

「オンラインゲームのフレンドなの。慈衣菜《しえな》ちゃん、こう見えて、かなりオタクだから。多分、先生や白崎《しろさき》君、教授君なんかとも話が合うはず。私と話が合うんだから間違《まちが》いないよっ。だから、先生、これからは慈衣菜《しえな》ちゃんをよろしくねっ」

急展開すぎて脳味噌《のうみそ》がついていかないんだけどっ！　まさかっ、ジェリスタのポーチがどうのって話、ここに繋《つな》がってた訳？　あの時から既《すで》に仕組まれてたってこと？　たかだか人を紹介《しょうかい》する為《ため》だけに、こんなに回りくどいやり方を用意していたってこと？

やばい。部長マジでやばい。ここまでされると、素直に尊敬する。瞠目《どうもく》しちゃう。色々言いたいことはあるけど、沢山《たくさん》ありますけど、これだけは言わせて。今回は私の負け。認める。部長のそう云《い》うとこ、たまんない。ぞくぞくする。流石《さすが》、私の喧嘩《しん》友達《ゆう》。次は負けないから。

「にゃおにゃお、よろしくっ！　あと、反応が面白《おもしろ》くってザキのこと、けっこーからかっちゃった。ごめんね」慈衣菜《しえな》が手を合わせる。

この女、ワザとあれこれやっていたのっ⁉　純《じゅん》君の反応面白《おもしろ》いのは分かるけどっ！

こっちもこっちで食えない女だった！　まったく、どいつもこいつも性格悪いっ‼

「ねね、にゃおにゃおはどんなアニメが好き？」

どんなアニメ？　え？　この場合はなんて答えるのが正解なの？　どのゾーンに合わせてチョイスをすればいいの？　下手に古いの挙げて知らなくても微妙《びみょう》だし、今期のだと――

部長が慈衣菜《しえな》の髪《かみ》を弄《いじ》りながら、「先生はそういう訊《き》き方《かた》されると困っちゃうよねー。何を言えばちょうど良《い》いのかって、考えちゃうもんね」と人の気持ちをずばり言い当てる。

「わかるっ！　エナも、けっこー古いの好きだから、伝わるかなーってなるっ！　リアルでそんな話をするのはりりぽんだけだけど、ネットとかだと歳《とし》もよくわかんないし」

慈衣菜《しえな》に私の気持ちが分かるとは――部長の言うように、同族ってこと？

ほんとにもうっ！　今までのは何だったのっ！

「じゃあ、慈衣菜《しえな》は何が好きなの？　参考までに教えてよ」

認識をアップデートしてあげるから。

「うーん、一番はカウボーイビバップかなー」

「あー、猫《ねこ》の名前ってそこから？」

「そそ。やっぱ、にゃおにゃお知ってるんだ。あっ！　そっか、ザキが言ってたもんね。にゃおにゃおのパパが好きなんだよね？」

「……まあね」

純《じゅん》君とはそういう話したんだ。お父さんの話まで、ねぇ。ふーん。そうですか。

「慈衣菜《しえな》ちゃんはビバップのジュリアに憧《あこが》れて金髪《きんぱつ》にしてるんだもんねー」

「ちょっとりりぽん、バラさないでよっ！」

金髪《きんぱつ》にしてる？　えっ⁉　地毛じゃないのっ？「それ、染めてるのっ？」

「ほらぁ。もー、りりぽんがバラすからぁ……。うん……実は染めてるんだよね。でも、そこは言わなきゃわかんないっしょ。中等部からずっとだし。てか、子どもの頃《ころ》はちゃんとブロンドだったんだけど、なんか段々と色が濃《こ》くなってきてー、悔《くや》しいからちょっとプラチナっぽくしてんだよねー。それくらいなら自然かなーって」

ずるいっ！　私だってもうちょっと明るくしたいっ！　この令和《れいわ》の時代に頭髪《とうはつ》の色くらいでいちいちうるさいんだよね、うちの学校はっ！

「私も明るくしたいっ！　いいなぁ。何処《どこ》の美容院でやってるの―？」

「先生はすぐバレるからダメだよ」

「……夏休みの間だけとかは？」それならいいでしょ？

「にゃおにゃおはそのままがいいよー。今のままで完成されてるってー」

「ほんと？　そうかな？　今のままでも――って、ちーがーうー、やってみたいのー」

「よしっ！　出来たっ！」慈衣菜《しえな》の髪《かみ》を編んでいた部長がいきなり声をあげた。

「ん？　何が？」

「ヴァイオレット・エヴァーガーデンっ！　どう？」

それで編んでたのかっ！　悔《くや》しいけど……似合ってる。目の色といい再現度高いっ！

「え？　ヴァイオレットちゃんっ？　鏡は？　鏡見たいっ！」

慈衣菜《しえな》が叫《さけ》ぶ横で、私はネックレスの箱を縛《しば》っていたリボンで慈衣菜《しえな》の後《うし》ろ髪《がみ》を縛《しば》った。

「ヴァイオレット・エヴァーガーデンなら、こうでしょ？」

「先生、ナイスっ！　丁度リボン探してたとこだったんだよー」

鏡を手にした慈衣菜《しえな》が興奮気味に、「あ、すごいっ！　横の編《あ》み込《こ》みがそれっぽい！」と言いながら立ち上がって、「りりぽん、ひらひらのスカート持ってない？」と言いながら、ヴァイオレット・エヴァーガーデンとは程遠《ほどとお》いデニムのショーパン姿でくるくる回る。

マジで服があれば完璧《かんぺき》かも。認めたくないけど、この容姿ならかなりの再現が出来るっ。

ぽっと出の癖《くせ》にっ！　このモデルめっ！

「ねぇ、慈衣菜《しえな》」部長の友達なら、部長がそこまで言うのなら、私も少しは歩み寄る。

「なぁーに？」

「今度、ガチでコスしない？　慈衣菜《しえな》だったら、かなりの完成度になると思う」

「慈衣菜《しえな》ちゃんのコス云々《うんぬん》の前に、頭に猫耳《ねこみみ》ついてるのは自覚してる？」

「こ、これは慈衣菜《しえな》が勝手に――」

「とか言いながら、満更《まんざら》でもない癖《くせ》に。ちょっとやってみたいんでしょ？　コスプレ」

うっ……うぐ。「……ちょ、ちょっとは」

「ねね、じゃあさ、今度、みんなで集まってコスプレしよーよ。うちにあるそれっぽい衣装《いしょう》を組み合わせればいけるかも。何なら、買ったっていいし」

慈衣菜《しえな》の家……またお猫様《ねこさま》にも会えるっ！　異論はないっ！

「もう、仕方ないなぁ。そこまで言うなら、それでいいよ」

私だって本気を出せばっ！　可愛《かわい》い系《けい》のキャラなら私だってっ！

本気出すのは明日からね。糖質制限は明日からです。本日は爆食《ばくしょく》の予定なので。悪《あ》しからず。

「やったっ！　にゃおにゃおが同意してくれたっ！」

部長が小声で「先生、素直《すなお》になりなよ。なんで仕方ないみたいな空気出してるの？　ちょっとじゃなくて、ガチでやりたいんでしょ？」と言ったけど、無視。知らん。

「そうだ、これ今日の為《ため》にパイを焼いてきたの。ガレット・デ・ロワ。ちょっと時期外れだけど、お祝い事だからイイかなーって」

慈衣菜《しえな》が箱を取り出して、テーブルの上に置く。中から月桂樹《げっけいじゅ》の模様が描《えが》かれた美味《おい》しそうなパイが姿を現した。ガレット・デ・ロワ——新年を祝うお菓子《かし》だっけ？

「今日の為《ため》に気合入れて作ったんだぁ。エナ、実は中等部の頃《ころ》から、にゃおにゃおのことカワイイな〜って思ってたの。どうしたら仲良くなれるかなーってずっと考えてて。けど、同じクラスになったことないし、るみちーとは仲良くなったけど、るみちーはにゃおにゃおのこと紹介《しょうかい》してくんないし——ヤバっ、勢いで言っちゃった。恥《は》ずっ。ごめん、変な意味じゃないからっ！　勘違《かんちが》いしないでっ！」慈衣菜《しえな》がくねくねしながら頬《ほお》を赤らめた。

待って。その反応は何？　どういうこと？


（白崎純《しろさきじゅん》）

※　※　※

おじさんの運転する車に乗って、僕たちは琉実《るみ》の試合会場を目指していた。隣《となり》で寝息《ねいき》を立てている那織《なおり》を見て、二人の誕生日の夜のことを思い出していた。

僕はおじさんに呼び出されて、神宮寺家《じんぐうじけ》のパーティーに途中《とちゅう》参加することになった。と言っても、結局はおじさんの話し相手として呼ばれているにすぎなくて、つまるところ毎年のいつものパターン。女性陣《じょせいじん》がテーブルを囲んで喋《しゃべ》っているのを尻目《しりめ》に、ピンク・フロイドのアルバム「The Dark Side of the Moon」について語るおじさんの相手をしていた。

もちろん掛《か》かっているのはピンク・フロイド。

さっきまでおばさんと何やら喋《しゃべ》っていた那織《なおり》が、わざとらしいくらい大きな溜《た》め息《いき》をついて、僕の隣《となり》にどかっと腰《こし》を下ろした。

「人の誕生日に陰気《いんき》な曲を掛《か》けないでくれる？」

「陰気《いんき》とはなんだ。これは生き方について歌ったアルバムだぞ。誕生日にこそ相応《ふさわ》しい」

那織《なおり》が毒づいて、おじさんが反論する。間に挟《はさ》まれる僕。

思わず逃《に》げだそうとすると、那織《なおり》に手を摑《つか》まれて、「純《じゅん》君はこの曲を聴《き》いて、軽《かろ》やかな気分になる？　生き方がどうのって以前に、楽しい気分になる？」と問《と》い詰《つ》められた。

「なるよな。純《じゅん》君は那織《なおり》と違《ちが》って、こういうメッセージ性を正しく受け取れるからな」

勘弁《かんべん》してくれ。頼《たの》むから、親子の諍《いさか》いに巻き込まないでくれ。

僕が困っていると、琉実《るみ》がリビングから「わたしは楽しい気分にはなんないかな」と那織《なおり》を援護《えんご》した。仕方ない、ここは二人の意見を汲《く》みつつ、おじさんのフォローをすれば……なんて思っていると、横からおばさんが「あの人はそもそも性格が陰気《いんき》なのよ」なんて言い出した。

「お母さんの言う通りだよ。お父さんって、私達の誕生日になると、いっつも太宰《だざい》の命日がどうのとか言い出してさ。普通《ふつう》、娘《むすめ》の誕生日に桜桃忌《おうとうき》がどうのなんて言う？」

珍《めずら》しく援護《えんご》射撃《しやげき》をして貰《もら》った那織《なおり》が畳《たた》み掛《か》ける。

こうして、神宮寺《じんぐうじ》家《け》の誕生日は侃侃諤諤《かんかんがくがく》の様相を呈《てい》していった。これも毎年のこと。

それからひとしきりみんなで騒《さわ》いで、そろそろお開きという頃合《ころあ》いを見計らって、僕は帰《かえ》り支度《じたく》を始めた。料理の詰《つ》まったお土産《みやげ》を横に置いて玄関《げんかん》で靴《くつ》を履《は》いていると、琉実《るみ》が横から「まだその靴《くつ》持ってるんだね」と声を掛《か》けてきた。

「琉実《るみ》だって、最近はしょっちゅう履《は》いてるだろ」

「やっぱ気付いてた？　何だかんだ言って、履《は》き心地《ごこち》良《い》いから」

那織《なおり》が琉実《るみ》の肩《かた》に腕《うで》を乗せて、「ちょっと。そういうのやめてくんない。見えない所でやられても嫌《いや》だけど、見える所でやられるのはもっと嫌《いや》」と琉実《るみ》の頰《ほお》をはたはたと叩《たた》いた。

まるで何処《どこ》かの不良みたいだ。あんなことを聞いたあとだから、那織《なおり》の言葉を真剣《しんけん》に嚙《か》み締《し》めてしまう。琉実《るみ》とのちょっとしたやりとりにも罪悪感が芽生える。

「那織《なおり》も今度、買いに行くか？」

那織《なおり》のことを仲間外れにはしない。琉実《るみ》と付き合ってるわけでもないのに、那織《なおり》に寂《さび》しい思いはさせない。那織《なおり》と約束したからってのもあるが、これは優柔不断《ゆうじゆうふだん》な僕が背負わなければならない想《おも》いの重みだ。好きとか嫌《きら》いとか、付き合うとか付き合わないとか以前に、僕と隣《となり》の双子《ふたご》は小さな頃《ころ》から家族ぐるみで付き合ってきたんだ。一緒《いっしょ》に育ってきたんだ。

それだけは忘れちゃいけない。見失《い》ってはいけない。

「おじさんの顔が描《か》かれた靴《くつ》なんて要らない」

この野郎《やろう》っ。この状況下《じょうきょうか》でよくそういうこと言えるなっ！

こっちがどんな思いでっ——そういうヤツだよな。那織《なおり》らしいよ。

「そうだっ。今度、三人で買い物行かない？　お小遣《こづか》いも貰《もら》ったことだし」

琉実《るみ》が那織《なおり》の手をどけて、そう提案した。

「僕は賛成だ」

那織《なおり》の気に入る物で何か揃《そろ》えよう。それがいい。この前、那織《なおり》がそうしたように、新しくやり直すんだ。今から三人で始めればいい。全部イチから、時間をかけて。

「まぁ、誘《さそ》われれば行かないこともないけど……」

ったく、どこまでも素直《すなお》じゃない奴《やつ》だ。行きたいって顔に書いてあるぞ。

「ね、今日は予行演習ってことで、今から三人でコンビニ行かない？」

「予行演習って何だよ」

那織《なおり》も大概《たいがい》だが、琉実《るみ》もこういうとこがある。那織《なおり》とは別のベクトルで、訳の分からないことを言い出す。琉実《るみ》の場合は素で言ってるから、自分が変なことを言っている自覚がない。言わんとしてることは、分からなくはないけどな。三人で買い物に行くのを本番と考えるなら。

「ね。完全に意味不明。初めてのおつかいかなんかの積もり？　ほんと、脳筋《マッスルヘッド》はいちいち練習だとか本番みたいなことを言い出しがちで嫌《いや》になっちゃう。人生、常に練習と本番がセットって考え方、絶対にあとで後悔《こうかい》するよ。練習あることの方が少ないって。居安思《きょあんし》危《き》に思則有《しそくゆう》備《び》——安きに居《お》りて危《あや》うきを思う、思えば則《すなわ》ち備え有りとは言うけれど、あれもこれも備えておくことなんて出来ないからね？　ぶっつけ本番のが多いからね？」

「そこを引用するか？　普通《ふつう》に備えあれば憂《うれ》いなしの部分を持ってくれば——けど、那織《なおり》の言いたいことも分かる。備えるにしても限度はあるよな。僕は可能な限り備えたいとは思うけど、それにしたって予行演習って言い方はどうかと——」

「二人してうるさいっ！　そんな言うことないでしょ！　わたしのことはいいからっ！　ほら、財布《さいふ》取って来る間に準備しといてっ！」

　琉実《るみ》がリビングのドアを開けて「ちょっと三人でコンビニ行ってくる」と言ってから、凄《すご》い勢いで階段を駆《か》け上《あ》がっていく。

「あんな急がなくても……転んだりしたら洒落《しゃれ》になんないぞ」

「しょうがないよ。ニューロンが全部筋肉なんだから」

「重そうな頭だな。そんなことより、那織《なおり》はいいのか？　財布《さいふ》」

「二人でひとつあれば十分じゃない？　双子《ふたご》なんだし。元はひとつでしょ？」

「おまえらは二卵性《にらんせい》だから、ひとつじゃないだろ」

「そうだっけ？　二卵性《にらんせい》だったっけ？　気の所為《せい》じゃない？　仮に――もし仮に二卵性《にらんせい》だったとしてだよ、誕生日にお金貰《もら》ったばっかだし、お祖父《じい》ちゃん達からも貰《もら》ったし、私の分くらい琉実《るみ》が見てくれるよ。私のお姉ちゃんだもん。自慢《じまん》のお姉ちゃん。超大好《ちょうだいす》き」

「都合のいい時だけお姉ちゃんとか言いやがって。琉実《るみ》が可哀想《かわいそう》だろ」

「ねぇ、純《じゅん》君。言っていい？」

「何だよ」

「僕が出すって言ってくれると、ポイント高い」

何にも言い返せねぇ。全くと言っていいほど頭の中に無かった。教授の言うような出来る男はこういうことをさらっと言えるんだろうな。コンビニは二人分、僕が出すか。誕生日だしな。それくらいしてやんないと。とは言え、この場でそれを言うのは滑稽《こっけい》だし……返す言葉に窮《きゅう》して居ると、丁度良《ちょうどい》いタイミングで琉実《るみ》が下りてきた。

「さ、行こ」

琉実《るみ》に感謝しつつ、歩き慣れた道を三人で歩く。こうして並んで歩くことが出来るのは、あと何回くらいなのだろう。大学はどうするのか、将来は何を目指すのか、幼い頃《ころ》の夢想の延長として話したことはあるけれど、現実的な事象として本気で話したことはない。

うちの学校は付属だから、そのまま大学に進級することも出来る。もっと上のレベルを目指す選択肢《せんたくし》だってある。特進に居る僕らの選択肢《せんたくし》は基本的に後者だ。もし内部進学をするのなら、僕の母親みたいに医学系だろうか。大学を受験するにしたって国立や私立、考えようによっては海外だってある。様々な進路がある中で、三人が同じ道を選ぶことは、恐《おそ》らくない。

時間てヤツは、たっぷりあるようで、自覚した時にはそれほど残されていない。

この割り切れない気持ちに決着をつける日は、それほど遠くないってことか。


隣《となり》の席で寝息《ねいき》を立てていた那織《なおり》が、薄《うす》ぼんやりと目を開けた。車は高速を下りた所だ。

「おはよ」完全には開いていない目で、那織《なおり》が言った。

「おう。今、高速を下りたとこだ。会場までもうちょっとだな」

「ね、純君《じゅん》。ちょっとこっち来て」

「何だ?」

上半身を那織《なおり》の方に寄せる。シートベルトをしているから、どうしても身体《からだ》が斜《なな》めになる。

「(慈衣菜《しえな》が勉強を見《み》て欲《ほ》しいって話、部長の入《い》れ知恵《ぢえ》だった)」那織《なおり》が僕の耳元で囁《ささや》いた。

「(亀嵩《かめだけ》が? どういうことだ?)」

「(あの二人、ネトゲのフレンドみたい。それで……なんか、私と仲良くなりたかったとかで、だったら勉強を教《おし》えて貰《もら》えば的な話になったのが発端《ほったん》みたい)」

雨宮《あまみや》が亀嵩《かめだけ》と友達だったなんて全く知らなかった。オンラインの繋《つな》がりだと、知《し》る由《よし》もないか。だとすると、那織《なおり》や教授とも上手《うま》くやれるかも知れないなんていう考えは、雨宮《あまみや》と亀嵩《かめだけ》の中では織り込み済みだったのか。全く、やってくれる。

待てよ。

もしかして、雨宮《あまみや》が逃《に》げ出《だ》した時、オタバレするのも全て計算の上だった——なんて、それは考えすぎか？　仮にそうだったとしたら、とんだ役者だな。モデルだけじゃなくて、俳優の才もあるんじゃねぇか。機会があれば、問《と》い詰《つ》めてやる。いつまでも手の平の上で転がされるのは釈《しゃく》然《ぜん》としない。

つーか、この前の那織《なおり》といい、今回の話といい、どうしてどいつもこいつも謀略《ぼうりゃく》を尽《つ》くすみたいなやり方なんだよっ。もっとストレートに出来ないのか？　女子ってそういうやり方が好きなのか？　どんだけ面倒臭《めんどうくさ》いんだよ。拗《こじ》らせすぎだろ。ったく。

「で、どうなんだ？　雨宮《あまみや》とは仲良くなれそうなのか？」

「さあね。それぱっかりは検証に時間が掛《か》かるから、現時点では何とも言えない」

「そうだな。何事も時間を掛《か》けてみないと分かんないよな。気付いたら仲良くなってるってこともあるしな。何日もかかることもあれば、一瞬《いっしゅん》ってこともある」

「日付は煩わしいものだ。それに数も多い」

「エラリイ・クイーン『九尾《きゅうび》の猫《ねこ》』。那織《なおり》にしては珍《めずら》しい所から持ってきたな」

「たまには純《じゅん》君の趣味《しゅみ》に寄《よ》り添《そ》ってあげようかなって。そう言えば、純《じゅん》君ってホーソーンの

『緋文字《ひもんじ》』は読んだことある？　読もうと思って、まだ読んでないんだよね」

「ああ。あるぞ」

「えっと、そなたの天性のなかでむなしくどうのって台詞《せりふ》分かる？」

「〝おそらく、わたしの愛よりましな愛にもう少し早く出会っていたなら、こんな邪悪《じゃあく》なことにならずにすんでいただろうに〟に続く言葉だな。記憶《きおく》が確かなら」

印象的な部分だとしても、よくすらっと出てきたと思う。自分で自分を褒《ほ》めてあげたい。

突然《とつぜん》、隣《となり》で那織《なおり》が下を向いて、肩《かた》を震《ふる》わせながら笑い声を漏《も》らし始《はじ》めた。

「どうしたんだよ」

「純《じゅん》君、部長はやっぱ最高だよ。私、あれ以上の女の子に出会える気がしない。重すぎて笑っちゃうけど、うん、部長だったらいい。邪悪《じゃあく》で上等。私はこれ以上ないくらいに楽しいから。友情は全て、だね。ゴッドファーザーは何時《いつ》だって正しい」

「意味分かんねぇ。どういうことだ？」

「秘密」

全く、女子ってのは秘密ばっかりだな。満足そうだから良《い》いけど。

さて、今日は琉実《るみ》の第二試合。応援《おうえん》に集中しないとな。

※　※　※

（神宮寺琉実《じんぐうじるみ》）


ボールを持ったわたしの前に、六番が立ちはだかる。このままドライブ——かわせる雰囲気《ふんいき》じゃない。ここでボールを取られたら負ける。

わたしは右にパスする。穴水先輩《あなみずせんぱい》にボールを送る。そう自分に暗示をかける。穴水先輩《あなみずせんぱい》のシュートの成功率は、相手チームに印象付いている。マークされるべき対象。その証拠《しょうこ》に大柄《おおがら》な十番がぴったり張り付いている。だが、穴水先輩《あなみずせんぱい》の方が速い。道《ライン》が見えた。

もう時間ないよっ！　ベンチから声がする。

動きを組み立てる。視線。頭。上半身。手の位置。相手が判断しそうな部分を、すべてをコントロールする。冷静になれ。落ち着け。わたしがパスするのは穴水先輩じゃない。

穴水先輩《あなみずせんぱい》に目で合図を送る。流れは作った。これは勝負だ。身体《からだ》は左にいる飯田先輩《キャプテン》を全く意識していない。視界の端《はし》で、位置を確認《かくにん》——ノールックで飯田先輩《キャプテン》にパスを送る。

届けっ。

飯田先輩《キャプテン》をマークしていた七番がカットに——飯田先輩《キャプテン》の反応の方が早い。

届いたっ！

六十五対六十六。

このままじゃ負ける……大丈夫《だいじょうぶ》、飯田先輩《キャプテン》ならイケる。そう思ったのも束《つか》の間《ま》、わたしについていた六番が飯田先輩《キャプテン》のドライブを止めに動く――わたしは咄嗟《とっさ》にパスラインを確保。気付いた飯田先輩《キャプテン》がわたしに向けてパスを放つ。六番が動くより早く、わたしの手にボールが収まった。流れが変わった。悩《なや》んでる時間はない。

わたしが打つしかない。

シュートフォームに入る――視界の端《はし》に十番が――間に合えっ！

膝《ひざ》。腕《うで》。指先。力の流れを意識する。ボールに気持ちを乗せて――放つ。

うん、このシュートは入った。イケる。

ボールが放物線を描《えが》いて飛んでいく。リングまでもう少し。

お願い、そのまま入って！

――コートにブザーが鳴《な》り響《ひび》く。入っても入らなくても、これで試合終了《しゅうりょう》。

ブザーが鳴り終わるかどうかというところで――リングに当たることなく、ボールがネットをすり抜《ぬ》けた。一瞬《いっしゅん》の静寂《せいじゃく》。ボールが床《ゆか》をバウンドした。

やった。勝った！

やったぁぁぁぁぁぁぁぁ!!!!!!

先輩《せんぱい》たちが一斉《いっせい》にわたしの所に走り寄って来る。メンバーもみんな抱《だ》き着《つ》いてきて、バランスを崩《くず》しそうになりながら、みんなで押し合う。良かった。なんとか次の試合に繋《つな》がった。

明日も試合があるのに、なかなか寝付《ねつ》けない。明日こそが本番なのに、身体《からだ》の中にまだ昼間の熱が燻《くすぶ》っている。わたしの決めたシュートで勝った。その事実が今もわたしを寝《ね》かせてくれない。今日は純《じゅん》も那織《なおり》も応援《おうえん》に来てくれた。二人が見ていてくれたから――お父さんやお母さんが来てくれたから、わたしはいつも以上に頑張《がんば》れた。

本当に良かった。勝てて良かった。ちゃんと役に立てた。明日も頑張《がんば》んないと――

コンコンっとドアがノックされた。「まだ起きてる？」

那織《なおり》の声だ。

「うん」

那織《なおり》が部屋に入って来て、ベッドに座った。

「明日のこと考えると、なかなか寝付《ねつ》けなくて」正直に言った。

「だと思った」那織《なおり》がわたしの頭に手を置いた。

「今日はお疲《つか》れ様《さま》。シュート、恰好良《かっこうよ》かった。明日も頑張《がんば》って」

「うん。ありがとう。改まってどうしたの？」

「私はバスケなんて知らないし、興味もない。知ろうとも思わない。でも、琉実《るみ》が――それこそミニバスやってる時からずっと頑張《がんば》ってるのは知ってるから、応援《おうえん》はする。私には勧《すす》めた責任があるから。最低限、それくらいはする」

「覚えてたんだ」

「正確に言えば、思い出した。真《ま》に受けるとは思わなかったけどね」

――そんなにボール遊びが好きなら、なんか始めたら？　バスケとか似合いそう。

小学生の頃《ころ》、那織《なおり》にそう言われた。わたしがバスケを始めた切《き》っ掛《か》け。もちろん那織《なおり》のことも誘《さそ》った。一緒《いっしょ》にやろうよって。「嫌《いや》」の一言で断られたけどね。

責任なんか感じなくていいのに。切《き》っ掛《か》けがどうあれ、わたしは好きだからやってるだけ。練習はキツいけど、好きじゃなきゃここまで続けてこられなかったし、やっぱりボールが入る瞬間《しゅんかん》は何度だって気持ちいいし、勝った時はそれ以上に気持ちいい。

「わたしが好きでやってるんだから、責任なんて感じないでよ」

「分かった。今日限りでやめる。あと、別件なんだけど、ちょっと慈衣菜《しえな》のことで……」

「ん？」那織《なおり》の口から慈衣菜《しえな》という言葉が出てきて、何だか違和感《いわかん》を抱《いだ》く。

ああ、そうか。名前で呼んでるからだ、と遅《おく》れて気付いた。

「誕生日の日、部長の部屋に来たって言ったじゃん。で、部長から聞かされたんだけど、慈衣《しえ》菜《な》の勉強の件、仕組まれてたって気付いてた？」

「仕組まれてたってどういうこと？」

ネックレスとバスミルクのお礼がしたくて、誕生日の夜、慈衣《しえ》菜《な》と亀《かめ》ちゃんにそれぞれ連絡《れんらく》した。まさか二人が繋《つな》がってるなんて知らなかったから、慈衣《しえ》菜《な》と亀《かめ》ちゃんが友達だったってのはびっくりだった。その話の流れで、慈衣《しえ》菜《な》が亀《かめ》ちゃんに勉強のことを相談していたってのは聞いたけど、仕組まれたって言い方はあんまり穏《おだ》やかじゃない。

「なんか、慈衣《しえ》菜《な》は私と仲良くなりたくて、それで私に勉強を教《おし》えて欲《ほ》しかったんだって。けど、私が引き受けないのも織《お》り込《こ》み済《ず》みで、恐《おそ》らく純《じゅん》君が教えることになるだろう、と。そうすれば、私の興味が慈衣《しえ》菜《な》に向くんじゃないかって——最初から部長が考えてたみたい」

「どういうこと？ よくわかんない。慈衣《しえ》菜《な》は、那織《なおり》と仲良くなりたかったの？」

「そう云《い》うことらしいよ。私も意味が分からない」

まさか——そういうことなの？ 慈衣《しえ》菜《な》が前に言ってた気になる人って、那織《なおり》っ？ 那織《なおり》のことなのっ？ でも、そんな素振《そぶ》りは見たことない……そう言えば、この前の昼休憩《ひるきゅうけい》で、可《か》南子《なこ》が妙《みょう》に納得《なっとく》してたことがあった——あれって、慈衣《しえ》菜《な》が勉強を教えてほしいとかそんな話をしていた時だったよね。マジで？ マジで那織《なおり》なのっ？

那織《なおり》はダメだって！　絶対に浮《う》かばれないって！！！

　これ、那織《なおり》は気付いていているのかな。いや、深く考えるのはやめよう。あれこれ考えたって、いいことなんかない。それにしても、どうして那織《なおり》なんか——ああっ、ダメだ。考えるなって思ってるのに、どうしても気になっちゃう。落ち着け。深呼吸しよう。

　ふぅ。わたしは何も知らない。何も聞いてない。

「けどさ、仲良くしたいっていうのは、いいことじゃん。慈衣菜《しえな》とは話合いそう？」

「思ってたよりは。会話出来なくはない。もっと自分勝手で、社会通念なんてクソ喰《く》らえ精神のヤバい女かと思ってた。だから、想像よりはマシだった——って、それよりも、私が言いたいのは、部長に展開をコントロールされてたのが、なんか、こう……」

　ふーん、那織《なおり》なりに慈衣菜《しえな》のこと、認めてるんだ。それなりに興味があるって言い方だ。わたしにはわかる。那織《なおり》にしては、かなり褒《ほ》めてる方。これでも。だって、那織《なおり》が会話出来なくはないなんて言う人は、そんなにいないから。

　そして那織《なおり》はもにょもにょと口ごもったけど、言いたかったことは、多分こうだ。

「悔《くや》しかったの？」

「く、悔《くや》しいって云《い》うか……うん、悔《くや》しい。やられた感しかない。だって、部長ったら、仲良くなるには——いや、いいっ。部長も自分の邪悪《じゃあく》さには気付いてるみたいだし」

「じゃ、邪悪《じゃあく》さって何？」

いきなり物騒《ぶっそう》な言葉が。亀《かめ》ちゃんが邪悪《じゃあく》ってことはないでしょ。亀《かめ》ちゃんが邪悪《じゃあく》だったら、那織《なおり》なんて何になるの？　魔王《まおう》とかじゃ足りなくない？

「邪悪《じゃあく》は邪悪《じゃあく》だよっ！　邪《よこしま》で悪だよっ！　琉実《るみ》、これだけは言っておく。部長のあの優等生キャラに騙《だま》されちゃダメだからね。部長はとんでもない謀略家《ぼうりゃくか》だよ」

「なにそれ。意味わかんない」

ま、どーせいつものよくわからない話なんだろう。那織《なおり》と亀《かめ》ちゃんの話は、ほんっとによくわかんない。同じ日本語とは思えない。楽しそうだからいいけど。

「いずれ、私の言葉の意味を知る時が来るのだ……そうそう、それはいいとして。明日のこと、純《じゅん》君と話したりした？」

「何を？」

「言い方を変える——明日頑張《がんば》れって言《い》って貰《もら》った？」

部屋が暗いままだから、那織《なおり》がどんな顔をしているのかわからないけど、わたしにはわかる。普段《ふだん》からその調子で来てくれたら、衝突《しょうとつ》なんてしないんだけどね。口は悪いけど、性格もひねくれてるけど、わたしは知っている。那織《なおり》は優《やさ》しいんだって。

「通話だったら。直接会ったりはしてない」

「じゃあ、直接言《い》って貰《もら》ったら？　そういうの、好きでしょ？　頑張《がんば》れるでしょ？」

「違《ちが》わないけど……決めつけられるとなんかムカつく」

「私だって、同じだから」ぽつりと那織《なおり》が零《こぼ》した。

やっぱり表情は見えないけど、わたしにはわかる。

可愛《かわい》いとこあんじゃん。全く、人の試合前になんて話を始めるんだって思ったけど、那織《なおり》と話せて良かった。ムカつくことも多いけど、やっぱ、那織《なおり》と話してると落ち着く。

「どうする？　今から呼び出しちゃう？」

那織《なおり》が部屋の灯《あか》りを点《つ》けた。一気に明るくなって目が追い付かない。

徐々《じょじょ》に回復した目で、自分の服装を改めて確認《かくにん》する。

「わたし、外に出られる服じゃない」

めっちゃルームウェアだもん。寝《ね》るとこだったし。

「そんなこと気にしなくっても――ごめん、私もそうだった」

「あんたこそ外に出ちゃダメでしょ。それ、下にパンツ穿《は》く前提の丈《たけ》でしょ？　下着見えてるよ？　ちゃんと下穿《は》きなよ。お腹《なか》冷やすと身体《からだ》によくないっていつも言ってるでしょ」

「うるさいなぁ。風邪《かぜ》ひいたら考えるって」

「それじゃ手遅《ておく》れでしょっ！　ほんと、バカなんだから」

「私より良《い》い成績を取ってからじゃないと、その発言は認めない。言う資格を得てから出直しておいで。それより、今から呼び出しちゃおうよ。お互《たが》い着替《きが》えてさ。どう？」

「こんな時間に？　もう十一時だよ？」

「大丈夫《だいじょうぶ》、まだ起きてるって。それに、家の前だったら深夜外出にならないでしょ？　敷地《しきち》から出なければ問題ないって」

「そういう問題？　絶対違《ちが》うって」

「いいんだよ。こういう時に地の利を生かさないでどうするの？　隣《となり》に居るんだよ？」

那織《なおり》に言われて、わたしも段々とその気になってきた。こんなことを言ってくれるなんて、思いもしなかった。無視しようと思っていた罪悪感が、また顔を出す。あのキスのこと、那織《なおり》に言おうって何度も思った。でも、言えなかった。

罪悪感があるからこそ、言えない。そして、わたしの頑張《がんば》りだからこそ言わない。言いたくない。

「そうだね。隣《となり》の家だもんね。ちょっと玄関《げんかん》から出るだけで済むんだよね」

幼馴染《おさなな　じみ》だもんね、わたしたち。

TITLE

《神宮寺那織の独白》

私という現象は、直流のように一定でもなければ、制御《せいぎょ》された交流のように正弦波《せいげんは》で表せるものではない。感情は絶えず上下し、時間とともに変化し、少しずつズレた揺《ゆ》らぎが巨大《きょだい》な澱《おり》となって蓄積《ちくせき》し、ちょっとやそっとじゃ動かなくなって来た。

自分のしたことの意義——それが根底から揺《ゆ》らぐのではないかという煩慮《はんりょ》に変化した。

琉実《るみ》に対する不信。純《じゅん》君に対する不信。

それらを詳《つまび》らかに述懐《じゅっかい》することなく、最低限の吐露《とろ》だけで自分を納得《なっとく》させてきた。奸譎《かんけつ》な女だと言われようが、構わない。胸中を曝《さら》け出《だ》してノーガードで闘《たたか》うなんて真似《まね》はしたくない。

そう思っていたけど、無理だった。耐《た》えきれなかった。

Ask me no more : what answer should I give?《もうこれ以上きかないで。どんな返事をすればいいの》

答えてやる義理なんてない。私は前から変わらない。自分のやりたいようにやる。

私に命令できるのは、私だけ。

部活を作る——我ながら悪くないアイディアだ。私の作った時間と組織の中で、純《じゅん》君を囲ってやるんだ。これ以上、我慢《がまん》なんて出来ない。身体《からだ》によくないなんてもんじゃないっ！

親から貰《もら》ったこの身体《からだ》とこの頭と……この愛らしいお顔でどうにかしてやる。

所詮《しょせん》、相手は血を分けた眷属《けんぞく》のみ。体型的に、頭脳的に、私が有利。これは翻《ひるがえ》りようのない事実。あれ？　だったら、どうして琉実《るみ》と——身体能力の差っ？

まさか、運動神経を問われているのっ？

いやいや、そんな莫迦《ばか》な話があるわけ——ないよね？　あとは？　他にはないのっ？

性格？　性格はお互《たが》い様《さま》じゃない？　琉実《るみ》が性格良《い》いとは思えない。私の姉だよ？

あれ？　この言い方だと、まるで私の性格が悪いみたいじゃない？　私は自分に素直《すなお》なだけで、性格悪くはない。断じて、悪くなどないっ！　自己肯定感《じここうていかん》が高いだけですので。

さすれば、やはり琉実《るみ》など私の敵ではない。

待つだけの闘《たたか》い方《かた》は私に相応《ふさわ》しくない。すべてはあのモブが悪い。慈衣菜《しえな》さえいなければ、もっと私との時間が取れた筈《はず》……過ぎたことは仕方ない。うん、慈衣菜《しえな》は純《じゅん》君に対して云々《うんぬん》では無かったから、そこは良しとする。暴言も訂正《ていせい》する。雅量《がりょう》を示そうではないか。その代わり、私の計画に加担《かたん》して貰《もら》うからね。部長もだよっ！

さて。足踏《あしぶ》みは終わり。こんなとこでまごまごしている時間はない。駒《こま》を進めなきゃ。

双子の姉にさよならを言う方法はわからない。でも、別々の道を歩くことは出来る。

ねぇ、琉実《るみ》。試合の前の晩、純《じゅん》君の家に行こうって言ったのは、私なりの餞《はなむけ》なんだ。

これからは、今までみたいに優《やさ》しくしてあげないからね。お姉ちゃん。


（了《りょう》）

あとがき

この巻が発売される頃《ころ》は、夏ですね。夏はとても好きな季節です。わくわくする反面、どことなく寂《さび》しさを感じてしまうのは、お盆《ぼん》があるからかも知れません。

炎節《えんせつ》の太陽に熱せられた街角で、陽炎《かげろう》に紛《まぎ》れて漂《ただよ》う線香《せんこう》の匂《にお》い。噴煙《ふんえん》の如《ごと》く昊天《こうてん》に猛《たけ》る入道雲。喪服《もふく》姿の婦人が白いレースのハンカチを取り出し、御影石《みかげいし》の前で汗《あせ》を拭《ぬぐ》う。訳を知らぬ子供たちは、大人の感傷を余所《よそ》に夏を胸いっぱいに吸い込んで走り回る……こんなイメージでしょうか。しかして、意識を山中に飛ばせば、木々の合間を風が縫《ぬ》い、海浜《かいひん》に出づれば滄海《そうかい》と白砂のコントラストの先に、水平線が――限界です。もう無理です。書けません。

私は夏を語る言葉を持っておりません。頑張《がんば》って捻《ひね》り出《だ》した結果がこれです。

ええ、そうです。私は夏が苦手です。暑いのが苦手です。汗《あせ》が嫌《きら》いです。冷房《れいぼう》最高です。

描《えが》かれる夏は大好きです。夏を題材にしたあれこれって、どれも面白《おもしろ》いですよね！

でも、冬だって――ご挨拶《あいさつ》が遅《おく》れました。高村資本《たかむらしほん》です。二巻を手に取って頂き誠《まこと》にありがとうございます。皆様《みなさま》の御蔭《おかげ》で二巻を出せる運びと相成りました。心より感謝申し上げます。

さて、どうして高一で古文の敬語をやっているのかと思った方もいらっしゃるでしょうが、細かいことはいいんです！　中高一貫《いっかん》の私立だから良《い》いんです――えっと、正直に申し上げますと、古文で覚えていたのがそれくらいだったんです。

いや本当、古文に限らず、学校で習ったあれこれはどこに消えていったんでしょうか。もう少しくらい脳に残っていても良くないですか？　学校生活って、そこそこの長さありましたよね？　もしかして、私だけ？　私の記憶《きおく》力がアレなだけですか？

この取り留めの無い文章がどう着陸するかと言えば、何かを語り伝える為《ため》にはいつだって言葉が必要になってしまうことが窮屈《きゅうくつ》で、難しくて、だからこそたまに言葉を介《かい》さないコミュニケーションが成り立った時は嬉《うれ》しくなりますよねってことです。

え？　言ってない？　気の所為《せい》ですよ。だって、ふたきれは一貫《いっかん》してディスコミュニケーションによるすれ違《ちが》いや拗《こじ》れを描《えが》いて……いるんですか？　そういう話なんでしたっけ？

とにかく、大小様々なすれ違《ちが》いの積み重ねが、相互《そうご》理解を深めるのかもしれません！

何となく締《し》まりました！　それでは、またお会い出来る日を楽しみにしております！


【すぺしゃる・さんくす】

担当編集者様、いつもご迷惑《めいわく》ばかりお掛《か》けして誠《まこと》に申し訳ないです。根気強くお付き合い頂き、感謝の言葉しか御座《ござ》いません。ありがとうございます。あるみっく様、一巻に引き続き、素敵《すてき》な絵をありがとうございます。どんな美辞麗句《びじれいく》を並べても霞《かす》んでしまうくらい、最高なイラストの数々です。そして編集部含《ふく》めこの本の出版に携《たずさ》わった方、劇中で触《ふ》れた数々の作品、お手に取って下さった読者の皆々様《みなみなさま》に御礼申《おんれいもう》し上《あ》げます。

【引用・出典】

■本書10頁／9行目～11行目《第一は自分の力で理解し、第二は他人の理解を聞き分け、第三は自分の力でも他人の力でも理解しない場合だが、第一は格段に優れ、第二も優れているが、第三は無能である――》
↓マキアヴェッリ　河島英昭訳『君主論』岩波文庫（岩波書店、一九九八年）三十刷172頁

■本書52頁／12行目《風立ちぬ、いざ生きめやも》
↓堀辰雄『風立ちぬ』新潮文庫（新潮社、一九五一年）百二十三刷92頁

■本書54頁／14行目～15行目《そなたの天性のなかでむなしくついえてしまった善のために、わたしはそなたをあわれむ！》
↓ホーソーン　八木敏雄訳『完訳　緋文字』岩波文庫（岩波書店、一九九二年）250頁

■本書95頁／10行目《種をまくことは、取り入れほど困難ではない。》
↓ゲーテ　高橋健二訳『ゲーテ格言集』新潮文庫（新潮社、一九五二年）百十六刷166頁

■本書176頁／8行目～9行目《あなたが無情にもぼくの心のせいにした不当な仕打ちをぼく自身に弁解せよなどと要求しないでくれ》

↓シェイクスピア　柴田稔彦編『対訳　シェイクスピア詩集―イギリス詩人選（1）』岩波文庫（岩波書店、二〇〇四年）三刷１３１頁

■本書２８３頁／11行目《さよならをいうのはわずかのあいだ死ぬことだ》

↓レイモンド・チャンドラー　清水俊二訳『長いお別れ』ハヤカワ・ミステリ文庫（早川書房、一九七六年）八十刷５０３頁

■本書３２４頁／15行目《日付は煩《わずら》わしいものだ。それに数も多い》

↓エラリイ・クイーン　越前敏弥訳『九尾の猫【新訳版】』ハヤカワ・ミステリ文庫（早川書房、二〇一五年）二刷４５８頁

■本書３２５頁／4行目～5行目《おそらく、わたしの愛よりましな愛にもう少し早く出会っていたなら、こんな邪悪なことにならずにすんでいただろうに》

↓ホーソーン　八木敏雄訳『完訳　緋文字』岩波文庫（岩波書店、一九九二年）２５０頁

■本書３３６頁／11行目《Ask me no more : what answer should I give?《もうこれ以上きかないで。どんな返事をすればいいの》》

↓テニスン　西前美巳編『対訳　テニスン詩集―イギリス詩人選（5）』岩波文庫（岩波書店、二〇〇三年）１３４頁

本書に対するご意見、ご感想をお寄せください。

ファンレターあて先
〒102-8177　東京都千代田区富士見2-13-3
電撃文庫編集部
「高村資本先生」係
「あるみっく先生」係

読者アンケートにご協力ください!!

アンケートにご回答いただいた方の中から毎月抽選で10名様に「図書カードネットギフト1000円分」をプレゼント!!

二次元コードまたはURLよりアクセスし、
本書専用のパスワードを入力してご回答ください。

https://kdq.jp/dbn/　パスワード　yvfyh

●当選者の発表は賞品の発送をもって代えさせていただきます。
●アンケートプレゼントにご応募いただける期間は、対象商品の初版発行日より12ヶ月間です。
●アンケートプレゼントは、都合により予告なく中止または内容が変更されることがあります。
●サイトにアクセスする際や、登録・メール送信時にかかる通信費はお客様のご負担になります。
●一部対応していない機種があります。
●中学生以下の方は、保護者の方の了承を得てから回答してください。

本書は書き下ろしです。

この物語はフィクションです。実在の人物・団体等とは一切関係ありません。

電撃文庫

恋《こい》は双子《ふたご》で割《わ》り切《き》れない2

高村資本《たかむらしほん》

2021年8月10日　初版発行
2024年6月15日　4版発行

発行者　山下直久
発行　株式会社KADOKAWA
〒102-8177　東京都千代田区富士見2-13-3
0570-002-301（ナビダイヤル）
装丁者　荻窪裕司（META＋MANIERA）
印刷　株式会社KADOKAWA
製本　株式会社KADOKAWA

※本書の無断複製（コピー、スキャン、デジタル化等）並びに無断複製物の譲渡および配信は、著作権法上での例外を除き禁じられています。また、本書を代行業者等の第三者に依頼して複製する行為は、たとえ個人や家庭内での利用であっても一切認められておりません。

●お問い合わせ
https://www.kadokawa.co.jp/（「お問い合わせ」へお進みください）
※内容によっては、お答えできない場合があります。
※サポートは日本国内のみとさせていただきます。
※ Japanese text only

※定価はカバーに表示してあります。

©Shihon Takamura 2021
ISBN978-4-04-913941-9　C0193　Printed in Japan

電撃文庫　https://dengekibunko.jp/

電撃文庫創刊に際して

文庫は、我が国にとどまらず、世界の書籍の流れのなかで〝小さな巨人〟としての地位を築いてきた。古今東西の名著を、廉価で手に入りやすい形で提供してきたからこそ、人は文庫を自分の師として、また青春の想い出として、語りついできたのである。

その源を、文化的にはドイツのレクラム文庫に求めるにせよ、規模の上でイギリスのペンギンブックスに求めるにせよ、いま文庫は知識人の層の多様化に従って、ますますその意義を大きくしていると言ってよい。

文庫出版の意味するものは、激動の現代のみならず将来にわたって、大きくなることはあっても、小さくなることはないだろう。

「電撃文庫」は、そのように多様化した対象に応え、歴史に耐えうる作品を収録するのはもちろん、新しい世紀を迎えるにあたって、既成の枠をこえる新鮮で強烈なアイ・オープナーたりたい。

その特異さ故に、この存在は、かつて文庫がはじめて出版世界に登場したときと、同じ戸惑いを読書人に与えるかもしれない。

しかし、〈Changing Times,Changing Publishing〉時代は変わって、出版も変わる。時を重ねるなかで、精神の糧として、心の一隅を占めるものとして、次なる文化の担い手の若者たちに確かな評価を得られると信じて、ここに「電撃文庫」を出版する。

1993年6月10日
角川歴彦

プロローグ

TITLE

PROLOGUE

（神宮寺《じんぐうじ》那織《なおり》）

KOI WA FUTAGO DE WARIKIRENAI

なんてことはなかった。

私の時代は、あっけなく幕を開けた。想定通り。それでも今だけは、安堵《あんど》と嬉《うれ》しさに酔《よ》っていたい。ようやく私も歓《よろこ》びを嚙《か》みしめて良いのだ。どれほど我慢《がまん》してきたことか。

天下の憂《うれ》えに先立ちて憂《うれ》え、天下の楽しみに後《おく》れて楽しむのだ。

マキァヴェリ曰《いわ》く、頭脳には三種類ある。第一は自分の力で理解し、第二は他人の理解を聞き分け、第三は自分の力でも他人の力でも理解しない場合だが、第一は格段に優《すぐ》れ、第二も優《すぐ》れているが、第三は無能である――と。言うまでもなく、私は第一の脳。

その証左に、いとも容易《たやす》く彼《か》の者を下してやった。ふふん。

第一回定期考査個人成績票に記された総合順位一位の文字。

しかし同時に、悲しい事実を知った。いつもより時間を掛《か》けて設問に取り組んだのに、私はクラスの誰《だれ》よりも早くペンを置くことが出来たのだ。

こんなことなら、普通《ふつう》にやっても良かったではないかっ！

躍起《やっき》になって解いていた今までの苦労は何だったのだっ！